Die Bergmanns waren eine ganz normale Familie. Bis Sarah, die sechzehnjährige Tochter, eines Abends auf dem Nachhauseweg ermordet wird. Jetzt, ein Jahr später, ist der Gerichtsprozess vorbei, der Täter verurteilt. Doch was geschieht mit denen, die zurückbleiben, die mit ihrem Leben nicht einfach weitermachen können?

Als die Mutter am ersten Jahrestag von Sarahs Ermordung einen Suizidversuch unternimmt, bittet der Vater den Sohn um Hilfe. Ausgerechnet Simon, der Zeit seines Lebens im Schatten der jüngeren Schwester stand, soll nun die Balance der Familie wiederherstellen. Und tatsächlich: Es gelingt ihm, seine Mutter in ihrem Kokon aus Trauer und Wut zu erreichen – doch dabei gerät er an seine Grenzen und droht sich selbst zu verlieren.

Vom Atmen unter Wasser erzählt vom Versuch einer Familie, mit ihrer Trauer umzugehen.

Lisa-Marie Dickreiter, 1978 in Furth im Wald geboren, studierte an der Filmakademie in Ludwigsburg Drehbuch. Für ihr literarisches Schaffen erhielt sie diverse Stipendien und Preise. Ihr gleichnamiges Drehbuch »Vom Atmen unter Wasser« wurde 2008 mit Andrea Sawatzki, Adrian Topol und Thorsten Merten verfilmt. Lisa-Marie Dickreiter lebt in Berlin.

www.lisamariedickreiter.de

Lisa-Marie Dickreiter

VOM ATMEN UNTER WASSER

Roman

bloomsbury taschenbuch

Hinweis der Autorin: Die Geschichte spielt in Freiburg – aber bei direkter Adressennennung habe ich mir die künstlerische Freiheit erlaubt und Straßen- oder Spielplatznamen erfunden.

Januar 2012
© 2010 Lisa-Marie Dickreiter
© 2010, 2012 Bloomsbury Verlag GmbH, Berlin
Umschlaggestaltung: Rothfos & Gabler, Hamburg,
unter Verwendung einer Fotografie von © plainpicture
Druck und Bindung: Clays Ltd, St Ives plc
Printed in Great Britain
ISBN 978-3-8333-0789-8

www.bloomsbury-verlag.de

BLOOMSBURY
LONDON · BERLIN · NEW YORK · SYDNEY

Es ist leichter zu lieben, als gerecht zu sein.
Imre Kertész, *Galeerentagebuch*

SIMON

Mit sieben Jahren beschloss ich, meine kleine Schwester für immer loszuwerden.

Wir saßen allein in der Küche. Sarah in ihrem Laufstall, für den sie längst zu alt war, und ich am Tisch vor meinem Müsli. Wo meine Mutter an diesem Morgen war, weiß ich nicht, und auch nicht, was sie tat. Vielleicht goss sie draußen im Garten die Beete, bevor die Sonne zu hoch dafür stand. Vielleicht hängte sie die Wäsche auf. Wir haben nie darüber gesprochen.

An alles andere erinnere ich mich noch ganz genau: an Sarah, die im Laufstall ihre Puppe mit Papierschnipseln fütterte und dabei unaufhörlich vor sich hin plapperte.

»Und ein Hapa für Mama, Baby Simon.«

»Und ein Hapa für Papa, Baby Simon.«

An meine dampfende Tasse Kakao, die unerreichbar auf dem Küchenschrank stand und die ich erst bekommen würde, wenn ich das Müsli aufgegessen hatte. Das Müsli. Eingelegte Körner, von meiner Mutter am Vorabend geschrotet, dazu geriebene Äpfel, zermatschte Bananen und Sanddornsaft. Jeden Löffel würgte ich in Zeitlupentempo hinunter. Die Bananenstückchen waren schon ganz braun und fühlten sich auf der Zunge wie schleimige Schnecken an, doch ich traute mich nicht, mein Müsli ins Klo zu kippen. Es würde bestimmt wieder was an der Brille oder am Deckel kleben bleiben, das mich meiner Mutter verriet.

Der nächste Löffel. Ich hielt mir die Nase zu und schob ihn in den Mund. Schluckte, ohne zu kauen.

»Simi Hapa.« Sarah klatschte und strahlte mich durch das Holzgitter hindurch an. Ich streckte ihr die Zunge raus. Ein Bananenstückchen fiel auf den Flickenteppich, und ich trat es mit meinen Strohschuhen fest. Ich hätte viel lieber Cornflakes gegessen, aber die bekam nur noch Sarah, weil ich für die Schule *ein lang anhaltendes, energiereiches Frühstück* brauchte. Wahrscheinlich lag es daran, dass sie sich auf dem Boden wälzte und schrie. Und ich nicht.

Ich spähte durch das Küchenfenster in den Garten hinaus.

Meine Mutter war immer noch nicht zu sehen.

Ich lauschte.

Meine Mutter war immer noch nicht zu hören.

»Und ein Hapa für Sarah, Baby Simon.«

Auf einmal wusste ich, was ich zu tun hatte. Ich ließ den Löffel ins Müsli fallen und sprang vom Stuhl. Rasch klaubte ich das Milchgeld und einen Lolli aus der Tonschale. Dann hievte ich Sarah aus dem Laufstall. Zweimal rutschte sie mir aus den Armen und plumpste auf den Boden zurück. Sie war schwer und das Holzgitter hoch.

»Komm«, sagte ich, als ich sie und Baby Simon endlich draußen hatte, »ich zeig dir was.«

Ich steckte meine Pocketkamera ein, ohne die ich damals nirgendwohin ging, nahm Sarah an die Hand, und schon waren wir zur Haustür raus und liefen die Straße zur Bushaltestelle hinunter, so schnell es ihre kurzen Beine erlaubten. Auf der Bank wartete bloß eine alte Frau, die in einer Zeitung blätterte und nicht zu uns herübersah. Ich zog Sarah zum Fahrplan, der an der Seitenwand des Unterstandes hing. Viel zu weit oben und nichts da, worauf ich hätte klettern können. Ich versuchte es mit Hüpfen, aber das brachte nichts. Mal stieß ich gegen den Mülleimer, mal schrammten meine nackten Knie die Seitenwand entlang.

»Frosch.« Sarah kicherte und schlenkerte Baby Simon auf und ab.

Die Zeitung raschelte.

Ich stellte mich auf die Zehenspitzen und reckte den Kopf in die Höhe. So konnte ich am unteren Rand der Tafel ein paar Ortsnamen lesen. Es dauerte, bis ich sie entziffert hatte. Ich ging in die zweite Klasse, und Lesen war nicht gerade meine Stärke, doch jetzt gab ich mir alle Mühe, denn ich musste den richtigen Ort aussuchen. Sarah zappelte an meiner Hand.

»Lass das.« Ich hielt ihr den Lolli hin.

Dann konzentrierte ich mich wieder auf die Ortsnamen. Ich brauchte einen, den ich noch nie zuvor gehört hatte, einen, der so klang, als wäre er weit weg von meinem Zuhause. Weit genug für eine Dreijährige.

Kirchzarten.

Buchenbach.

Sankt Peter.

Wagensteig.

Sankt Märgen.

Seelgut.

Ich entschied mich für Bus Nummer neunzehn. Beim Einsteigen half ich Sarah. Die Stufen waren hoch, und ich hatte Angst, dass sie stolpern und dann zu heulen anfangen könnte.

»Zweimal nach ... Sankt ... Märgen ... bitte.« Ich hielt die Luft an. Hoffentlich hatte ich es richtig ausgesprochen.

»Zweimal Sankt Märgen.« Der Busfahrer nickte und drückte ein paar Knöpfe an seiner Kasse. »Das macht drei Mark für dich, junger Mann. Deine Schwester kostet noch nichts.«

Drei Mark!

Die Münzen in meiner Faust fühlten sich viel zu leicht an.

»Ich will. Ich will.« Sarah ließ Baby Simon fallen und zerrte an meinem Arm. Ich schüttelte ihre Hände ab.

»Ich will.« Sie verzog den Mund zu einer weinerlichen Schnute. Also gab ich ihr das Milchgeld und sah zu, wie sie die einzelnen Münzen umständlich auf den Zahlteller legte. Niemand im Bus wurde ungeduldig. Nicht einmal die alte Frau auf den Stufen hinter uns, die schwerfällig schnaufte.

»Na, du kleiner Sonnenschein.« Der Busfahrer lächelte, so wie alle Leute bei Sarah lächelten. Seine dicken Finger wischten die Münzen vom Zahlteller.

Drei Mark!

Wie gebannt starrte ich auf die Busfahrerlippen, die sich lautlos bewegten.

»Das ist zu viel.« Er reichte mir ein Fünfzigpfennigstück.

»Danke«, sagte ich, »vielen Dank.«

Noch ein Knopfdruck, und aus der Kasse schob sich ratternd eine grüne Fahrkarte. Ich hob Baby Simon auf, nahm Sarah an die Hand und setzte mich mit ihr auf einen Platz in der hintersten Reihe.

»Meins!« Sie versuchte, meine Finger aufzubiegen, die ich um das Fünfzigpfennigstück geschlossen hatte. Ihre Hände waren warm und klebrig. »Ich will das haben!«

Für fünfzig Pfennig konnte ich mir bei Frau Seger einen Schoko-ladenhalbmond kaufen. Oder eine Capri-Sonne. Mein Mund war ganz trocken, und ich hatte schrecklichen Durst.

»Ich will das haben. Ich!« Sie wurde laut.

»Schon gut.« Ich öffnete die Faust. Sarah grabschte sich das Fünfzigpfennigstück und steckte es in die Brusttasche ihrer Latz-hose.

»Meins«, sagte sie noch einmal.

»Ja, ja, deins.« Ich wischte meine klebrigen Finger am Sitzpolster ab, dann bückte ich mich und band ihr ein letztes Mal die Schnür-senkel zu. Vorsichtshalber machte ich Doppelknoten.

»Willst du da hinfahren, wo der kleine Bär und der kleine Tiger wohnen?«, fragte ich leise. Sarah nickte heftig.

»Nach Panama«, rief sie und klatschte in die Hände. Baby Simon fiel wieder auf den Boden. Ein paar Köpfe drehten sich zu uns um. Blicke streiften mich. Ich spürte, wie ich rot wurde.

»Genau«, flüsterte ich und hob Baby Simon auf. »Und weißt du was? Der Bus hier fährt nach Panama.«

Sarah strahlte mich an, und in diesem Moment verlangsamte der Fahrer das Tempo. Die nächste Haltestelle. Ich sprang von meinem Platz.

»Bleib schön sitzen«, sagte ich und stieg aus. Sarah winkte mir durch das Rückfenster zu. Ich winkte zurück und zog die Pocket-kamera aus der Jackentasche.

Der Bus stand und stand.

Sarah winkte und winkte.

Endlich leuchtete der Blinker auf, der Auspuff gab ein tiefes Röhren von sich und blies mir warme, stinkende Luft ins Gesicht. Ich drückte mein rechtes Auge auf den Sucher, aber vor lauter Aufregung kniff ich es genauso fest zu wie das linke. Alles verschwamm, löste sich in helle und dunkle Schemen auf, und nur das ratschende Geräusch des Rädchens, mit dem ich Foto für Foto weitertransportierte, sagte mir, dass sich Sarah aus meinem Leben entfernte.

Ich knipste, bis mir die Arme weh taten. Dann ließ ich die Kamera sinken und sah mich um. Autos fuhren an mir vorbei, an der Haltestelle unterhielten sich zwei Frauen, und gegenüber, auf der anderen Straßenseite, ging ein Mann mit seinem Hund spazieren. Niemand beachtete mich, niemand hatte etwas bemerkt.

Ich war Sarah losgeworden!

Wie einfach!

Ich hob den Arm mit der Kamera wieder hoch und streckte ihn so weit von mir weg, wie ich konnte. Dann knipste ich mich selbst. Drehte das Rädchen. Knipste. Nach fünf Fotos war Schluss. Ich verstaute die Kamera in meiner Jackentasche, machte kehrt und hüpfte die Straße entlang. Doch anstatt gleich nach Hause zu laufen, schlug ich einen Umweg nach dem anderen ein.

Ich brauchte Zeit.

Ich brauchte eine Geschichte. Eine Geschichte, die Sarahs Verschwinden erklären und meine Eltern beruhigen würde.

Ich schwitzte.

Ich lief und lief.

Als ich am Hof vom alten Ibele vorbeikam und ihm zusah, wie er mit einer Stange im Plumpsklo herumstocherte, fielen mir Pelle und Lotta ein. Natürlich! Dass ich da nicht früher dran gedacht hatte!

Pelle zieht in ein Klohäuschen.

Lotta zieht in eine Rumpelkammer.

Beide Bücher hatte ich nicht besonders gemocht. Ich fand sie langweilig, so ganz ohne Drachen und Räuber und Ritter, aber wie froh war ich jetzt, dass ich sie für die Schule hatte lesen müssen. Zusammen mit meiner Mutter. Sie wusste also auch, dass kleine Kinder manchmal ihre Familien verlassen und wegziehen. Ohne großen Grund. Und Sarah war heute Morgen eben ohne großen Grund nach Panama gezogen.

Jetzt traute ich mich nach Hause.

Ich hüpfte.

Ich sprang.

Ich sang.

Ich öffnete das Gartentürchen. Auf unserer Treppe stand eine fremde Frau. An der einen Hand Baby Simon, an der anderen meine Schwester mit einem großen Eis. So langsam wie möglich durchquerte ich den Garten, doch die Minischritte nützten nichts. Meine Mutter kam mir entgegen. Sie sagte kein Wort.

Jetzt konnten mir weder Pelle noch Lotta helfen.

Sie packte mich und verpasste mir eine Ohrfeige. Die erste meines Lebens. Dann ließ sie mich stehen.

Sarah winkte mir zu.

Sarah schleckte an ihrem Eis.

Sarah plapperte aufgeregt vor sich hin.

Ich hielt mir meine schmerzende Wange und begriff, dass ich mit meinem Versuch, sie loszuwerden, zu lange gewartet hatte: Sie konnte unsere Adresse schon auswendig.

DREIZEHN JAHRE SPÄTER

SIMON

Sie sitzt neben ihm auf dem Bett. Den Kopf leicht in den Nacken gelegt, die Augen gesenkt, als würde sie für ihn posieren. Dabei redet sie wie ein Wasserfall. Springt von einem Gedanken zum nächsten und scheint gar nicht zu bemerken, dass er nichts mehr gesagt hat, seit sie sein Zimmer betreten haben. Vielleicht sollte er seinen Zeigefinger an ihr Kinn legen und ihren Kopf noch etwas zur Seite dirigieren. So, könnte er sagen, jetzt ist es wirklich verführerisch. Dann könnte er ihr erzählen, dass er etwas von Posen versteht. Dass er gerne fotografiert hat. Dass die Einzelteile seiner Dunkelkammer im alten Schweinestall vor sich hin stauben.

Könnte er.

»... dieses unglaublich türkisfarbene Meer. Das war echt der perfekte Urlaub!« Sie hält inne und lächelt ihn an. Durch die wulstige Oberlippe wirkt ihr Mund schief.

Er lächelt zurück. »Türkisfarbenes Meer ... Klingt gut.«

»Und dein bester Urlaub?«

Der weite, verlassene Strand von Portiragne Plage. An der Hand seiner Mutter schreibt er mit einem Stück Treibholz Worte in den Sand. Zuerst die, die er in der Schule gelernt hat: Mama, Papa, Simon, Auto, Haus. Dann neue, die seine Mutter langsam diktiert.

Ein großes M ... Ja, genau so. Dann ein kleines e ... Und noch ein kleines e ... Und zum Schluss ein kleines r.

Irgendwann klatschen die Wellen stürmischer gegen den Strand, fressen die Linien und Punkte auf.

Nicht traurig sein, Schatz. Das Meer trägt deine Worte weit fort und spuckt sie an einem anderen Strand wieder aus.

Ihre warme Hand auf seiner Schulter.

»Lloret de Mar. Letztes Jahr mit ein paar Kumpels.« Er rutscht näher an sie heran. Die Bettdecke verschiebt sich, wirft blaue Hügel zwischen ihnen auf.

»Aha.« Ihre Finger spielen mit dem Ring, den sie am linken Daumen trägt. Sie scheint darauf zu warten, dass er weitererzählt. Dass er sie mit ein paar witzigen Anekdoten zum Lachen bringt.

Scheiß Smalltalk.

Er rutscht noch näher. Erzeugt neue blaue Hügel, einer berührt schon ihr Bein. Im Flur poltern Türen, aus der Küche dringt Gelächter. Sie gibt ihre Pose auf und sieht sich um. Betrachtet das Chaos auf seinem Schreibtisch. Er folgt ihrem Blick.

Aufgeschlagene Anatomiebücher.

Leere Tassen.

Zerknüllte Papiere.

Eben noch war alles leicht zwischen ihnen. Freche Bemerkungen, eindeutige Blicke, ihr Unterleib, der sich beim Tanzen gegen seinen Oberschenkel presst.

Ein letztes Näherrutschen. Ihr Rücken berührt seine Brust. Sie dreht sich zu ihm um, aber bevor sie etwas sagen kann, legt er seinen Zeigefinger auf ihren Mund.

»Das will ich schon den ganzen Abend.«

Ein Grinsen zuckt über ihre Lippen. »Mir den Finger auf den Mund legen?«

»Nein …« Er schlingt seine Arme um sie, zieht sie an sich und beißt sie sanft in den Hals. »Dich aussaugen.«

Sie lacht. Laut und fröhlich.

»Ich mag dein Lachen.« Der Satz überrascht ihn.

»Und ich deine Augen.« Ihre Lippen bewegen sich ganz nah an seinen. »Sind die grün oder blau?«

»Grau.«

Ein zögerlicher Kuss. Auf ihrer Zunge schmeckt er den Rotwein, den er getrunken hat.

»Mir gefällt dein Zimmer.«

»Ja?«

Das schiefe Lächeln ermutigt ihn. Er streichelt ihre Schenkel. Die Strumpfhose knistert, und er spürt, wie sich die Härchen auf seinem Arm aufstellen. Seine Hand schiebt ihren Rock nach oben und wandert in ihren Slip. Tastet sich vor. Warme Haut unter seinen Fingern, dann krauses Haar. Sie spreizt die Beine. Eine Naht kracht.

»Mist.« Sie löst sich von ihm. Zerrt die Strumpfhose und den Slip über die Knie und kickt das Knäuel mit den Füßen weg. Der Rock fliegt hinterher. Die Schnelligkeit erregt ihn.

»Hast du ein Gummi?«

»Klar.« Seine Hand wandert zu dem krausen Haar zurück.

»Dann runter damit.« Sie knöpft seine Jeans auf. Die Gürtelschnalle schlägt klirrend gegen den Bettkasten. Er befreit sie von ihrem Top, sie ihn von seinen Boxershorts. Sie verheddern sich. Wieder das laute, fröhliche Lachen.

Irgendwo klingelt ein Handy.

Beethovens Neunte.

Ihr Mund streift seinen Bauch.

Beethovens Neunte!

Er richtet sich auf und beugt sich zum Nachttisch hinüber.

»Nicht rangehen …«

Papa mobil blinkt auf dem Display.

Mann, es ist zwei Uhr morgens!

Er drückt den Anruf weg.

»Sorry, jetzt stört uns keiner mehr.« Er küsst sie. Bewegt seine Finger zwischen ihren Beinen, spürt, wo es feucht ist, und zieht die Feuchtigkeit die Schenkel hinab. Hört, wie sie schneller atmet.

»Das Gummi.«

»Moment …« Er rollt sich herum und öffnet das Nachttischtürchen. Verdeckt mit seinem Oberkörper die halbleere Kondomschachtel.

»Lass mich.« Sanft nimmt sie ihm das Tütchen weg. Folie knistert. Ihre Hände verschwinden unter der Bettdecke, ihr Haar streift seine Wangen.

Seinen Hals.

Seine Brust.

Langsam bewegen sich die blauen Hügel auf seinen Unterleib zu. Er schließt die Augen.

Direkt neben seinem Kopf klingelt erneut Beethovens Neunte.

Verdammt!

Er packt sein Handy und rutscht zum Bettrand.

»Was willst du?«

»Hallo. Tut mir leid, wenn ich dich geweckt hab.« Sein Vater klingt seltsam gedämpft.

»Red lauter.«

»Hallo. Tut mir leid, wenn ich dich geweckt hab.«

»Ja, und?«

»Simon …« Die Stimme bricht ab, rau vor Müdigkeit. Er hört seinen Vater atmen. Will, dass er weiterspricht, und will es doch nicht. Sein Herz klopft schneller.

»Simon, ich bin in der Uniklinik.«

Zum zweiten Mal innerhalb eines Jahres kann er nicht mehr ausatmen.

Simon, deine Schwester …

»Simon? Bist du noch da?«

Er atmet aus. Holt tief Luft. Sein Herz rast. Schwarze Punkte tanzen vor seinen Augen.

»Was ist passiert?« Seine Stimme flattert.

»Ich hab deine Mutter hergebracht. Sie versorgen sie grade.«

Mama.

Er springt aus dem Bett. Sein Ellenbogen erwischt ihre Schulter.

»Aua! Geht's noch?«

»Was ist passiert?« Er klemmt sich das Handy zwischen Ohr und Schulter, steigt in seine Boxershorts und zerrt sie an den Beinen hinauf. Verliert fast das Gleichgewicht. Dann fast das Handy. »Was hat sie?«

Seine Stimme flattert immer noch.

»Ich sag's dir, wenn du hier bist.«

»Was soll der Scheiß? Los, sag's schon.«

»Ich will jetzt nicht streiten, Simon, es ist ernst. Mehr können die Ärzte noch nicht sagen. Komm bitte einfach her.«

»Ich werd nirgendwo hin –«

»Ich muss auflegen, der Arzt kommt. Bis gleich.«

Ein lautes Klicken, und die Leitung ist unterbrochen.

»Arschloch!« Er drückt die Rückruftaste. Die Verbindung wird aufgebaut.

Warum sagt er mir nicht, was pass…

»Das ist die Mailbox von Johannes Bergmann, Nachrichten …«

»Shit!« Er schleudert das Handy aufs Bett. Erschrocken weicht sie zurück.

»Was ist denn los?«

»Ich muss weg.« Er schlüpft in seine Jeans.

»Was?«

Er versucht, T-Shirt und Hemd gleichzeitig anzuziehen. Verheddert sich in langen Ärmeln und einem Kopfausschnitt. Nähte krachen.

»Na super. Wirklich tolle Nummer …« Sie schnipst das schlaffe Kondom in seine Richtung. »Ich hab doch gesagt, geh nicht ran.«

Die Knopflöcher sind auf einmal viel zu eng. Nach zwei Knöpfen gibt er auf, lässt das Hemd über dem T-Shirt offen.

»Und warum musst du jetzt so plötzlich los?«

Wo ist mein rechter Schuh?

»Verstehe. Dann eben nicht.« Sie schlägt die Decke zurück und bückt sich nach ihrem Top. Sein Handy poltert zu Boden, schlittert ihm vor die Füße. Er hebt es auf.

Wo ist mein rechter Schuh? Der muss doch irgendwo sein.

Er kniet sich hin, tastet mit den Armen unter dem Bett herum. Nichts.

Er richtet sich wieder auf. Greift nach seiner Jacke. Zwischen seinen Fingern haben sich Wollmäuse verfangen. Er schüttelt sie ab. Etwas zerrt an seinem Fuß.

»Mann, geh von meinem BH runter.«

Er macht einen Schritt zur Seite.

Schlüssel, Geldbeutel?

Da, auf dem Schreibtisch.

Er stopft beides in die Hosentasche, da fällt es ihm ein. Er zieht den Geldbeutel noch einmal heraus und sucht nach einem Schein, lässt Quittungen und Kassenbons einfach zu Boden fallen.

»Hier.« Er hält ihr zwanzig Euro hin.

»Das ist nicht dein Ernst, oder?«

»Doch.«

»Du hast sie ja nicht mehr alle. Ich bin doch keine Nutte!« Sie schiebt seinen Arm weg und steht auf. Unter dem Strumpfhosen-Slip-Knäuel und ihrem Rock kommt sein rechter Schuh zum Vorschein, aber bevor er ihn fassen kann, tritt sie ihn unters Bett.

Dann eben die Laufschuhe.

»Es ist mitten in der Nacht. Bitte nimm dir ein Taxi, der Taxistand ist direkt gegenüber vom Studentenwohnheim.« Er versperrt ihr den Weg, stellt sich so vor sie, dass sie ihn ansehen muss, und legt ihr den Schein in die Hand. »Es ist mir wichtig. Bitte nimm es.«

Sie zögert. Vielleicht versucht sie, ihn einzuschätzen, versucht, aus der ganzen Sache schlau zu werden, doch er kann nicht länger bleiben und es ihr erklären. Er wendet sich ab und öffnet die Tür. Vom dunklen Flur aus blickt er noch einmal zu ihr. Sie hat sich nicht bewegt, steht halbnackt vor seinem Bett, in der einen Hand das Strumpfhosen-Slip-Knäuel, in der anderen das Geld.

»Mach einfach hinter dir zu.«

Sie nickt.

Er schlüpft in seine Laufschuhe und geht.

Die Tür des Schwesternzimmers ist nur angelehnt. In dem schmalen Spalt schwebt ein nackter Arm reglos vor dem geöffneten Fenster, eine Zigarette zwischen den Fingern. Der Rest des Körpers bleibt verborgen, doch er braucht ihn nicht zu sehen, um zu wissen, wer ihm gleich gegenüberstehen wird: Roswitha Schwarz. Die

Einzige, die sich nie an das Rauchverbot im Schwesternzimmer gehalten hat. Trotzdem hofft er, dass er sich irrt. Dass der Arm zu einer neuen Krankenschwester gehört. Zu einer, die mit dem Namen Anne Bergmann nichts anfangen kann. Die nicht weiß, dass seine Mutter hier gearbeitet hat. Die keine Rücksicht auf ihn nehmen und ihm ohne große Umschweife sagen wird, was passiert ist.

Der Arm beugt sich aus dem Fenster in die Dunkelheit hinaus, wird für Sekunden grau, dann gleitet er ins Zimmer zurück. Die Zigarette ist noch nicht einmal zur Hälfte heruntergebrannt.

Er klopft. Der Arm schnellt nach hinten, schnellt aus dem schmalen Spalt, wird unsichtbar. Die Hand drückt die Zigarette hastig auf dem Fensterbrett aus. Verwedelt den Rauch.

»Ich komme.«

Die Tür schwingt zur Seite.

»Simon.« Sie macht einen Schritt auf ihn zu. »Ich hab auf dich gewartet.«

»Was ist mit meiner Mutter? Wo ist sie?«

»Deiner Mutter geht es gut.« Sie nickt Richtung Schwesternzimmer. »Komm kurz rein.«

»Sagen Sie mir einfach, was passiert ist.« Er schaut sie fest an. »Deswegen hat mein Vater Sie doch auf mich angesetzt.«

»Dein Vater wollte nicht, dass du alleine bist, wenn du's erfährst.«

»Mir kommen die Tränen.«

»Er macht sich Sorgen um dich. Und deine Mutter braucht ihn jetzt.«

»Sagen Sie mir einfach, was passiert ist.«

»Sie haben deine Mutter grade aus der Gefäßchirurgie gebracht.« Sie zögert. »Sie hat … Deine Mutter hat …« Sie bricht ab. Sucht seinen Blick.

Blöde Nuss, nun spuck's endlich aus!

»Deine Mutter hat sich die Pulsadern aufgeschnitten.«

Ihre Hand auf seinem Arm. Er will sie abschütteln, doch dann sieht er, wie sie ihn misstrauisch im Auge behält, als würde sie darauf warten, dass er zusammenbricht. Der arme Junge, jetzt auch noch das … Aber den Gefallen wird er ihr nicht tun. Er erwidert ihren Blick so ruhig und so gefasst, wie er kann.

»Hat sie eine Plasmasteril-Infusion bekommen? Ist sie kreislaufstabil?«

»Was?«

»Hat sie eine Plasmasteril-Infusion bekommen? Ist sie kreislaufstabil?«

»Natürlich hat sie die Infusion bekommen. Ihr Zustand ist recht stabil. Sie hat eben viel Blut verloren.«

»Liegt sie auf der Überwachungsstation?«

»Ja. Dein Vater möchte, dass du im Gang wartest, bis er dich holt.« Ihre Hand drückt sanft seinen Arm. »Einen Moment, ja? Ich ruf ihn kurz an und sag Bescheid, dass du da bist. Dann bring ich dich hin.«

Vor dem dritten Überwachungszimmer bleibt sie stehen.

»Hier.« Sie nickt Richtung Tür und streckt ihre Hand wieder nach seinem Arm aus, doch bevor sie ihn berühren kann, setzt er sich auf einen der Besucherstühle.

Schau sie jetzt bloß nicht an, sonst fasst sie das falsch auf und hockt sich neben dich.

Er holt sein Handy aus der Jackentasche und tippt die Nummer seiner Mailbox. Hört sich die Ansage an.

»Wollen Sie Ihre Begrüßung neu aufnehmen?«

Nein, ich will, dass sie geht.

Doch sie rührt sich nicht von der Stelle. Er legt auf und schaltet das Handy aus, behält es aber in der Hand.

Nun komm schon, sag's endlich.

Er öffnet den Reißverschluss seiner Jacke.

»Ach, Simon.« Sie tritt noch näher an ihn heran. »Es tut mir so leid. Nach allem nun auch noch das. Wenn du jemanden brauchst … Ich bleib gern bei dir.«

»Nicht nötig.«

»Bist du sicher? Du weißt, wo ich bin, falls doch …« Ihre Hand tätschelt seinen Arm. »Kopf hoch! Ist ja noch mal gutgegangen!«

Jetzt schaut er sie an. Sie lächelt. Am liebsten würde er ihr das Lächeln aus dem Gesicht schlagen.

»Ja, ist ja noch mal gutgegangen. Dass sie versucht hat, sich umzubringen, zählt nicht.« Er lächelt zurück. Sie zuckt zusammen.

Mensch, glotz mich nicht so betroffen an … Kopf hoch!

»Wenn du einen Kaffee möchtest …« Sie räuspert sich. »Im Schwesternzimmer findest du eine frisch aufgebrühte Kanne. Milch ist im Kühlschrank.«

»Nein, möcht ich nicht.«

»Also dann …«

»Also dann.« Er nickt ihr zu, und sie setzt sich endlich, endlich in Bewegung und verschwindet im Fahrstuhl. Die Türen schließen sich mit einem leisen Klingeln. Das rote Licht der Anzeige leuchtet auf, der Pfeil zeigt abwärts. Er steht auf und geht die wenigen Schritte zum Zimmer hinüber.

Deine Mutter hat sich die Pulsadern aufgeschnitten.

Mit den Fingerspitzen pocht er gegen das Holz. Leise und zaghaft. Wartet.

Keine Reaktion.

Also klopft er richtig. Laut. Unüberhörbar. Dann greift er nach der Klinke und drückt die Tür auf, doch in der Vorwärtsbewegung prallt etwas Schweres dagegen und schiebt sie wieder in seine Richtung. Ein scharfer, gezischter Laut ertönt.

»Schscht …« In dem schmalen Spalt taucht das Gesicht seines Vaters auf. »Sie ist noch nicht so weit. Ich hol dich.«

Bevor er antworten kann, klappt die Tür zu. Sein Arm wird gegen seinen Bauch gedrückt. Er lässt die Klinke los und kehrt zu den Besucherstühlen zurück. Setzt sich wieder. Über ihm flackert die Neonröhre.

An.

Aus.

Etwas kratzt in seiner Kehle. Er räuspert sich. Eine Tasse Kaffee würde ihm jetzt guttun, heiß, mit einem Schuss Milch und viel Zucker. Doch er bleibt sitzen.

An.

Zwei Uhr fünfzig.

Seine Füße sind eingeschlafen. Er sollte aufstehen, sich ein wenig bewegen. Stattdessen stellt er sich vor, wie es wäre, wenn er sofort aufspringen und den Flur hinunterrennen müsste.

Ein Kaltstart, von null auf hundert. So taub wie meine Füße sind, würde ich mir mit Sicherheit einen Bänderriss holen. Eine Außenbandruptur, Riss des *ligamentum fibulotalare anterius*. Deutlich zu hören durch ein lautes Krachen oder Bersten, zudem reagiert der Körper mit einem verletzungstypischen Schwindelanfall.

Er bewegt die Zehen, rollt sie ein und wieder aus.

Mit eingeschlafenen Füßen wäre das ein echter Trip: zu sehen, wie mein Fuß umknickt, zu hören, wie die Sehne reißt, aber noch keinen Schmerz zu spüren.

Die Taubheit weicht einem Kribbeln, das sich seine Beine hocharbeitet. Er beugt sich vor und lauscht Richtung Zimmertür.

Nichts zu hören.

Nicht einmal leises Murmeln.

Er lehnt sich wieder zurück und schaut sich um. Der grüne Linoleumboden. Der leere Wasserspender. Die billigen Drucke von Monet und van Gogh.

Simi …

Was?

Wieso hängen die solche Bilder auf? Das sieht doch jeder, dass die hässlich sind.

Weiß nicht. Vielleicht haben die nicht so viel Geld für so was.

Ich sag der Mama und der Roswitha gleich, dass sie hier deine Fotos aufhängen sollen. Die sind viel, viel schöner.

Er blickt zur Decke.

Aus.

JO

Man kann nichts tun. Nichts, außer da zu sein und abzuwarten.

Also ist man da und wartet ab. Sitzt vor ihrem Bett und schaut der Infusion zu, die langsam durch den durchsichtigen Schlauch rinnt. Zählt die fallenden Tropfen.

Eins.

Zwei.

Drei.

Man kommt nur bis drei. Immer nur bis drei.

Man zählt neu.

Eins.

Man schaut nicht auf ihren weißen Arm.

Zwei.

Man schaut doch.

Genauso weiß wie die Bettdecke.

Ihre Frau hatte mehr Glück als Verstand, Herr Bergmann.

Man schlägt das rechte Bein über das linke. Versucht, in Gedanken ein Gutachten zu formulieren, das man morgen dem Staatsanwalt geben muss.

Während der laufenden Bewährungsstrafe zeigte sich der Proband wenig kooperativ. Es ist möglich, dass …

Man schlägt das linke Bein über das rechte.

Es erhärtet sich der Verdacht, dass er wieder …

Erste Anzeichen für einen Rückfall sind …

Die Stille macht einen ganz verrückt. Man steht auf, geht zum Fenster und öffnet es. Kalte Nachtluft weht herein. Man streckt den Kopf ins Freie, blickt auf den dunklen, verlassenen Parkplatz.

Sie wollte sich –

Parkplätze zählen.

Eins.

Zwei.

Drei.

Die weißen Markierungen, dazwischen der nasse Asphalt. Pfützen schillern im Licht der Laternen. Man starrt auf das flüssige Schwarz und fragt sich, wann es geregnet hat. Gerade eben? Vor Stunden? Bereits auf dem Weg hierher?

Die kalte Luft beißt in der Nase, riecht nach Schnee.

Dabei ist doch schon Anfang April.

Man schüttelt den Kopf.

Alles gerät durcheinander. Alles löst sich auf.

Man schließt das Fenster. Das Bett spiegelt sich in der Scheibe.

Hat sie sich grade bewegt?

Ihr Arm liegt ganz anders auf der Decke als eben.

Oder nicht?

Leise, leise kehrt man zum Stuhl zurück. Sie hat die Augen geschlossen, aber man sieht sofort, dass sie immer noch wach ist. Die Weichheit des Schlafes fehlt, das tiefe Atmen. Man betrachtet das Gesicht auf dem Kissen. Bis vor ein paar Stunden ist es einem so vertraut gewesen wie das eigene. Doch jetzt …

Ihre Frau hatte mehr Glück als Verstand, Herr Bergmann.

Man steht wieder auf. Steht vor ihrem Bett und weiß nicht, was man tun soll. Noch einmal das Fenster öffnen? Noch einmal zur Cafeteria gehen und etwas kaufen? Aber was? Noch mehr Obst? Noch mehr Zeitschriften? Noch mehr Pralinen?

Sprich doch mit mir. Herrgott, sprich doch endlich mit mir.

Die Hände ballen sich zu Fäusten. Man macht einen Schritt auf das Bett zu.

Los, sag was!

Noch ein Schritt. Die Knie stoßen gegen eine Stange, der Bettrahmen gibt ein summendes Geräusch von sich, der Infusionsständer klirrt. Sie bewegt sich. Dreht sich auf die Seite und kehrt einem den Rücken zu. Über ihr schaukelt der durchsichtige Schlauch sachte hin und her.

Man atmet tief ein, lässt die Hände sinken. Die Decke ist verrutscht, und man starrt auf das hellgrüne Flügelhemdchen, das im Nacken nicht ordentlich gebunden wurde. Starrt auf das bisschen Haut, das zwischen den Flügeln hervorblitzt. Ein handtellergroßes Stück mit zwei Leberflecken und unzähligen Sommersprossen. Auch das so vertraut, auch das beinahe –

»Liebes?« Nach der stundenlangen Stille klingt das erste Wort viel zu laut. »Ich bin hier.«

Man wartet keine Antwort ab. Man klettert zu ihr aufs Bett. Legt sich neben sie, ohne sie zu berühren, das handtellergroße Stück Haut ganz nah vor Augen.

Das Telefon auf dem Nachttisch durchbricht die Stille. Sie zucken beide zusammen. Er spürt das Zucken ihres Rückens unter seiner Hand, spürt durch die abrupte Bewegung die Feuchtigkeit, die sich zwischen seiner Haut und ihrer gebildet hat. Neben seinem Zeigefinger einer der beiden Leberflecke. Knubbelig und eher rot als braun.

Das Telefon klingelt. Ein schriller, vibrierender Ton.

Er rührt sich nicht.

Vielleicht sagt sie jetzt endlich was.

Wer ist das?

Schalt es ab!

Der andere Leberfleck ist dunkelbraun und flach. Wie oft hat er die beiden schon berührt? Wie oft an ihnen herumgespielt?

Das Telefon klingelt.

Sein Zeigefinger stupst den knubbeligen Leberfleck sachte an.

Komm schon, Liebes.

Der Zeigefinger stupst kräftiger.

Bitte.

Sie reagiert nicht.

Das Telefon verstummt. Sein Zeigefinger bleibt auf dem Leberfleck liegen. Er sieht, wie er ihn berührt, aber spürt nichts unter seiner Kuppe.

Simon ist also da.

Er blickt zur Tür.

Vielleicht sitzt er ja direkt dahinter, keine vier Meter von uns entfernt.

Gleich hol ich ihn.

Gleich.

Er rückt an sie heran. Bettet seinen Kopf neben ihren, so nah, dass ihr Haar unter seiner Wange liegt. Es ist noch feucht und verströmt den stechenden Geruch nach Desinfektionsmittel. Er atmet ihn tief ein, spürt das Brennen in der Nase.

Sie hustet. Ein jäh herausbrechendes Bellen, das in einen trockenen Schluckauf übergeht.

Die Mama hat bei unsrer Vorführung wieder einen Gluckser gehabt. Den haben alle gehört.

Ich bin eben die Glucksmama.

Nicht denken.

Er konzentriert sich auf den stechenden Geruch des Desinfektionsmittels. Auf das Brennen in der Nase.

Ich bin eben die Glucksmama.

Auf die Feuchtigkeit an seiner Wange. Auf den knubbeligen Leberfleck, den sein Zeigefinger verdeckt. Den er nicht sieht und nicht spürt.

Heftiges Schnaufen. Die hellgrünen Flügel zittern unter den Bewegungen ihres Rückens. Dann ein lauter Gluckser.

Du musst die Luft anhalten und dreimal schlucken.

Wie oft hat er das schon zu ihr gesagt? Ihr in dunklen Kinos ins Ohr geflüstert, wenn sie den Husten zu lange unterdrückt hatte? Wie oft über ihre Anstrengung, dreimal hintereinander zu schlucken, geschmunzelt?

Der nächste Gluckser.

Du musst die –

Bellender Husten. Ihr Rücken zuckt und krümmt sich gegen sei-

28

nen Bauch. Sie bewegt den Kopf, zieht ihr Haar unter seiner Wange hervor und rutscht von ihm weg. Er bleibt, wo er ist.

Ein Klopfen an der Tür.

Simon.

Er richtet sich auf und rutscht vom Bett. Hastet zur Tür. Flimmernde Schwärze tanzt vor seinen Augen, in seinen Ohren rauscht das Blut.

Die Klinke gleitet nach unten.

Noch nicht!

Die Tür schwingt auf. Er springt vor und stoppt sie mit dem rechten Fuß. Eine Kante stößt gegen seinen Knöchel. Zischend saugt er die Luft ein, packt die Klinke und stemmt seine Hüfte gegen das Holz, lässt nur einen schmalen Spalt zu. Das Gesicht seines Sohnes taucht direkt vor ihm auf, von der Dunkelheit des Gangs umrahmt.

»Schscht …« Er macht einen Schritt zur Seite, füllt den Spalt mit seinem Körper aus. »Sie ist noch nicht so weit. Ich hol dich.«

Jetzt bloß keine Antwort abwarten.

Er drückt die Tür zu und lehnt sich dagegen. Sie hat sich nicht bewegt. Liegt noch genauso zusammengerollt da, das lange Haar wie ein Vorhang vor dem Gesicht.

Das war knapp.

Warm pulsiert der Schmerz in seinem Knöchel. Er blickt zum Fenster. Regen läuft die Scheibe hinunter, ein leises Geräusch, nicht mehr als ein Wispern.

Wie lang ist Simon jetzt schon da draußen?

Die Tür in seinem Rücken zwingt ihn zu einer aufrechteren Haltung, erst jetzt spürt er, wie verspannt er ist. Er lockert die Schultern und schüttelt die Arme aus. Sucht sich einen Punkt im Zimmer, der ihm hilft, den Kopf gerade zu halten. Ihr dunkles Haar auf dem Kissen ist zu niedrig, der Galgen über dem Bett zu hoch. Doch das Bild, das über dem Nachttisch an der Wand hängt, hat die richtige Höhe.

Ein van Gogh?

Die Sonnenblume könnte passen, die Technik auch. Sind ja eigentlich nur zwei Farben.

Seine Nackenmuskeln krampfen sich zusammen, ein Ziehen, das bis in die Schulterblätter strahlt. Und von dort in den Rücken. Vertraute körperliche Reaktionen. Die Zeit der Heuernte. Die mit staubigen Spinnennetzen überzogene Stallwand, an die er sich am Abend lehnt und darauf wartet, dass sie ihre Gabel in die Ecke stellt. Die Blicke, die sich nach Stunden vom Boden lösen und die anderen Gesichter suchen, sonnenverbrannte Gesichter mit weißen Schweißrändern am Haaransatz. Die abgezogenen Kopftücher, die jetzt träge nach den Fliegen wedeln, manche im Rhythmus der Kuhschwänze. Die gekrümmten Rücken, die knappen Worte und das Schlurfen. Die Blasen an ihren Händen, einige aufgeplatzt und nässend. Ihre Scham, auch nach Tagen der Schufterei noch *'s Maidle us de Stadt* zu sein. Ihr Lachen, als er ihr behutsam Hirschhorntalg auf die Blasen streicht. Ein anderes Lachen als das auf dem Wagen, das fröhlich zu ihm hinunterfällt. Wie das Heu, das sie ihm ins Gesicht wirft. *Hast du Hunger, Johannes?* Und noch mehr Heu und noch mehr Lachen. *Na, schmeckt's? Willst du noch mehr?* Er nimmt alles hin, Gelächter und Neckereien, ganze Lawinen aus Heu, das in den Augen pikst und in der Nase juckt. Das in den Ohren knistert und im Hals kratzt. Die Striemen einer vertrockneten Silberdistel an der Wange, die Kommentare der anderen, *kumm, Bursch, hol sell frech Ding vum Heu ra.* Er lächelt und wirft Gabel für Gabel auf den Wagen, lässt den Berg wachsen, auf dem sie steht. Und den ganzen Nachmittag über kann er ihr schwarzes Spitzenhöschen und ihre weißen Schenkel unter dem Rock sehen.

Er hält den Kopf schon wieder gesenkt, starrt auf den Boden, als lägen dort die endlosen Heureihen, die es auf den Wagen zu werfen gilt. Er löst sich von der Tür und kehrt zum Bett zurück.

Ihr schmaler Rücken in dem dünnen Flügelhemdchen. Behutsam zieht er die Decke über ihre Schultern, seine Finger streifen warme Haut. Sie rutscht von ihm weg und rollt sich zusammen.

»Ich will ihn nicht sehn.«

Im Gang ist es dunkel. Die Neonröhre knistert und knackt, wirft in unregelmäßigen Abständen Licht auf die Besucherstühle.

Aus.

An.

Simon schläft. Das Gesicht in den Armen vergraben, kauert er auf dem Stuhl, ein menschliches Knäuel, das tief und gleichmäßig atmet, und der Anblick seiner langen Beine rührt ihn.

Zwanzig Jahre.

Aber alles, was er sieht, ist der kleine Junge, der nach einer langen Fahrt endlich in seinem Kindersitz eingeschlafen ist. Den er, in der geöffneten Autotür stehend, minutenlang betrachtet. Sein schmales Gesicht, die Unterlippe im Schlaf trotzig nach vorn geschoben, die Schokoladenreste an seinem Kinn, der blonde Haarwirbel, der sich wie ein Dreieck in seine Stirn legt. Zwischen ihnen ist alles noch offen.

Zwanzig Jahre.

Aus.

Er bückt sich und tastet im Dunkeln nach Simons Jacke, die auf den Boden gerutscht ist. Damit könnte er ihn zudecken und selbst ein paar Minuten die Augen schließen.

An.

Er berührt ihn sanft an der Schulter. Ein Grunzen. Er berührt ihn etwas fester.

»Was?« Simon fährt hoch.

»Ganz ruhig …« Er lächelt und tätschelt eine Schulter. Einen Arm. Tätschelt und lächelt. »Ruhig, ich bin's bloß.«

Hör auf zu lächeln.

»Na endlich.« Simon wischt seine tätschelnde Hand weg. Eine fließende Bewegung, die in ein Recken und Strecken übergeht. Dazu lautes Gähnen, dass der Kiefer knackt, und Haare, die in alle Richtungen abstehen. Wie oft ihn dieser Anblick morgens zum Lachen gebracht hat. Gegen seinen Willen beginnt es, in seinen Mundwinkeln zu zucken.

»Was denn?«

»Nichts. Nur deine Haare …«

Aus.

»Sehr witzig!« Stoffraschen, ein Ruck, und die Jacke wird ihm aus den Händen gerissen.

»Ich mag deine verstrubbelten Haare.«

»Schön für dich. Ich will jetzt zu ihr.« Erneut das Rascheln von Stoff.

An.

Simon sitzt noch immer auf dem Stuhl, eine schwarze Wollmütze tief in die Stirn gezogen, und schon ist es wieder da, dieses harte, abweisende Gesicht.

»Es war für uns alle eine lange Nacht. Lass uns nach Hause fahren, du kannst sie später besuchen.« Er wendet sich zum Gehen. Die wenigen Schritte kosten ihn Überwindung. Wie viel lieber würde er hierbleiben und hinter ihr auf dem Krankenhausbett liegen, eine Hand auf ihrem Rücken. Ihrem Atem und dem Wispern des Regens lauschen.

»Was ist los? Warum kann ich nicht jetzt zu ihr?« Simon bleibt sitzen.

»Komm schon. Ich erklär's dir zu Hause.«

»Warum nicht hier?« Der aggressive Unterton ist eine eindeutige Warnung: Pass auf, was du sagst.

»Der Arzt hat ihr ein Schlafmittel gegeben. Sie merkt gar nicht, dass du da bist.«

»Du lügst!« Simon streckt ihm das Handy entgegen. Das Display leuchtet blau auf. *04:56.* »Ich sitz seit drei Stunden hier rum, und du bist noch viel länger bei ihr gewesen. Nur um ihr beim Schlafen zuzusehen?«

Aus.

»Ja.«

Unverständliches Gemurmel, das sich anhört wie: Das glaubst du doch selbst nicht.

»Hör zu, es geht ihr den Umständen entsprechend gut. Nachher wird sie dir das bestätigen.«

Verächtliches Schnauben.

»Ich bin im vierten Semester, ich kann die Situation vom Medizinischen her viel besser beurteilen als du.«

»Von mir aus. Trotzdem fahren wir beide jetzt nach Hause.«

An.

Kann das verdammte Licht denn nicht ausbleiben?

»Ich fahr nirgendwohin, bevor du mir nicht sagst, was los ist.« Simon verschränkt die Arme vor der Brust und sieht ihn an. »Dumm gelaufen, was? Jetzt kannst du nicht einfach auflegen.«

Junge, mach's doch nicht noch schlimmer.

»Sei bitte vernünftig und lass uns gehn.«

Kopfschütteln. Simon schlägt die Beine übereinander. Lehnt sich im Stuhl zurück.

Also gut. Wer nicht geschont werden möchte, muss mit den harten Fakten klarkommen.

»Na, fallen dir keine Lügen mehr ein?«

Warte.

»Nix Besseres als Schlafmittel?«

Warte.

Aus.

»Deine Mutter will dich nicht sehn.«

SIMON

Du hast es gewusst. Du hast doch gewusst, dass das passieren wird.

Schnell dreht er den Kopf zur Seite.

An.

Sein Vater bewegt sich neben ihm, streift ihn mit dem Arm, aber er reagiert nicht. Er schaut den Flur hinunter. Der leere Wasserspender. Die Bilder. Der Fahrstuhl. Das rote Licht der Anzeige leuchtet, der Pfeil zeigt aufwärts.

Bitte hier halten!

Er will, dass sich der Flur mit Menschen füllt, mit Betten, die an ihnen vorbeigeschoben werden, mit Geräten, die Krach machen.

»Simon?«

Er beißt die Zähne zusammen und schluckt. Versucht, das Zittern seiner Unterlippe zu unterdrücken.

Es macht dir nichts aus. Du hat es gewusst. Es macht dir nichts aus.

Der Pfeil springt um, zeigt abwärts.

Könnte bitte jemand hier aussteigen?

»Simon, deine Mutter sagt Dinge, die sie nicht so meint. Sie steht unter Schock, und deshalb müssen wir jetzt Rücksicht auf sie nehmen. Verstehst du?«

Auf der roten Fahrstuhlanzeige leuchtet ein E.

Warum ist in dem verdammten Wasserspender nichts drin?

Er könnte sich davorstellen und mit dem Rücken zu seinem Vater einen Becher nach dem anderen trinken. Schluck für Schluck. Schön langsam. Aber wenn der Wasserspender voll wäre, würde sein Vater längst davorstehen und so tun, als hätte er den ganzen Tag noch nichts getrunken, nur um nicht mit ihm reden zu müssen.

Aus.

Sein Vater lässt die Finger knacken. Ein Seufzen. Tiefes Luftholen.

Spar dir deine scheiß Ausreden, ich will nichts hören.

Er rutscht nach rechts. Rutscht einen Stuhl weiter und von dort auf den nächsten. Durch seine Jeans spürt er die kalte Sitzfläche.

Wieder ein Seufzen.

»Wir müssen jetzt Rücksicht auf sie nehmen, Simon, das ist jetzt das Allerwichtigste.«

An.

Sein Vater lehnt an der Wand, zwei Stühle von ihm entfernt, und starrt auf den Boden.

»Klar, Rücksicht nehmen. So wie sie auf uns?«

Er steht auf. Geht zur Tür und greift nach der Klinke. Die Hände seines Vaters schießen vor und fangen sein Handgelenk ab. Ein harter Griff. Ein strenger Gesichtsausdruck.

»Simon … Es ist besser, wenn wir jetzt nach Hause fahren. Auch für dich. Vertrau mir.«

»Lass mich los.«

Aus.

»Schscht … Nicht so laut. Mensch, jetzt hör doch mal zu, ich –«

»Lass mich sofort los.« Er sagt es noch lauter. Die Finger, die sein Handgelenk umschlingen, fühlen sich feucht an.

An.

»Simon, wir fahren jetzt.«

Okay, dann eben mit Gewalt.

Er macht zwei, drei schnelle Schritte zur Seite und reißt sich los. Sein Vater stolpert, fängt sich gerade noch ab und verharrt. Das Gesicht ganz nah an seinem. Dunkle Ringe unter den Augen, die Wangen von grauen Bartstoppeln überzogen. Scharfer Desinfektionsmittelgeruch strömt ihm entgegen.

Aseptopur. Oder Softasept N.

»Ich will sie sehen.« Er greift nach der Klinke.

»Simon, nicht …«

Er schüttelt den Kopf und öffnet die Tür.

Sie liegt auf der Seite. Das lange braune Haar vor dem Gesicht, so dass er nicht sehen kann, ob sie wach ist oder schläft.

Sie merkt gar nicht, dass du da bist.

Er macht ein paar Schritte ins Zimmer hinein. Ihre orangefarbenen Fingerspitzen heben sich grell von der weißen Bettdecke ab.

Schau woandershin.

Am Ständer hängen zwei Infusionsbeutel.

Elektrolytlösung. Kochsalz.

Er macht die letzten Schritte bis zu ihrem Bett. Am Fußende bleibt er stehen. Jetzt kann er sehen, dass ihre Augen offen sind. Sie starren durch die Haarsträhnen hindurch auf die Wand.

»Hallo, Mama.« Seine Stimme klingt viel zu hoch. Viel zu dünn.

Sie reagiert nicht.

Er räuspert sich.

»Mama?«

Ihre nackten Zehen berühren den metallenen Bettrahmen. Er beugt sich vor und zieht die verrutschte Decke vorsichtig darüber.

»Sonst wird dir kalt.«

Sie reagiert nicht.

»Mama? Ich bin's … Simon …«

Er steht da und wartet.

Irgendwann spürt er Hände auf seinen Schultern, die ihn sanft nach hinten ziehen. Weg vom Bett. Raus aus dem Zimmer.

Der Dienstwagen seines Vaters riecht wie ein Taxi. Nach Leder, Schweiß und feuchten Fußmatten. Nach Durchgangsverkehr. Bevor er sich setzen kann, muss er einen Stapel Akten auf die Rückbank legen. Er greift sich den obersten Ordner und nimmt ihn wieder zu sich nach vorne. Blättert ihn durch.

Netty Spitzmüller. Sechzehn, Drogendelikt.

Das Passfoto hat sich gelöst, klebt nur noch mit einer Ecke auf dem Papier. Er drückt es wieder fest und streicht ein paarmal darüber. Die Farben sind viel zu bunt, als habe es jemand nachträglich koloriert.

Rote Backen wie in der Reformhauswerbung ... Und das bei einem Junkie. Na, Netty, hat dich mein Vater schon resozialisiert? Oder biste 'ne harte Nuss? Geht er abends mit dir was trinken? Macht er einen auf Kumpel?

Ein Schatten fällt durch die Scheibe der Fahrertür. Schnell lässt er den Aktenordner im Seitenfach verschwinden, seine Hand stößt gegen die Fensterkurbel.

»Entschuldige, der blöde Papierkram dauert immer. Wieso hast du nicht im Warmen gewartet?«

»Keine Lust mehr auf Krankenhaus.«

Der Motor springt an. Die in ihrer Bewegung erstarrten Scheibenwischer rucken quietschend los. Sein Vater sitzt da, die Hand auf dem Schaltknüppel, und schaut auf die Windschutzscheibe, als habe er so etwas noch nie gesehen. Das Quietschen wird immer lauter.

»Kannst sie ausschalten, regnet nicht mehr.«

»Ja ... regnet nicht mehr ...«

Das Quietschen erstirbt. Langsam rollen sie über den Parkplatz. Er streckt die Beine im Fußraum aus, lockert sie. Unterdrückt ein Gähnen.

Irgendwas stinkt hier erbärmlich.

Er schnüffelt.

Künstliche Vanille.

Unter dem Rückspiegel pendelt ein Duftbaum. Der Geruch schlägt ihm auf den Magen, er schmeckt die Säure im Mund. Er kurbelt die Scheibe herunter, bei jeder Umdrehung streift sein Handrücken den Aktenordner im Seitenfach. Frische Luft strömt herein, kalt und beißend.

Tja, Netty, was meinst du? Raus mit dem Ding?

Er reißt den Duftbaum vom Rückspiegel ab und schmeißt ihn hinaus.

»Es zieht.«

Er kurbelt die Scheibe noch weiter herunter und hält sein Gesicht in den Fahrtwind. Das Gebläse der Heizung heult auf. Unter dem Rückspiegel flattert der Faden des Duftbaums hin und her.

Die nächste Ampel leuchtet Gelb, wird Rot.

»Nimm's dir nicht so zu Herzen. Sie hat mich auch ignoriert.« Sein Vater bremst. »Sie ist jetzt nicht sie selbst.«

»Das ist sie schon lange nicht mehr.« Er kurbelt die Scheibe hoch. Streift Netty ganze acht Mal, während er auf eine Antwort wartet. Doch es kommt keine.

Auf der rechten Seite der Kreuzung geben die Autos Gas. Eine Radfahrerin bleibt neben ihm stehen. Abwechselnd berühren ihre Füße den Boden. Links, rechts, links. Schwebend wie bei einer Balletttänzerin.

»Wer hat sie gefunden?«

»Ich.« Sein Vater dreht die Heizung aus und öffnet den Reißverschluss seiner Lederjacke. »Ich hatte viel zu tun, ein paar neue Probanden, und da ist es spät geworden. Zum Glück. Wenn ich schon geschlafen hätte …«

Du nimmst also immer noch Schlaftabletten.

»Wo?« Eine überflüssige Frage, doch er will es hören. Will hören, wie sein Vater sagt: In Sarahs Zimmer.

Seufzen.

»Wo?«

»Im Bad. Ich musste die Tür eintreten.«

»Im Bad?«

»Ja.«

Er kurbelt die Scheibe wieder herunter. Lässt einen Schwall kalter Luft herein. »Warum jetzt? Es ist doch fast ein Jahr her.«

Schweigen.

»Warum hat sie es jetzt getan?«

Schweigen.

Gelb.

Grün.

Sein Vater macht keine Anstalten, weiterzufahren, die Hand liegt schlaff auf dem Schaltknüppel.

»Warum jetzt?«

»Ich weiß es nicht.« Kaum mehr als ein Flüstern.

»War ja klar.« Er kurbelt die Scheibe hoch, sucht nach Worten, die noch mehr verletzen. Hinter ihnen Hupen. »Grüner wird's nicht.«

Schweigen.

Ein Auto schert aus und überholt sie laut hupend. Andere folgen. Eine Frau zeigt ihnen den Vogel.

»Es ist Grün …«

Sein Vater starrt vor sich hin. Das weiße Licht der Straßenlaternen lässt sein Gesicht kränklich aussehen, betont die kahle Stelle an der Schläfe, die tiefen Linien und Furchen unter den Augen, die dicken Tränensäcke.

Wie schnell er seit letztem Jahr gealtert ist …

Die Ampel springt erneut auf Gelb.

»Papa?«

»Ich weiß es nicht. Ich weiß es nicht.« Hände, die sich am Lenkrad festhalten. Augen, die vor Müdigkeit rot gerändert sind. »Ich weiß es nicht.«

»Ist ja schon gut.« Er greift über die Handbremse hinweg und schnallt den Gurt seines Vaters ab. Dann seinen eigenen. Er öffnet die Beifahrertür. »Komm, steig aus, Paps, ich bring dich heim.«

Die Jacken und Mäntel hängen ordentlich an der Garderobe. Die Schuhe stehen aufgereiht vor der Heizung. Das Telefon liegt auf dem Tischchen, daneben leuchtet der Anrufbeantworter. Nichts, was nach Hektik aussieht.

Er dreht sich um und bemerkt erst jetzt, dass er allein ist. Im Wohnzimmer quietscht der Sessel, Schuhsohlen scharren über den Parkettboden. Er zieht seine Jacke aus, wirft sie übers Treppengeländer und durchquert den Flur. Geht an der geöffneten Wohnzimmertür vorbei in die Küche.

Die Fensterläden sind noch geschlossen, durch die Ritzen dringt erstes Tageslicht. Er knipst die Lampe über dem Küchentisch an, dann klappt er die Spülmaschine auf.

Leer.

Er blickt sich um. Nirgends schmutziges Geschirr. Nur auf der Arbeitsplatte steht eine Tasse, daneben ein Müsliteller. Er schüttet den winzigen Rest Milch aus, der den Boden bedeckt. Dann kratzt er die angetrockneten Haferflocken mit den Fingern ab.

Sein Vater sitzt im Sessel und trägt noch immer seine Lederjacke.

»Hier.« Er reicht ihm eine der Bierflaschen, die er aus der Speisekammer genommen hat.

»Bisschen früh, oder?« Sein Vater verzieht den Mund.

Zu einem Lächeln? Zu einem Grinsen?

»Schaden kann's nicht.« Er setzt sich aufs Sofa.

»Ja, schaden kann's nicht ...«

Sie trinken. Ihr Schlucken klingt unnatürlich laut. Sein Vater hat die Augen halb geschlossen, die Finger seiner rechten Hand bewegen sich unaufhörlich, kneten den Schlüsselbund.

Draußen fahren die ersten Autos vorbei. Ein Hund bellt.

Bonnie? Oder Clyde?

»Würd's dir was ausmachen ... Ich meine ... Könntest du ... Simon, könntest du vielleicht das Bad sauber machen?« Sein Vater hebt den Kopf und sieht ihn an. »Nur, wenn's für dich okay ist.«

Die Finger bewegen sich nicht mehr, sind zur Faust geballt. Die Schlüssel im Handinnern müssen sich schmerzhaft in die Haut drücken.

Er nickt und steht auf. Als er am Sessel vorbeikommt, streift ihn das leise »Danke« wie eine Hand, die sein Vater sich nicht auszustrecken traut.

Auf den Treppenstufen kleine, zart versprengselte Blutstropfen. Als habe sich jemand in den Finger geschnitten und sei dann schnell ins Bad hinaufgelaufen, um sich ein Pflaster zu holen. Ein dummes Missgeschick.

Er nimmt zwei Stufen auf einmal. Bei jedem Schritt achtet er darauf, nicht in die Blutstropfen zu treten. Die Gummisohlen seiner Laufschuhe quietschen.

Oben geht er durch den dämmrigen Flur, geht an dämmrigen Zimmern vorbei. Dann ist er da. Die Tür hängt schief in den Angeln, dahinter brennt Licht. Er versetzt ihr einen leichten Stoß. Warme Luft wallt ihm entgegen, und mit ihr der Geruch nach geröstetem Kaffee, den frisches Blut verströmt. Er atmet durch den Mund, wie in der Notaufnahme, aber es ist zu spät. Jetzt wird er den Geruch noch stundenlang in der Nase haben.

Er macht einen Schritt.

Und noch einen.

In der Wanne steht das Wasser. Das verdünnte Blut sieht aus wie Früchtetee.

Gerösteter Kaffee und Früchtetee.

Er muss den Stöpsel herausziehen.

Im Flurschrank findet er einen Wischmopp, einen Eimer und Badreiniger. Unter der Spüle einen Putzschwamm und gelbe Gummihandschuhe. Er lässt warmes Wasser in den Eimer laufen und kippt die halbe Flasche Badreiniger hinein. Dreht den Hahn noch weiter auf. Der Schaum wächst doppelt so schnell und quillt beinahe über. Es beginnt nach Zitrone zu riechen. Er beugt sich über den Eimer und saugt den Geruch tief ein.

Er lehnt den Wischmopp gegen die Badezimmertür. Krempelt die Ärmel hoch und zwängt seine Hände in die gelben Gummihandschuhe. Sie sind ihm viel zu eng. Plastik schnalzt gegen seine Haut und rutscht ihm aus den feuchten Fingern.

»Shit!«

Er zerrt und zerrt. Irgendwann sind seine Ellenbogen bedeckt. Er versenkt den rechten Arm in der Wanne und zieht den Stöpsel. Das Wasser ist kalt und gurgelt im Abfluss, mehr und mehr rote Schlieren bleiben auf der weißen Wannenwand zurück.

Die Heizung ist auf die höchste Stufe eingestellt. Er dreht sie herunter und öffnet die Fenster. Dann nimmt er den Eimer und kippt das Wasser auf den Boden. Schaumkronen schwimmen über die Fliesen. Er greift nach dem Wischmopp, drückt ihn fest auf und wischt.

Er löscht das Licht im Bad und zieht die kaputte Tür vorsichtig hinter sich zu. Sie schwankt quietschend in der verbliebenen Angel, lässt sich aber schließen.

Er bleibt stehen und lauscht.

Unten ist alles still.

Leise geht er zu dem Zimmer am Ende des Flurs.

Es ist sehr aufgeräumt. So aufgeräumt, wie es früher nie gewesen ist.

Simi, ich hab einfach alles in den Schrank gestopft, und du?

Er macht die Tür hinter sich zu. Die Bettdecke liegt zerwühlt da, das Kopfkissen ist zerknüllt. Auf dem Nachttisch steht neben einem leeren Glas ein Tablettenröhrchen.

Sie schläft also hier.

Er geht zum Schrank hinüber und öffnet ihn.

Alles ordentlich. So ordentlich.

Er schließt den Schrank und dreht sich zum Schreibtisch um. Jemand hat die Überraschungseierfiguren, die Glücksbringer und die Porzellankatzensammlung darauf angeordnet. Er nimmt den Schornsteinfegerschlumpf in die Hand.

Hat sie den bei Matheklausuren immer auf das Aufgabenblatt gestellt? Oder war die Holzplakette mit dem vierblättrigen Kleeblatt für Mathe zuständig?

Er steckt den Schornsteinfegerschlumpf in seine Hosentasche. Zwischen der Holzplakette und dem Engelsschlumpf klafft nun eine sichtbare Lücke.

Der Bilderrahmen mit der Anzeige steht nicht mehr auf der Fächerablage. Er entdeckt ihn neben der lilafarbenen Porzellankatze, direkt am Rand des Schreibtischs. So nah am Bett, dass man nicht einmal den Kopf aus dem Kissen heben muss, um ihren Namen lesen zu können. Er legt seinen Zeigefinger auf die Glasscheibe, verdeckt das schwarze Kreuz.

Sarah Bergmann.

Er starrt auf die zwei Worte. Starrt so lange, bis sie sich verdoppeln und verdreifachen.

»Ich hab dir das Sofa zum Schlafen gerichtet.« Sein Vater ist lautlos in die Tür getreten. »Ich hoffe, das ist okay. Dein Zimmer ist –«

»Vollgestellt mit Kram. Ich weiß.«

Er wischt mit dem Ärmel kurz über die Glasscheibe. Versucht, nicht auf die vielen Namen zu achten, die sich unter denen seiner Eltern aufreihen.

Sogar an die Kindergärtnerinnen haben sie gedacht …

Er dreht sich um und geht an seinem Vater vorbei aus dem Zimmer.

ANNE

Auf dem Teller liegen zwei Marmeladenbrote. In kleine, mundgerechte Stücke geschnitten.

Blöde Kuh!

Sie dreht den Kopf zur Seite. Draußen regnet es. Die grauen Wolken unterscheiden sich kaum von den grauen Bergen, alles fließt ineinander. Sie versucht, sich auf das Grau zu konzentrieren, versucht, hellere und dunklere Abstufungen zu entdecken, aber sie sieht nur den verschwommenen Umriss des Tellers, der sich in der Fensterscheibe spiegelt. In ein paar Minuten wird Roswitha das Frühstück wegräumen. In ein paar Minuten wird Roswitha den Kopf schütteln und die unangetasteten Marmeladenbrote mit einem tiefen Seufzer kommentieren.

Ach, Anne ...

Blöde Kuh!

Wie der Regen an der Scheibe runterläuft ...

Roswitha wird das Mittagessen früher bringen und dann wird sie dich füttern.

Schön regelmäßig sieht das aus.

Ach, Anne ...

Du musst die verdammten Marmeladenbrote wegschaffen.

Aber wohin?

Der Papierkorb ist zu offensichtlich. Der Nachttisch hat keine Schubladen.

Die Serviette!

Ohne die Arme zu benutzen, richtet sie sich auf. Ein kurzes Anspannen der Bauchmuskeln, ein Nachschieben mit dem linken Bein, und schon sitzt sie.

Schnell jetzt.

Sie greift nach der Serviette. Ihre steifen, geschwollenen Finger mühen sich mit dem dünnen Papier ab, bekommen es nicht auseinandergefaltet. Der Schmerz treibt ihr Tränen in die Augen.

Schneller.

Die Serviette gleitet aus ihren Fingern. Flattert zu Boden. Sie stöhnt vor Wut und Hilflosigkeit.

Roll dich zusammen und rühr dich nicht.

Ach, Anne ...

Ach, Liebes ...

Ach, ach, ach.

Sie dreht sich um und schiebt das Kopfkissen beiseite. Dann greift sie den Teller. Greift ihn mit beiden Händen, so fest sie kann, damit er ihr ja nicht zu früh umkippt. Der Schmerz macht sie noch wütender.

Der Teller wackelt. Ihre Zähne knirschen.

Jetzt.

Die Brotstückchen fallen auf die Matratze. Die meisten mit der Marmeladenseite nach unten.

Gut. Sehr gut.

Sie stellt den Teller ab und schiebt die ausgeklappte Tischplatte beiseite. Dann legt sie das Kopfkissen auf die Brotstückchen.

So.

Sie lehnt sich zurück.

Nichts zu spüren. Natürlich nicht. Es sind schließlich nur Brotstückchen.

Mama, ich will auch eine Erbs unter meinem Bett.

Matratze, Schatz, die Erbse liegt unter der Matratze.

Gibst du mir eine Erbs?

Der schmale, nackte Rücken. Vor ihrem Bett zum Katzenbuckel gekrümmt, das Nachthemd weit über den Kopf gezogen, bis in die wippenden Zehenspitzen ganz Ungeduld. Die Wirbelknöchelchen unter der weißen Haut, der zarte Nacken, den sie mit einer Hand umspannen kann. Ihre Finger streichen über das Weiß. Tippen mal hier und mal da gegen den Katzenbuckel, fahren unsichtbare blaue Flecken nach. Ernten freudiges Quieken.

Siehst du, ich bin eine echte Prinzessin.

Daran hab ich nicht eine Sekunde gezweifelt, mein Schatz.

Oh, Mama, dann bist du ja eine Königin!

Kinderärmchen, die sich um ihren Hals schlingen, kleine, feuchte Hände in ihrem Haar. Ein Mündchen, das ihre Wangen abküsst. Schmatzende Küsse, die mehr Nässe als Berührung sind. Ein Näschen, das sich dabei in ihre Wange drückt und warmen Atem auf ihrer Haut hinterlässt.

Sie schlägt die Decke zurück.

Komm, wir legen dir auch eine Erbs unter die Matratze.

Sie steht auf. Der Infusionsschlauch schaukelt heftig hin und her. Schwindel überfällt sie, ihre Knie zittern. Sie stützt sich am Nachttisch ab.

Ich hab dich lieb, Mama.

Beweg dich.

Beweg dich, beweg dich.

Sie löst den Infusionsschlauch von der Venüle auf ihrem rechten Handrücken und verreibt mit den Fingerspitzen ungeschickt die kleinen Blutstropfen, die herausquellen. Sofort ist der Schmerz wieder da.

Egal. Beweg dich.

Sie schaut an sich hinunter. Der Bademantel reicht bis zum Boden, sie wird ihn beim Gehen anheben müssen. Die Ärmel sind so lang, dass sie alles verstecken, sogar ihre orangefarbenen Fingerspitzen. Sie könnte auch wegen ihrer Gallensteine hier sein.

Sie öffnet die Tür und geht auf den Flur hinaus.

Seit dem letzten Umbau ist das Spielzimmer viel größer. Zwei kleine Mädchen toben quietschend und kreischend darin herum, lassen sich von ihr nicht stören, auch wenn sie hinter der riesigen

Glasfront nicht zu übersehen ist. Sie lehnt sich an den Wasserspender und verfolgt, wie die beiden um einen hässlichen roten Hüpfsack streiten.

»Mama?«

Sie dreht sich um. Er steht direkt hinter ihr, so nah, dass sie beinahe seine Brust berührt. Wie sie seine Anschleicherei hasst. Dieses lautlose Auftauchen, völlig aus dem Nichts, und sie weiß nie, wie lange er schon so dasteht und sie beobachtet.

»Roswitha sucht dich auch.«

Soll sie.

»Hier bin ich.«

»Du kannst nicht einfach dein Zimmer verlassen, du musst Bescheid geben. Die denken doch …« Er beißt sich auf die Unterlippe. Sein Blick huscht zu ihren Armen hinunter.

»Was?«

»Ach, nichts …«

Ach, ach, ach.

»Schau mal.« Sie weist mit dem Kinn auf die Mädchen. »Die Rothaarige da ist richtig frech. Wie sie die Sachen an sich reißt … Die andere kann gar nicht damit spielen.«

Er tritt neben sie und betrachtet die Mädchen, die sich mit Legosteinen bewerfen. Sie bemerkt den Blumenstrauß in seiner Hand, den er halb versteckt hält.

»Ist der für mich?«

Er nickt.

»Danke.« Sie greift mit links nach dem Strauß, aber er ist zu schwer für ihr verletztes Handgelenk. Er kippt vornüber, entgleitet ihr. Sie macht einen schnellen Schritt und klemmt den Strauß zwischen ihrem Bauch und der Glasscheibe ein. Die beiden Mädchen starren sie an.

»Moment, ich helf dir.« Er befreit sie von den Blumen. Sie richtet sich auf, tritt zurück und lehnt sich wieder gegen den Wasserspender. Spürt die Stelle an ihrem Bauch, in die der harte Knoten des Bademantelgürtels gedrückt hat.

»Gefallen sie dir?« Seine Finger zupfen das zerdrückte Seiden-papier zurecht.

»Ja.« Sie nickt. »Sie sind hübsch. Hast du sie beim Koller ge-kauft?«

»Ja, hab ich. Ich soll dich grüßen.« Er senkt den Kopf und be-trachtet die Blumen. Dreht den Strauß hin und her, als suche er et-was. Das Seidenpapier raschelt.

»Papa kommt nachher auch vorbei.«

»Prima.«

Der Wasserspender blubbert geräuschvoll vor sich hin.

»Wie läuft's in der Uni?«

»Ich schwänz grade.«

»Hoppla, das hat weh getan.« Sie deutet auf die Rothaarige, die heulend auf dem Boden sitzt und sich den Arm reibt.

Das Papierrascheln hört auf.

»Ach, Mama … Ich hab gedacht, es geht dir besser …«

Könnt ihr denn nichts anderes mehr sagen?

Sie blickt durch die Glasfront. Das zweite Mädchen tröstet die Rothaarige, streichelt ihr unbeholfen über die Wange.

»Ich bin müde. Ich leg mich wieder hin.« Sie löst sich vom Was-serspender. Erst jetzt bemerkt sie, wie kalt die rechte Seite ihres Oberkörpers ist, mit der sie den Tank berührt hat.

JO

Er legt den Hörer auf und betrachtet seine Notizen. Die Worte »wichtige Bezugsperson« und »Urlaubssemester« sind mehrfach unterstrichen und mit Ausrufezeichen gespickt.

Fünf Minuten Telefonat, und es ist wieder Land in Sicht.

Er reißt das Blatt vom Notizblock, faltet es zusammen und steckt es in die Hosentasche. Unterdrückt den Drang, erneut zum Telefon zu greifen und Simon anzurufen.

Nichts überstürzen. Jetzt kommt alles auf das richtige Timing an.

Er überfliegt seine Checkliste.

Zwei Jogginghosen.

Dicke Socken.

Die Wollstrickjacke mit den weiten Ärmeln.

Unterhosen.

Bis auf »Waschzeug« ist jeder Punkt abgehakt. Er steht auf, nimmt ihre kleine Reisetasche vom Schreibtisch und verlässt das Schlafzimmer.

Beim Anblick der kaputten Tür klopft sein Herz schneller.

Liebes, warum schließt du ab?

Liebes?

Nicht denken. Packen.

Er tastet nach dem Lichtschalter und zwängt sich durch den Spalt. Die Reisetasche schrammt an der Tür entlang, die taumelnd aufschwingt. Metall quietscht und ächzt, die Klinke stößt scheppernd gegen die gefliese Wand. Mit dem Rücken zur Wanne bleibt er stehen.

Obwohl alle Fenster gekippt sind, ist die Luft von schwerem Parfumgeruch durchdrungen. Im Waschbecken liegen leere Flakons.

Er rührt sich nicht. Bleibt mit der Reisetasche im Arm stehen und zählt, was er von seinem Platz aus sehen kann. Blau getöntes Glas neben durchsichtigem und zartgelbem, bauchige Formen neben schmalen, dazwischen ein langstieliger Flakonhals, der in einer Rosenblüte endet.

Eins.

Zwei.

Drei.

Der Geruch ist unerträglich. Er würgt.

Waschzeug, Waschzeug.

Er geht zum Regal hinüber. Greift Kamm und Gesichtscreme aus ihrem Fach. Dann Reinigungsmilch und Wattepads. Ihre Zahnbürste. Seine Finger fahren über die trockenen Borsten.

Wenn Simon erst mal da ist, wird alles gut.

Nicht denken. Packen.

Ihre Augencreme, ihre Handcreme.

Unten schlägt die Haustür zu.

»Hallo, hallo? Jemand da?«

Endlich.

Sein Sohn sitzt am Küchentisch, zwei Pizzakartons vor sich, und verteilt Besteck. Die schwarze Wollmütze liegt auf dem Zeitungsstapel, die blonden Haare stehen in alle Richtungen ab.

Wenn du da bist, wird alles gut.

Er streckt die Hand nach dem wirren Haarschopf aus, besinnt sich aber noch rechtzeitig.

Simon dreht sich um. »Is was?«

»Nein.« Er geht zu seinem Stuhl und nimmt Platz. »Essen, sehr gut. Hätt ich glatt vergessen ...«

»Diabolo, extra scharf.« Ein Nicken zum linken Karton. »Ohne Sardellen.«

»Danke.« Er zieht seine Pizza zu sich. Die fettige Pappe hinterlässt eine glänzende Spur auf der dunklen Tischplatte. »Wie war's
im Krankenhaus?«

Simon schiebt sich ein großes Stück in den Mund. Ein Käsefaden
bleibt an seinem Kinn kleben, zittert bei jeder Kaubewegung.

Also keine Antwort.

»Hast du ihr gesagt, dass ich auch gleich vorbeikomme?«

Nicken.

»Was hat sie dazu gesagt?«

»Prima.«

»Prima?«

Nicken.

»Schön. Soll ich noch was mitbringen? Wollte sie noch was Be-
stimmtes?«

Achselzucken.

Ja, ja, ich hab schon verstanden, Themawechsel.

»Simon, ich muss was Wichtiges mit dir besprechen.«

Scheiße! Doch nicht so.

Er sticht mit der Gabel in eine grüne Peperoni und beißt die
Hälfte ab. Die Schärfe treibt ihm Tränen in die Augen, er räuspert
sich, um nicht zu husten.

Eine hochgezogene Braue.

Er schiebt sich harten Teigrand in den Mund und kaut gegen die
Schärfe an.

Wie jetzt weiter?

Fakten. Zuerst die Fakten.

Er legt die Gabel auf den Teller und lehnt sich zurück. Versucht,
Blickkontakt aufzubauen, aber sein Sohn senkt den Kopf und pult
Salamischeiben von der Pizza. Wo der Käsefaden geklebt hat, glänzt
das Kinn.

»Morgen hat deine Mutter einen Termin beim Psychologen, danach wird sie entlassen.«

Der Kopf bleibt gesenkt, die Finger pulen weiter.

»Ich bin den ganzen Tag bei der Arbeit. Das heißt, sie ist hier die meiste Zeit allein. Es wird niemand da sein, der ein Auge auf sie hat.«

Die Finger nehmen sich die Champignons vor.

Warte. Lass es in ihm arbeiten.

Er trinkt einen Schluck Saft. Und noch einen. Stellt das Glas ab. Greift wieder nach Gabel und Messer und schneidet seine Pizza klein.

Jetzt.

»Simon, ich finde, du solltest hier wieder einziehn.«

Die Finger halten inne. Der Kopf ruckt hoch.

Jetzt hast du ihn.

»Ich kann nicht jede halbe Stunde hier anrufen. Und wenn ich's tue und sie nicht rangeht, dann gibt's zwei Möglichkeiten: Sie hat's nicht gehört oder …«

»Ich soll also hier einziehn und auf sie aufpassen?«

»Nur vorübergehend. Bis sie wieder stabil ist.«

Schnauben.

»Wie stellst du dir das vor? Sie wollt mich doch heut Nacht noch nicht mal im Krankenhaus sehn.«

»Das war der Schock. Das musst du doch wissen, als –«

»Mann, für wie blöd hältst du mich?« Die Finger zerrupfen einen Champignon. »Sie will mich nicht sehn, weil sie mich nicht sehn will.«

»Das stimmt doch nicht. Wenn ihr beide erst mal ein wenig Zeit miteinander verbracht habt … Das legt sich … Simon, ich brauch deine Unterstützung, allein schaff ich das nicht.«

Wieder Schnauben.

»Vergiss es. In ein paar Wochen gehn meine Prüfungen fürs Physikum los, da bin ich noch weniger hier als du.«

»Dann machst du eben ein Urlaubssemester.« Er schlägt die Beine übereinander, spürt das zusammengefaltete Blatt in seiner Hosentasche. »Der Psychologe deiner Mutter stellt dir eine Bestätigung aus, dass sie dich als wichtige Bezugsperson braucht.«

»Ich fass es nicht.« Simon lehnt sich zurück und starrt ihn an. Die

fettigen Finger auf der Tischplatte abgestützt, als wolle er gleich aufstehen. »Du hast dich also schon erkundigt ... Das Ganze ist noch
nicht mal vierundzwanzig Stunden her, und du hast dich schon erkundigt!«

»Was ist daran falsch? Ich will die Lage in den Griff bekommen.
Und du denkst nur an dich.«

»Klar, ich bin hier der Egoist. Schon vergessen, warum ich ausgezogen bin?«

Oh, jetzt bitte nicht das.

»Nein, ich hab nicht vergessen, warum du ausgezogen bist. Und
ich sag's noch mal: Das war keine Absicht. Wir haben –«

»Sogar an die scheiß Kindergärtnerinnen habt ihr gedacht.« Die
Finger schieben den Pizzakarton so heftig von sich, dass er gegen
eines der Gläser stößt.

»Keiner von uns hat dich auf der Todesanzeige –«

»Mit Absicht vergessen. Ich weiß, Papa. Wenn das einem deiner
Knastis passiert, redest du ganz anders daher.«

Ruhig bleiben. Nicht provozieren lassen. Ihn daran erinnern,
dass es im Augenblick nicht um ihn geht.

»Ist dir so egal, was mit deiner Mutter ist?«

Die Stuhlbeine scharren über die Fliesen.

»Wir sind eine Familie. Du und ich, wir müssen jetzt beide Ab-
striche machen, müssen jetzt beide Rücksicht nehmen. So lange, bis
deine Mutter stabil ist.«

»Vergiss es!« Sein Sohn springt auf und stürmt aus der Küche.

Er bleibt am Tisch sitzen und wartet darauf, dass die Haustür zugeknallt wird. Doch alles, was er hört, ist ein leises Klappen. Nicht
lauter, als wenn jemand gerade hereingekommen wäre.

Sie schläft.

Er zieht die Tür hinter sich zu und durchquert auf Zehenspitzen das Zimmer. Setzt die Reisetasche langsam auf dem Bademantel
ab, der vom Stuhl heruntergerutscht ist und wie ein achtlos beisei-

tegeschobener Teppich daliegt. Der dicke Stoff verhindert jedes Geräusch.

Dann tritt er ans Bett heran. Als er sich nicht mehr bewegt, seine Lederjacke nicht mehr knarrt und sein eigener Atem sich beruhigt hat, ist es so still, dass er sie atmen hören kann.

Er steht da und lauscht.

Sie beginnt, sich zu regen, und er weiß nicht, wie viel Zeit inzwischen vergangen ist. Zehn Minuten? Zwanzig? Eine halbe Stunde?

Sein Magen knurrt, und sie dreht den Kopf in seine Richtung. Die Ringe unter ihren Augen sind dunkelgrau.

»Hallo, Liebes.« Unwillkürlich hält er die Luft an.

Spricht sie oder spricht sie nicht?

»Wie lange bist du schon da?« Ihre Stimme klingt rau. Sie räuspert sich.

»Grade erst gekommen.« Er zieht seine Lederjacke aus und hängt sie über den Stuhl, froh darüber, ihr kurz den Rücken zukehren zu können.

Hör auf zu lächeln.

Er nestelt die Jackenärmel ordentlich zurecht, das Leder knarrt. Der Reißverschluss schlägt klirrend gegen ein Stuhlbein, pendelt sich aus.

Jetzt musst du nur noch einen passenden Moment abwarten. Wenn Simon erst mal da ist, wird …

Er dreht sich um.

»Ich wollt dich nicht wecken. Ich hab dir ein paar Sachen mitgebracht. Kleider und so.« Er setzt sich auf den Bettrand. Durch die Decke hindurch berührt seine Hüfte ihr Bein. Sie stemmt sich hoch, ohne die Arme zu Hilfe zu nehmen, und richtet sich auf. Dabei rückt sie von ihm ab. Wieder knurrt sein Magen.

»Du kannst das Obst essen. Ich hatte vorhin schon eine Orange. Das reicht mir.« Sie wendet sich zum Nachttisch um. Streckt den linken Arm aus und rollt mit der Hand eine Orange in seine Richtung. Ihre Fingerspitzen haben die gleiche Farbe wie die Schale.

»Nein, es geht so. Ich will dir nicht deine Sachen wegessen.«

»Eine Banane wär jetzt besser für dich. Wegen der Magensäure.«
Sie hört nicht auf, die Orange zu rollen.

»Liebes, lass das doch bitte. Du tust dir nur weh.«

»Hast du nichts im Kühlschrank gefunden? Es muss eigentlich
genug da sein.«

»Ich hatte keinen Hunger.«

Das war zu schroff. Viel zu schroff.

Schnell greift er nach der Orange. Es spritzt, als er seine Finger
in die Schale gräbt.

»Hoppla …« Sie zieht ihren linken Arm zu sich und betrachtet
die hellen Flecken auf dem Verband.

»Entschuldige.« Fruchtsaft läuft ihm übers Handgelenk. Er legt
die Orange auf den Nachttisch und nestelt ein Taschentuch aus
seiner Hose. Dabei rutscht er ein Stück nach hinten, so dass seine
Hüfte wieder ihr Bein berührt.

Hör auf.

Das Taschentuch ist zerknüllt und vom Mitwaschen ganz steif,
es zerbröselt ihm zwischen den Fingern. Trotzdem reibt er damit
über seine Hand. Graue Papierkrümel rieseln auf die Bettdecke. Wo
seine Haut aufgeschürft ist, brennt die Fruchtsäure und löst kurz
das Ziehen ab, das von den vielen Holzspreißeln ausgeht, sobald er
etwas greift oder festhält.

Die halbe Badezimmertür steckt mir noch in den Händen.

Er lehnt sich zurück und stopft das verbliebene Taschentuch in
die Hose zurück. Spürt ihr Bein an seiner Hüfte und seinem Rücken. Stopft länger als nötig.

Hör auf.

Er pult die letzten Schalenstücke ab und fächert die Orange zu
einer Blüte auf, wie er es früher für die Kinder gemacht hat.

»Möchtest du auch?«

Sie schüttelt den Kopf. Fruchtsaft tropft alles voll. Das Bett. Seine
Hose. Er streckt die Arme aus, will die Orange über dem Nachttisch zerteilen, doch sie beugt sich vor und zieht die noch ausge-

klappte Tischplatte zwischen ihn und sich. Die Kante drückt in seinen Bauch, zwingt ihn, ein gutes Stück von ihr abzurücken.

»So geht's besser.«

Er nickt, plötzlich zu müde für eine Antwort. Das Bettlaken unter ihm fühlt sich kühl an. Aber das wird er auch wieder warm sitzen.

Iss erst mal die Orange, dann findet sich schon ein passender Moment.

Während er Schnitz für Schnitz in den Mund steckt, liest er die Ankündigungen auf dem Titelblatt der *Brigitte* von oben nach unten.

Neugierig, wer wirklich zu Ihnen passt?

Yoga statt Hormone – sieben Übungen für mehr Gelassenheit.

Burgund im Herbst – eine Genussreise.

Als er die Orange aufgegessen hat, schält er die nächste. Sie sieht auf die Uhr.

Ja, ja, ich geh ja gleich. Gleich bist du mich wieder los.

Er trennt die Schnitze voneinander. Sie schließt die Augen.

Jetzt.

»Ach, Liebes, was ich noch mit dir besprechen wollte …« Er räuspert sich und nimmt sich einen der Schnitze vor. »Simon hat mich vorhin gefragt, ob er wieder bei uns einziehn darf.«

Die Augen bleiben geschlossen. Er betrachtet ihr graues Gesicht.

Wenn Simon erst mal da ist, wird alles gut.

»Er muss fürs Physikum viel lernen, und dafür ist es ihm im Wohnheim zu laut. Bei uns zu Hause hat er Ruhe, da kann er sich konzentriert vorbereiten. Das Physikum ist nicht ohne. Auch nicht, wenn man so gute Noten hat wie unser Sohn.« Er pellt Orangenhaut vom Fruchtfleisch. »Was hältst du davon? Darf er wieder bei uns einziehn?«

Unter ihrem linken Lid quillt eine Träne hervor. Rinnt langsam über ihre Wange.

Ach, Liebes, ich komm auch immer nur bis drei.

Sie hebt einen Zipfel der Bettdecke an und wischt sich damit übers Gesicht. Dann öffnet sie die Augen.

ANNE

Sie schließt die Augen und lehnt sich zurück. Der warmen, feuchten Luft nach könnte sie jetzt auch in der Schwüle eines Tropenhauses sitzen. Könnte den schweren Duft exotischer Pflanzen einatmen und dem Zwitschern und Trillern, dem Tschilpen und Schnalzen der Vögel lauschen. Doch sie riecht nur das scharfe Desinfektionsmittel. Hört nur das gleichmäßige Brausen der Duschen und das pfeifende, quietschende Geräusch, das die Seifenspender von sich geben. Dann ein helles, metallisches Scheppern.

»Elender Hurenseich! Wer stellt das auch so blöd in den Weg?«

Friedhild.

»Saublöd in den Weg!«

Luzia.

»Man kommt ja gar nicht vorbei ...«

Die neue Schwester.

Aufgeregtes Gemurmel, das zu ihr in die Umkleide schwappt. Wieder das helle, metallische Scheppern. Das Gemurmel entfernt sich, ebbt zu einzelnen Lauten ab, die sie nicht versteht.

Sie öffnet die Augen. *10:34.*

Noch sechsundzwanzig Minuten.

Die Uhr an der Wand sieht aus wie die in ihrer Küche. Weißes Zifferblatt, filigrane schwarze Zeiger. Tschibo, fünfzehn Euro. Oder waren es zehn gewesen?

Noch fünfundzwanzig Minuten.

Sie schwitzt in der dicken Wolljacke. Seit Friedhild ihr die Haare geföhnt hat, läuft ihr der Schweiß in Strömen den Rücken hinunter, und sobald sie die Arme bewegt, spürt sie die nassen Stellen unter den Achseln. Doch sie steht nicht auf, um draußen im kühlen

Flur zu warten. Sie bleibt sitzen. Hier ist sie keinen traurigen Blicken, keinen leisen Fragen ausgeliefert, hier lassen sie die Luzias und Roswithas in Ruhe.

Noch dreiundzwanzig Minuten.

Sie schlägt die Beine übereinander und lehnt den Kopf ans Schließfach. Versucht, sich die Psychologin vorzustellen.

Was hat eine Irma Kleinfelder für Haar?

Kurzes. Lockiges. Dazu ein rundes Gesicht mit roten Backen. Grübchen, die sich beim Lächeln in die Mundwinkel graben. Eine kleine, mollige Statur.

Na komm, wie ein Gartenzwerg wird sie nun nicht grade aussehn.

Noch zwanzig Minuten.

Kühl spürt sie die Schließfachtür an ihrer Kopfhaut. Die Wolljacke juckt und kratzt unter ihren nassen Achseln, auch wenn sie sich nicht bewegt.

Was hat sich Jo beim Packen eigentlich gedacht? Dass ich am Nordpol bin?

Sie steht auf. Dreht sich zu den Spiegeln um, die vom Wasserdampf beschlagen sind. Drei Fenster, die nichts als Nebel zeigen.

Mama, ich kann den Hasenstall nicht mehr sehn. Berührn jetzt die Wolken den Boden?

Noch siebzehn Minuten.

Sie sucht sich den Spiegel in der Mitte aus. Reibt mit den Ärmeln über das Glas, dass es quietscht. Helle Wollfussel bleiben kleben.

Sie steht still.

Du schaust aus wie's Kätzle am Bauch.

Sie hört ihre Großmutter und sieht den Löffel mit dem Lebertran vor sich, den ihr die Großmutterhand in den Mund schiebt.

Aber mit Lebertran ist es hier nicht getan.

Ihr Gesicht blickt ihr in einer Farbe entgegen, wie sie Holzasche auf Schnee hinterlässt. Ein wässriges, durchsichtiges Grauweiß.

Langsam tasten sich ihre Augen über ihr Spiegelbild. Verweilen auf den ausgehöhlten Wangen, den tiefen Falten, die sie nicht kennt, aber nun überall entdeckt. Auf der Stirn, auf den Nasenflügeln, um den Mund herum. Alles in ihrem Gesicht scheint nach innen zu fallen, scheint unter diesem wässrigen, durchsichtigen Grauweiß zu zerfließen. Als hätte bei ihr über Nacht die Schneeschmelze eingesetzt, und einen Moment lang verspürt sie wieder das wunderbare Gefühl der Leere, das sich in der Badewanne eingestellt hat. Ein Gefühl, als schwebten ihre Füße über dem Boden. Ein Gefühl, als wäre sie aus handgeschöpftem Papier, porös und durchlässig.

Leer.

Ganz leer sein.

Sie hatte es fast geschafft.

Schlurfende Schritte nähern sich. Begleitet von einem Geräusch, das sie nicht deuten kann. Ein dumpfes Pochen.

Die Tür des Sprechzimmers öffnet sich, und eine Frau tritt ein. Kurzes blondes Haar. In der einen Hand einen Gehstock. In der anderen einen grauen Aktenordner.

»Guten Tag, Frau Bergmann, ich bin Dr. Kleinfelder.«

»Guten Tag.«

Die dunklen, wachen Augen von Dr. Kleinfelder gleiten über ihre jodgefärbten Fingerspitzen hinweg.

»Lassen wir das Händeschütteln lieber ausfallen, das tut Ihnen ja nur weh.«

Sie verschränkt die Arme. Sofort ist der Schmerz wieder da.

»Dann wollen wir mal.« Dr. Kleinfelder geht zu dem freien Sessel hinüber. Langsam. Umständlich. Die Füße schleifen über den Boden, als hätte sie Gewichte in den Schuhen. Mit einem Seufzer lässt sie sich in die Polster sinken. Legt den Gehstock vor den Sessel und richtet sich schnaufend wieder auf. »Wenn ich den irgendwo anlehne, fällt er mitten im Gespräch um, und wir bekommen einen Heidenschreck.«

Sie antwortet nicht. Starrt auf Dr. Kleinfelders Hand, die ein Diktiergerät aus der Kitteltasche zieht. Braune Flecken, gekrümmte Gelenke.

Als hätte jeder Finger einen Buckel.

»Frau Bergmann, leider zwingen mich die Vorschriften, Ihnen zuerst ein paar sehr direkte Fragen zu stellen. Ich weiß, dass das unangenehm ist.« Dr. Kleinfelder schaltet das Diktiergerät ein und platziert es zwischen ihnen auf dem Tischchen. Dann schlägt sie den grauen Aktenordner auf. »Aber ich brauche diese Informationen, um Ihre Selbstmordabsicht einschätzen zu können.«

»Das war ein Ausrutscher.« Sie schaut auf das Diktiergerät. »Ich hatte mich nicht im Griff.«

Die weißen Zähnchen der Kassette drehen sich unaufhörlich.

Drehen und drehen sich.

Das Band zeichnet Atemgeräusche auf.

Kleiderrascheln.

Das Knistern von Papier.

Die Stille zwingt sie, den Blick vom Diktiergerät loszureißen, den Kopf zu heben. Sie schaut in die dunklen, wachen Augen.

Dr. Kleinfelder räuspert sich. »Bringen wir das Unangenehme lieber schnell hinter uns. Ernsthaftigkeit des Versuchs: a) Kein ernsthafter Versuch, sich das Leben zu nehmen.«

Der bucklige Zeigefinger tippt zweimal gegen den Ordnerdeckel, gibt lautlos den Takt vor.

»Oder b) Unsicherheit über die Ernsthaftigkeit.«

Tipp.

Tipp.

»Oder c) Ernsthafter Versuch, sich das Leben zu nehmen.«

»Sie wissen doch, was ich getan hab! Steht alles in meiner Akte.« Sie streckt die Hand aus und verpasst dem Diktiergerät einen Schubs, dass es über das Tischchen schlingert. Dr. Kleinfelder beugt sich vor und greift danach.

Ein trockenes Klacken.

Die weißen Zähnchen der Kassette stehen still.

Die dunklen, wachen Augen lassen sie nicht los. Sie spürt die Kante des Stuhls an ihren Unterschenkeln.

»Frau Bergmann ...« Ein freundliches Lächeln, dann klappt Dr.

Kleinfelder den Aktenordner zu und legt ihn neben das Diktiergerät. »Sie sind hier, weil Sie Hilfe brauchen. Und ich möchte Ihnen helfen. Das tue ich aber nicht, wenn ich Sie mit Samthandschuhen anfasse. Und gerade in Ihrem Fall halte ich es für –«

»Es gibt hier keinen Fall. Haben Sie Kinder?«

»Nein.«

»Dann werden Sie mir auch nicht helfen können.«

»Warum glauben Sie das?«

»Weil Sie nicht wissen können, wie weh es tut, wenn das eigene Kind ermordet wird.« Jetzt lächelt sie Dr. Kleinfelder an.

Die buckligen Finger wischen über die zerfurchte Stirn.

»Ja ... Das ist richtig, das kann ich nicht wissen.« Dr. Kleinfelder nickt. »Aber das kann niemand wissen, Frau Bergmann. Auch nicht ein Psychologe, der Kinder hat.«

Die buckligen Finger halten inne. Verweilen auf der zerfurchten Stirn. Die dunklen, wachen Augen schauen sie ruhig an. »Das ist Ihr eigener Schmerz, Frau Bergmann. Nicht einmal der Schmerz Ihres Mannes wird Ihrem gleichen.«

Der graue Aktenordner.

Die weißen Zähnchen der Kassette.

Grau und weiß.

Ich hatte es fast geschafft.

»Frau Bergmann?«

Sie hebt den Kopf.

»C.«

SIMON

Ihr Lieben, sind die Kartoffeln auf dem Teller? Das Fleisch kommt jetzt.« Die Wohnzimmertür wird aufgestoßen, und sein Vater eilt herein, in den Händen eine große Platte. »Sodele ... Jetzt aber ...«

Auf dem Tisch sind keine Untersetzer mehr frei. Niemand rührt sich.

»So ...« Sein Vater steht mit der Platte da, auf der die Fleischstücke dampfen, und schaut ihn an. Macht eine Kopfbewegung Richtung Wohnzimmerschrank. »Würdest du bitte ...«

Er lässt die Kartoffel, die er gerade aufgespießt hat, in die Schüssel zurückpurzeln. Beugt sich zur Seite und greift zwei dicke Zeitschriften von der Ofenbank. Als er sie auf den Tisch legt, klatscht es lauter als beabsichtigt.

»Sodele ...« Sein Vater stellt die Platte ab. Die Zeitschriften sind unterschiedlich hoch, das Fleisch gerät in Bewegung, rutscht langsam nach links. Bratensoße schwappt gegen den weißen Porzellanrand. Sein Vater presst die Lippen aufeinander und wirft ihm einen Blick zu.

Mann, entspann dich, es ist nur ein Essen, kein Staatsempfang.

Er streckt den Arm aus und stochert nach einer Kartoffel, kommt der Gabel seiner Mutter in die Quere. Ihre Fingerspitzen sind nicht mehr orangefarben, nur an den Nagelrändern haftet noch ein wenig Jod. Die weißen Verbände verschwinden unter den Pulloverärmeln.

Es werden fünf Phasen der Wundheilung unterschieden, die zeitlich überlappen. Erstens: Latenzphase.

»Liebes, was darf ich dir geben?«

»Ein kleines Stück.« Der Teller zittert in ihrer Hand.

»Ach, die sind doch alle klein. Hier …«

Der Teller sackt nach unten weg, wird von ihrer linken Hand aufgefangen, bevor die Kartoffeln herunterfallen. Der scharfe, gezischte Laut lässt seinen Vater erstarren.

»O Gott, das tut mir leid … Ich –«

»Nichts passiert.« Seine Mutter lächelt und stellt ihren Teller ab.

Zweitens: Exsudationsphase.

»Simon, du auch?«

»Ich nehm mir selbst.«

»So …« Hastige Schritte zum Buffet. »Was haltet ihr von einem Schluck Rotwein?«

Drittens: Proliferationsphase.

»Hier.« Seine Mutter reicht ihm die Soßenschüssel, die sie mit beiden Händen festhalten muss. Die Ärmel ihres Pullovers sind verrutscht und geben die weißen Verbände frei.

»Tut es weh?« Er nimmt ihr die Schüssel ab. Laut knallt ein Schranktürchen zu, Gläser und Flaschen scheppern.

»Nein.« Das Messer in ihrer linken Hand zerteilt mit ruhigen, gleichmäßigen Bewegungen die Kartoffeln.

»So, hier ist eine Hex vom Dasenstein. Auf Durbacher Weine ist Verlass.« Sein Vater schenkt ihnen ein. Dann klopft er mit dem Besteck auf die Tischplatte. »Einen guten Appetit.«

»Guten Appetit.«

»Guten Appetit.«

Viertens: Regenerationsphase.

»Wirf lieber keinen Blick in die Küche.« Sein Vater lächelt seine Mutter an. »Ich bin ein wenig aus der Übung.«

»Keine Sorge, ich werd nachher direkt ins Bett gehn. Ich bin hundemüde.«

»Ja, schlaf dich mal so richtig aus. Das wird dir bestimmt –«

»Ich bin nicht krank, Jo, nur müde.«

»Natürlich, Liebes.«

Fünftens: Reifungs- oder Maturationsphase.

Dem Fenchel haftet ein bitterer, rauchiger Geschmack an. Er

schiebt die beiden Stücke an den Tellerrand und schneidet das Fleisch.

Besteck klirrt, schrappt über Porzellan. Vor dem Haus lachen Kinder. Dann das Rattern einer Mülltonne.

Er blickt auf. Sein Vater schöpft sich Bratensoße nach, obwohl auf seinem Teller bereits alles schwimmt.

»Willst du dein Essen ertränken?«

»Nein ... Ich war ganz in Gedanken. Schmeckt's dir denn?« Sein Vater nickt Richtung Küche. »Im Ofen ist noch mehr.«

»Hm ... Besser als der tägliche Mensafraß, der hängt mir schon zum Hals raus.«

»Papa hat mir erzählt, dass du wieder bei uns einziehn willst.«

Er lässt seine Gabel sinken.

Sein Vater wirft ihm einen flehentlichen Blick zu.

Seine Mutter schaut ihn an.

Ihr Gesicht ist noch immer sehr blass. Wie eine Eule sieht sie aus mit ihren eingefallenen Wangen und den aufgequollenen Tränensäcken unter den großen hellen Augen. Ihre gebogene, spitze Nase wirkt so noch spitzer.

Ein Eulenschnabel.

Deine Mutter will dich nicht sehn.

Er räuspert sich. »Ich hab ... Ich hab die letzten Monate nicht so viel Zeit gehabt, fürs Physikum zu lernen.«

Sein Vater nickt ihm zu.

Arschloch, das mach ich nicht für dich.

»Deshalb hab ich mir gedacht, bevor ich durchfalle ... setz ich lieber gleich ein Semester aus und bereite mich intensiv auf die Prüfungen vor.«

»Das ist sicher eine gute Idee.« Seine Mutter schiebt ihren Fenchel ebenfalls an den Tellerrand.

»So, darauf stoßen wir an.« Sein Vater hebt das Weinglas hoch. »Auf uns.«

Aua.« Der Oberkörper seines Vaters klemmt zwischen dem Garderobenschrank und dem Lenker des Hometrainers. »Ich komm so nicht um die Ecke. Bleib mal stehn und lass mich die erste Stufe hinuntersteigen.«

»Okay.« Er geht weiter. Übt noch mehr Druck auf den eingeklemmten Oberkörper seines Vaters aus.

»Mensch, Simon, nun wart doch mal! So kriegen wir das Ding nie in den Keller.«

»Okay.« Seine Hände rutschen an der glatten Sattelstange hinauf. Immer wieder muss er mit dem Knie das Hinterrad des Hometrainers abstützen, damit er rasch umgreifen kann.

»So … Ich bin auf der Treppe.« Sein Vater taucht im Halbdunkel ab. »Jetzt du.«

»Okay.« Der Sattel versperrt ihm die Sicht auf die Stufen. Blind tasten sich seine Füße vor. Mehrfach schrammt das Hinterrad gegen die Wand, schrammt Macken in den rauen Putz.

»So … Langsam … Langsam …«

Kurz vor dem Ende der Treppe tritt er ins Leere, gerät ins Stolpern und stößt seinen Vater von der letzten Stufe. Der Lenker knallt gegen das weiße Holzgeländer, Lack splittert ab.

Scheiß drauf.

Im Vorbeigehen schwenkt er das Hinterrad auch noch gegen den alten ausrangierten Apothekenschrank seiner Mutter. Ein Schubladenknauf landet klirrend auf dem Boden. Kullert zwischen ihre Füße.

»Pass doch auf. Willst du das ganze Haus zerlegen?« Sein Vater löst eine Hand vom Lenker, schiebt den Riegel zurück und drückt die Tür zur Rumpelkammer auf. Sofort riecht es nach Staub, Schimmel und Schweinestall. Die kalte Luft ist feucht und kriecht unter seine Kleidung.

»Hierhin, dann steht er nicht im Weg rum.« Sein Vater zieht ihn mit sich in die Ecke, in der früher die gemauerten Futtertröge an der Wand hingen. Der Hometrainer poltert zu Boden.

»Puh, ich hab ganz vergessen, wie schwer das Teil ist.«

Er gibt keine Antwort. Wischt sich die Hände an der Hose ab und wendet sich zum Gehen.

»Simon, da ist noch was.«

»Soll ich noch 'nen Kochkurs machen, oder wie?« Er tritt gegen ein Bettgestell. Einige Latten verrutschen und springen aus der Halterung, der Rahmen zittert gegen die Tischtennisplatte, die ein Ächzen von sich gibt.

»Deine Mutter darf auf keinen Fall denken, dass dein Einzug was mit ihr zu tun hat. Sonst fühlt sie sich kontrolliert.«

»Aber das ist doch genau das, was du willst!«

»Schscht, nicht so laut!«

»Ach, lass mich doch mit deinem Scheiß in Ruhe.« Er dreht sich um und schlängelt sich zwischen der Tischtennisplatte und dem Bettgestell zur Tür hindurch.

»Jetzt wart doch mal.« Sein Vater drückt sich an ihm vorbei, verstellt ihm den Weg. »Bitte. Nur eine Minute … Wir müssen über die neue Situation sprechen.«

»Jetzt willst du mit mir sprechen? Wozu? Du machst doch eh alles ohne mich klar.«

»Simon, bitte, ich mein's ernst.«

»Oh, ich mein's auch ernst.« Sein linker Fuß fährt die Spalten im Boden nach, die nur notdürftig mit festgeklopfter Erde aufgefüllt worden sind.

Jede Wette, dass da noch Schweinescheiße drunter ist, deswegen stinkt's hier auch so.

»Mensch, ich musste doch die Situation irgendwie regeln …«

»Soll ich dich auch noch loben? Glückwunsch, Papa! Haste toll eingefädelt, wirklich toll. Jetzt haste mich ja da, wo du mich haben wolltest. Danke. Kann ich jetzt gehn?«

»Bitte, Simon, ich brauch dich.«

»Klar …« Er gräbt die Schuhspitze tief in die Erde einer Spalte. Lockert sie auf. »Du brauchst 'nen Babysitter, mehr nicht.«

»So ein Quatsch!« Langsam bewegt sich sein Vater auf ihn zu. Bleibt ganz dicht vor ihm stehen. »Ich weiß, es ist vor deinem Auszug nicht besonders gut zwischen uns gelaufen … Das mit der Anzeige war ein Versehen. Ich –«

»Bei euch ist immer alles ein Versehen.« Er weicht einen Schritt zurück und stößt gegen die Tischtennisplatte.

»Ach, Simon …« Sein Vater nestelt etwas aus der Hosentasche und hält es ihm hin. »Hier, Zweitschlüssel für mein Auto. Wenn ich abends da bin, kannst du ja noch mal losdüsen, deine Freunde treffen.«

Darauf fall ich nicht rein.

»Ich brauch keine Freunde.«

»Ja, dann eben deine Freundin.«

»Ich hab keine.«

»Na ja, hier …« Sein Vater drückt ihm den Autoschlüssel in die Hand. »Vielleicht willst du ja mal 'ne Spritztour machen. Und mit meinem Oldie beeindruckst du die Mädels sicher mehr als mit Mamas Gurke.«

»Klar.« Er steckt den Autoschlüssel ein, geht zur Tür und öffnet sie. »Nur damit du's weißt: Zwischen uns hat sich nichts geändert. Gar nichts.«

ANNE

Der Wecker.

Gleich wird er klingeln.

Du musst aufstehen und die Kinder wecken. Du musst dir noch ein paar Nudeln kochen, damit du nicht vor lauter Hunger die gammligen Kekse aus dem Schwesternzimmer aufisst. Du musst den Schnee vom Gehweg schippen, bevor du zur Arbeit fährst.

Sie öffnet die Augen. Dann fällt ihr alles wieder ein. Ihr Schmerz ist gehorsam wie ein gut erzogener Hund. Sie wird heute keine Nudeln kochen. Sie wird heute keinen Schnee schippen. Sie wird heute nicht zur Arbeit fahren. Ihr Kind ist groß und weckt sich selbst. Sie hat nur noch eins.

Sie wirft die Decke von sich und springt aus dem Bett. 5:30 blinkt der Wecker auf Sarahs Schreibtisch. Ohne Licht zu machen, tastet sie sich in der grauen Dämmerung zur Tür. Sie muss sich bewegen, muss raus aus dem Haus.

Laufen. Sie wird jetzt laufen gehen.

Auch im Flur lässt sie das Licht aus. Tapst mit kleinen, unsicheren Schritten zu ihrem eigenen Schlafzimmer hinüber.

Pass auf die –

Aber da stößt ihre Schulter schon gegen die kaputte Badezimmertür, die laut quietschend zur Seite schwingt. Einen Moment bleibt sie einfach nur stehen und lauscht.

Alles still.

Sie tapst weiter. Nach wenigen Schritten berührt ihre rechte Hand kühles Metall. Sie drückt die Klinke hinunter und öffnet die Tür.

Die Vorhänge sind nicht zugezogen, aus dem schummrigen Grau schälen sich bereits vereinzelte Linien und Schemen heraus. Der zerklüftete Umriss des Bücherregals, den sie vom Bett aus schon so oft mit Blicken nachgefahren hat. Der wuchtige Umriss des Kleiderschranks. Die hellen, verschwommenen Umrisse der weißen Kissen. Dort schläft er. Sie kann sein tiefes, gleichmäßiges Atmen hören.

Ein.

Aus.

Ein.

Sie geht zum Kleiderschrank hinüber. Bewegt sich lauter als notwendig, doch sein Atmen verändert sich nicht.

Warum wirken die scheiß Schlaftabletten bei mir nie richtig?

Im Vorbeigehen fegt sie einen Stapel Bücher vom Fensterbrett. Polternd landen sie auf dem Boden.

Mit einem Schrei schreckt er hoch. Ihr Bauch füllt sich mit warmer Genugtuung.

»Was?« Er setzt sich auf. »Wo willst du hin?«

Sie hört ihn nach der Nachttischlampe tasten. »Lass das Licht aus, ich will laufen gehn.«

»Soll ich mitkommen?«

»Nein.« Sie rafft T-Shirt und Hose vom Stuhl und zerrt den ersten Pullover aus dem Schrank, den sie berührt.

Draußen vor der Haustür sieht sie, dass nichts zusammenpasst.

Egal.

Sie setzt sich auf die oberste Stufe der Treppe, deren blanker Stein so kalt ist, dass sie nach Luft schnappt. Hastig zwängt sie sich in Sarahs Turnschuhe, die enger sind, als sie gedacht hat. Sie verlagert ihr ganzes Gewicht nach vorn auf die Knie. Weitet mit den Fingern den Einstieg. Drückt und schiebt.

Ein Ruck, dann ist sie drin. Ihre Zehen stoßen vorne an, aber das macht nichts. Sie zieht die Socken bis zu den Knöcheln hoch, legt die Laschen flach an den Spann an und bindet die Schnürsenkel, wie sie es früher vor dem Startschuss getan hat. Zwei Kreuzknoten übereinandergesetzt.

Dann läuft sie los.

Läuft durch die morgendliche Kälte der Straßen. Ihre Beine greifen weit aus, ihre Arme schwingen mit. Jacke und Hose rascheln bei jeder Bewegung. Unter ihren Sohlen knirscht der Schnee, und wenn sie auf eine zugefrorene Pfütze tritt, ertönt ein helles Knacken.

Die Straßen sind leer, die meisten Häuser noch dunkel. Zwischen den Dächern verfärbt sich die Dämmerung allmählich blau, und am Horizont schimmert ein schmaler Lichtstreif auf. Sie ändert ihre Laufrichtung. Überquert die Straße, ohne nach links und rechts zu schauen, und läuft auf den Lichtstreif zu.

Richard-Strauss-Straße.

Ludwig-van-Beethoven-Straße.

Sie läuft viel zu schnell. Hört sich selbst keuchen und nach Luft schnappen.

Durch Mund und Nase, wie ein Anfänger.

Sie konzentriert sich auf ihre Atmung und ignoriert das Stechen in der Seite.

Einatmen.

Ausatmen.

Einatmen.

Ausatmen.

Die kalte Luft brennt in ihren Lungen. Auf ihrer Zunge breitet sich der süßliche Geschmack nach Eisen aus.

Egal.

Sie ballt die Fäuste und läuft noch schneller. Fokussiert das Stück Gehweg vor sich, das grauweiße Schneeteergemisch, das ihr gleichmäßig entgegengleitet. Ihr Keuchen wird lauter und lauter.

Denk nicht an deinen Körper, denk nicht an deinen Körper, denk nicht an deinen Körper.

Fremde Häuser ziehen an ihr vorbei, die meisten nun erleuchtet.

Die Laternen schalten sich ab.

Es beginnt zu schneien. Große Flocken verfangen sich in ihren Wimpern, trüben ihren Blick wie milchiges Glas. Sie wischt sie mit einer raschen Handbewegung fort.

Sie läuft.

Straße um Straße. Lässt Herdern und seine Villen hinter sich und steuert auf die Zähringer Burg zu, deren Turm sich grau vor dem heller werdenden Horizont abzeichnet.

Grau. Überall grau.

Der Schnee geht in Regen über, die Flocken sind schwer von Feuchtigkeit. Sie schweben nicht mehr zu Boden, sie fallen. Auch der festgefrorene Schnee auf dem Gehweg saugt sich mit Wasser voll, wird weich und rutschig. Vereinzelte Autos furchen tiefe Rillen in die Straßen, verspritzen Schneematsch. Sie weicht ihnen nicht aus.

Die ersten Schulkinder tauchen auf, dick eingemummelt, mit baumelnden Katzenaugen an den Ranzen, und blockieren den Gehweg. Zockeln mit quälender Langsamkeit vor ihr her. Zwingen ihr kurze Schritte und überdehnte Minuten auf. Sie überholt die baumelnden Katzenaugen und wechselt die Straßenseite. Den grauen Burgturm vor Augen, findet sie in ihren schnellen Lauf zurück. Sie keucht nicht mehr. Ihr Körper läuft, als hätte er nie etwas anderes getan.

Sie läuft und läuft und läuft.

Auf dem Küchentisch wartet ein Frühstücksgedeck auf sie. Eine halbierte Grapefruit, ein Schälchen Müsli mit kleingeschnittenem Obst, Milch, zwei Scheiben Vollkornbrot, Butter, Honig und Marmelade, dazu eine Thermoskanne voller Kaffee.

Fehlt nur noch der frisch gepresste O-Saft.

Sie rubbelt sich mit dem Handtuch durchs nasse Haar, dann wirft sie es auf die Eckbank. Den Zettel, den Jo ihr zwischen Teller und Müslischälchen geklemmt hat, lässt sie, wo er ist. Sie weiß sowieso, was darauf steht.

Im Flur klingelt das Telefon. Sie blickt zur Küchenuhr.

Halb neun.

Vielleicht ist es Simon, der wissen will, ob sie noch etwas aus der Stadt braucht.

Sie rührt sich nicht. Das Telefon verstummt, und der Anrufbeantworter springt an. Ihre eigene Stimme hüpft hell und fröhlich in die Küche.

»Hier ist der Anschluss der Familie Bergmann. Leider ist gerade niemand zuhause. Hinterlassen Sie uns doch bitte eine Nachricht und Ihre Nummer, dann rufen wir Sie gerne zurück.« Nach dem langgezogenen Piepston das flatternde und knisternde Rauschen von Wind.

»Ich bin's, Liebes … Wahrscheinlich bist du unter der Dusche, ich ruf später noch mal an, ja?«

Ein Knacken.

Stille.

Das Ticken der Küchenuhr. Das Brummen des Kühlschranks. Die Motorengeräusche eines einparkenden Autos.

In der Waschküche ist es kalt. Sie schließt die Tür hinter sich und knipst das Licht an. Das leere Sauerkrautfass steht vor dem Vorratsschrank, blockiert die Schublade, an die sie ranmuss.

Welcher Idiot …

Sie versucht, es wegzuschieben, aber ihre verletzten Arme melden sich sofort. Warm durchströmt sie das Brennen von den Handgelenken bis zu den Schultern.

Was jetzt?

Sie richtet sich auf, lehnt sich an die Wand und stemmt einen Fuß gegen das Fass. Mit einem schrillen Knirschen gerät es in Bewegung. Ihr Kniegelenk knackt. Oberschenkel und Wade zittern vor Anstrengung, aber sie stemmt das Fass über den Betonboden, stemmt es weiter und weiter von der Schublade weg.

Gleich … Gleich …

Ja!

Sie nimmt den Fuß herunter. Schüttelt ihn aus. Vielleicht sollte sie alles nur noch mit einer Wand im Rücken tun.

Das Einlagepapier in der Schublade raschelt, als sie es zurückschlägt. Sie fingert den Schlüssel aus der Holzvertiefung und geht zum Besenschrank hinüber.

Das helle Klacken des Schlosses.

Das Knarren der Flügeltür.

Sie kniet sich hin und hebt den Weidenkorb heraus, der im untersten Fach auf sie gewartet hat. Die glatten Gerten schmiegen sich in ihre Handflächen, als sie ihn vor sich stellt, und einen Moment lässt sie ihre Finger auf ihnen ruhen, spürt den Verflechtungen nach. Dann faltet sie die saubere Tischdecke zusammen, mit der sie alles bedeckt hat, und legt sie ins Fach zurück.

Auf dem Boden des Korbs der kleine, kleine Rest Schmutzwäsche.

Sie zählt mit den Augen.

Zwei Unterhosen.

Das blaue Kleid.

Die Laufhose.

Ein BH.

Ein T-Shirt.

So jämmerlich wenig.

Sie nimmt das blaue Kleid und hält es von sich weg.

Wie schmal.

Hat Sarah da wirklich hineingepasst? War ihr Körper nicht viel größer gewesen? Viel kräftiger?

Sachte schüttelt sie das Kleid, zieht es an den Trägern auseinander. Es bleibt schmal. Zu schmal für den Körper ihrer Tochter.

Ich bin der Prinz mit dem falschen Schuh in der Hand.

Warum hat sie nicht besser hingesehen? Warum hat sie am letzten Abend nicht gesagt, was sie jetzt sofort sagen würde?

Warte, Kind, schlüpf noch nicht in deinen dicken Mantel, lass mich dich noch einmal anschauen, bevor du auf die Party gehst. Bleib so stehn in deinen viel zu dünnen Sachen, die Hand auf der Türklinke, das Gesicht genervt verzogen. Nur einen Moment. Ich werd auch nicht wieder schimpfen. Nicht wegen dem Lippenstift, nicht wegen dem tiefen Ausschnitt und dem kurzen Rock, nicht wegen deinem Zimmer, das du nicht aufgeräumt hast. Nein, ich werd nicht schimpfen, ich will dich einfach nur anschauen. Bitte bleib so stehn, Kind, nur einen Moment, nur für mich.

Sie schließt die Augen, aber alles, was sie sieht, ist der dicke Daunenmantel, der ihrer schlanken Tochter bis zu den Knöcheln reicht und ein Michelinmännchen aus ihr macht. Ein letztes Nicken. Eine zum Gruß erhobene Hand. Eine Haustür, die sich hinter dem Michelinmännchen schließt.

Warum hat sie ihn nicht auswendig gelernt, den sechzehn Jahre alten Körper ihres Kindes? Warum hat sie aufgehört, wachsam zu sein?

Sie hätte alles noch einmal durchgehen müssen, so wie früher, im Zimmer auf der Geburtsstation, wenn die Schwestern abends kamen, um ihre Tochter über Nacht wegzuholen.

Alles zur Sicherheit noch einmal berühren.

Die Fingerchen.

Das Näschen.

Warum hat sie geglaubt, das sechzehn Jahre später nicht tun zu müssen?

Warte, Kind, schlüpf noch nicht in deinen dicken Mantel, ich brauch noch einen Moment.

Und dann.

Dann eins nach dem anderen. Abzählen und berühren.

Die Finger, die keine Fingerchen mehr sind.

Die Nase, die kein Näschen mehr ist.

Die Ohrmuscheln.

Die Wangen.

Die Lippen.

Die Kuhlen unterhalb des Schlüsselbeins.

Die Rippen.

Die Zehen.

Die Leberflecken.

Jeden einzelnen Leberfleck.

Abzählen und berühren.

Die zarte Haut.

Berühren.

Das lockige blonde Haar.

Berühren.

Den Oberkörper mit den Armen umspannen.

Und berühren.

Und festhalten.

Sie presst ihr Gesicht in das Kleid. Blaues Gewebe vor ihren Augen. Sie atmet tief ein, und mit jedem Atemzug gibt das Kleid Gerüche frei wie eine Steinplatte die gespeicherte Sonnenwärme. Sie riecht die Vanille-Kokos-Bodylotion. Riecht das Waschmittel und den Weichspüler.

Rasch greift sie alle Kleidungsstücke aus dem Korb und birgt sie in ihren Armen. Vergräbt die Nase in Laufhose, T-Shirt, Kleid und Unterhosen und saugt die Gerüche in sich auf. Riecht den säuerlichen Schweiß. Riecht die muffige Feuchtigkeit ungewaschener Kleidungsstücke. Und, ganz schwach, den Geruch, den Sarah so gehasst hat.

Wir stinken nach Kuhscheiße.

Nein, Schatz, nur nach Kuh, so ist das eben auf dem Land.

Der süßliche Stallgeruch, den das Haus nach der Renovierung weiterhin verströmte. Der im Winter mit der Heizungsluft aus jeder Ritze drang, so intensiv, als stünden noch immer Kühe in den Boxen. Der sie frühmorgens nach der Nachtschicht, wenn alles schlief, in der Küche begrüßte und sich mit dem Kaffeeduft vermischte. Den sie beim Kuscheln in den Haaren ihrer Kinder erschnuppern konnte und bei ihrem Mann in jeder Umarmung wiederfand.

So roch nur ihre Familie. Nach dampfenden Kuhleibern und der süßlichen Hefe gärenden Heus. Nach der heimeligen Wärme eines Stalls.

Ihr Zuhausegeruch.

Sie kniet auf dem kalten Betonboden und hört sich selbst atmen.

Langsam und tief durch die Nase ein und hastig durch den Mund wieder aus. Hört das seltsame Geräusch in ihrer Kehle.

Und riecht.

Riecht ihr Kind.

Niemand in meiner Klasse stinkt so widerlich, nicht mal Meli, und die kommt vom Bauernhof.

Ihr eitles, eitles Kind, das pünktlich mit dem ersten Bodenfrost auf den Stallgeruch schimpfte. Das sich weigerte, die Heizung in seinem Zimmer anzustellen. Das zerknülltes Zeitungspapier in Türritzen und Schlüsselloch stopfte, weil es irgendwo gelesen hatte, dass sich so Gerüche aussperren ließen. Das darauf bestand, laut und zickig, dass sie Weichspüler kaufte und bei jeder Wäsche benutzte.

Wie die anderen Mütter auch.

Das sein ganzes Taschengeld für Raumsprays ausgab, deren Marke von Fernsehwerbung zu Fernsehwerbung wechselte. Das innerhalb einer Woche das teure Parfum leerte, das Jo ihr zum Hochzeitstag geschenkt hatte.

Jetzt reicht's mir aber! Man kann sich in alles reinsteigern, Fräulein, dein Vater ist mit diesem Stallgeruch groß geworden und hat's auch überlebt. Also stell dich nicht so an.

Das ist mir scheißegal. Ich hasse dieses scheiß Bauernhaus, und ich hasse dich!

Eine zuschlagende Zimmertür. Dann laute Musik. Streichen des Taschengelds. Tränen. *Ich hasse dich!* Wieder eine zuschlagende Zimmertür und laute Musik. Raumsprays, die zur Neige gingen. Ihr trotzig schweigendes Kind, das jeden Abend zur Nachrichtenzeit durchs Wohnzimmer marschierte und die Kleider, die es am nächsten Tag in die Schule anziehen wollte, zum Lüften auf die Terrasse hinaushängte. Das morgens zitternd am Frühstückstisch saß und mit den Zähnen klapperte, bis es sich in den eiskalten Sachen einigermaßen aufgewärmt hatte. Das nicht zu bemerken schien, dass es trotz des nächtlichen Lüftens noch immer nach Stall roch.

Sie presst sich die Kleider ihres Kindes so fest ans Gesicht, dass sie kaum Luft bekommt. Das seltsame Geräusch in ihrer Kehle schwillt an.

Ihr Zuhausegeruch.

Der Mörder muss ihn gerochen haben, als er auf ihrem Kind gelegen hat.

SIMON

Die Scheibenwischer erstarren mitten in ihrer Bewegung. Er bleibt sitzen und beobachtet, wie die weißen Schneeflocken auf der Windschutzscheibe aufschlagen. Wie sie mit dem Aufprall plötzlich durchsichtig werden, sich in breite Wasserflecken verwandeln, die erst langsam, dann schneller und schneller in schmale Linien zerfließen.

Du, Simi...

Was, Sahara?

Manno, ich bin doch keine Wüste!

Dann nenn mich nicht dauernd Simi.

Du...

– – –

Duuhuu...

Was denn?

Vielleicht lügen die Wissenschaftler ja, und Schnee ist gar nix Natürliches.

Warum soll Schnee nix Natürliches sein? Ist doch nur gefrorenes Wasser.

Aber denk doch mal... Vielleicht sind da oben ja wirklich Außerirdische, und immer wenn's schneit, beschießen die uns in Wahrheit mit gefährlicher Munition. Und auf dem weiten Weg durch den Himmel wird die Munition dann zu Schnee. Und die Außerirdischen wissen nicht, dass wir uns darüber riesig freuen und überhaupt keine Angst haben.

Du spinnst ja! Es gibt keine Außerirdischen.

Er beugt sich nach vorn, legt sich mit dem Oberkörper aufs Lenkrad und schaut in den Himmel. Die Schneeflocken fallen so dicht auf ihn zu, dass seine Lider unkontrolliert zucken. Nach einer

Weile wird der graue Himmel unscharf, die Flocken verschwimmen, und er nimmt nur noch die stetige Bewegung wahr.

Seine Augen beginnen zu brennen. Er blinzelt und senkt den Kopf. Auf den erstarrten Scheibenwischern hat sich eine dünne weiße Linie gebildet.

Sein Handy klingelt.

Papa mobil.

»Was gibt's?«

»Bist du schon zuhause? Ich versuch die ganze Zeit, deine Mutter anzurufen, aber sie geht nicht ran.«

»Ich hab grad geparkt.« Er blickt aus dem Beifahrerfenster. »In der Küche brennt Licht. Im Wohnzimmer auch.«

»Kannst du sie sehn?«

»Nein.«

»Ruf mich an, wenn du drinnen bist, ja?«

»Mach ich.«

»Simon?«

»Ja?«

»Tu so, als wär ich einer von deinen Freunden, und sag einfach: Donnerstag passt mir gut. Dann weiß ich, dass alles in Ordnung ist. Ja?«

»Und was ist, wenn ich Dienstag sag?«

»Simon, ich hab für so was jetzt keinen Nerv. Geh bitte sofort rein und schau nach, ob alles in Ordnung ist.«

»Over and out.« Er klappt sein Handy zusammen und öffnet die Autotür.

Im Haus ist es still.

»Hallo?« Er stellt seinen Koffer ab. »Ich bin da ...«

Keine Antwort.

Vielleicht schläft sie noch.

Er streift die Turnschuhe ab und schiebt sie unter die Heizung. Hängt seine Jacke an die Garderobe. Neben dem Telefon blinkt der Anrufbeantworter hektisch vor sich hin.

»Mama?«

Er geht in die Küche hinüber. Auf dem Tisch steht ein üppiges Frühstück, das aussieht, als sei es gerade eben hergerichtet worden. Doch dann bemerkt er die Bananen- und Apfelstückchen in der Müslischale, die sich braun verfärbt haben. Und die speckig glänzende Butter.

Wollte sie mit mir frühstücken?

Er blickt zur Uhr.

Gleich halb zwölf.

Ein benutztes Gedeck kann er nirgends entdecken, dafür einen Zettel, der zwischen Müslischale und Teller klemmt. Er zieht ihn heraus.

Ich wünsch dir einen guten Start in den Tag, Liebes. Ruf mich an, wenn du was aus der Stadt brauchst. Kuss, J.

Er klemmt den Zettel wieder unter die Müslischale.

Dass sie nicht gefrühstückt hat, bedeutet nichts. Vielleicht hatte sie keinen Hunger. Vielleicht schläft sie noch.

Sein Blick fällt auf ein gelbes Handtuch, das halb von der Eckbank gerutscht ist. Er beugt sich über den Tisch und greift danach. Es ist feucht. Zwischen den Stofffalten kleben lange dunkle Haare.

Dann ist sie also wach. Dann war sie hier und hat das Frühstück gesehen.

Er wirft das Handtuch über die Stuhllehne.

Bestimmt hat sie sich nach dem Duschen bloß noch mal hingelegt.

Er dreht sich zur Terrassentür um. Dort ist niemand. Auch nicht im Garten dahinter.

Sie ist hier seit mehr als vier Stunden allein.

»Mama?«

Keine Antwort.

Er verlässt die Küche. Zwingt sich, normal zu gehen.

Nicht rennen. Wenn du rennst, ist was Schlimmes passiert.

»Mama?«

Keine Antwort.

Im Vorbeigehen wirft er einen Blick ins Wohnzimmer. Leer.

»Mama? Ich bin da ...«

Keine Antwort.

Er steigt die Treppe ins Obergeschoss hinauf.

Stufe um Stufe.

Konzentriert sich auf seine Füße.

Weiße Socken auf hellem Holz.

Weiß auf Hellbraun, Weiß auf Hellbraun, Weiß auf Hellbraun.

Es nützt nichts. Auf jeder Stufe tauchen die kleinen Blutstropfen vor seinen Augen auf. So zart versprengselt, als hätte ein Kind einen Pinsel mit roter Wasserfarbe ausgeschüttelt.

Schau woandershin.

Er wendet den Kopf ab. Richtet seinen Blick auf das Treppengeländer. Schaut durch die geschwungenen Metallstreben in den Flur hinunter, während er weiter nach oben steigt. Sein Herz klopft im Rhythmus des hektisch blinkenden Anrufbeantworters.

Ruhig bleiben. Es gibt keinen Grund zur Panik.

Die Badezimmertür hängt noch immer schief in den Angeln. Vorsichtig klinkt er sie auf. Dahinter die graue Dunkelheit geschlossener Fensterläden.

Als ob sie kein Licht mehr verträgt.

Er tastet nach dem Schalter. Fühlt das glatte Plastik unter seinen Fingern. Zögert.

Ihr blasses Eulengesicht.

Seine Finger drücken gegen den Schalter.

Das Bad ist leer.

Er lässt die Tür los und wendet sich den Zimmern am Ende des Flurs zu.

»Mama?«

Keine Antwort.

Das Tablettenröhrchen auf Sarahs Nachttisch fällt ihm ein.

Wenn sie eine genommen hat, wird sie von meinem Rufen nicht wach.

Er öffnet die Tür zu Sarahs Zimmer.

Es ist leer. Die Bettdecke liegt auf dem Boden. Der Nachttisch ist übersät mit zerknüllten Taschentüchern. Das Tablettenröhrchen fehlt.

Nicht rennen. Geh ganz normal weiter.

Im Schlafzimmer seiner Eltern brennt Licht. Er knipst es aus und kehrt zur Treppe zurück. Steigt wieder hinunter.

Stufe um Stufe.

Wenn ihr Schlüssel nicht am Haken hängt, macht sie einen Spaziergang.

Wenn ihr Schlüssel nicht am Haken hängt und ihre Laufschuhe nicht im Schrank stehen, ist sie joggen gegangen.

Wenn ihr Schlüssel nicht am Haken hängt und ihre Handtasche nicht an der Garderobe, erledigt sie Einkäufe.

Der Haken ist leer.

Die Handtasche lehnt am Telefontischchen.

Vor dem Schrank findet er ein Paar achtlos hingeworfener Laufschuhe, das er nicht kennt. Bemerkt die schmutzigen Abdrücke auf dem Flurboden, die Erdklümpchen, das vertrocknete Blatt.

Das gelbe Handtuch. Sie hat nach dem Joggen geduscht.

Er will sich bücken und einen der Schuhe hochheben, da hört er es. Ein Stöhnen. Laut und gepresst, als ob jemand Schmerzen hätte. Es scheint aus der Waschküche zu kommen.

Er rennt. Rennt zur Kellertür und reißt sie auf. Das Stöhnen schwillt zu einem tiefen Aufheulen an. Er hastet die Treppe hinunter und rennt in die Waschküche. Dort bleibt er im Türrahmen stehen.

Seine Mutter kniet auf dem Boden. Die Arme voller Kleider, wiegt sie sich vor und zurück. Und weint, wie er noch nie einen Menschen hat weinen hören. Brüllend vor Wut.

Langsam verebbt das Weinen. Die Schreie hören auf, das Schluchzen wird immer leiser.

Unter seiner Hand spürt er das raue Holz des Türrahmens. Er müsste etwas tun. Sich neben sie auf den Boden knien, sie in die

Arme nehmen und trösten. Ihr sagen, dass er da ist. Ihr sagen, dass alles gut wird. Aber sein Mund ist ganz trocken.

Da hebt seine Mutter den Kopf aus den Kleidern und blickt zu ihm herüber.

Ihr blasses Eulengesicht.

Er rührt sich nicht von der Stelle. Sieht sie nur an. Sie lässt die Arme sinken. Legt mit unendlich müden Bewegungen die Wäsche in den Weidenkorb zurück. Ein blaues Kleid fällt zu Boden.

Er erkennt es sofort.

JO

Er parkt direkt vor dem Halteverbotsschild. Als er bremst, löst sich der letzte Schneerest von den Scheibenwischern und rutscht über die Kühlerhaube. Äste spiegeln sich in dem dünnen Wasserfilm, schwimmen wie Treibgut auf der zerrissenen Wolkendecke.

Er legt seinen Dienstausweis gut sichtbar aufs Armaturenbrett und steigt aus. Pfützen aus Schneematsch und Wasser bedecken die Straße, am Bordstein hat sich ein breites Rinnsal gebildet, das glucksend im Gully verschwindet. Von den Bäumen tropft es ohne Unterlass, er ist umgeben von herabrieselnden Wasserfäden, die das Sonnenlicht tausendfach zurückzuwerfen scheinen. Überall glitzert und funkelt es.

Das ist mal ein Aprilwetter, grade hat's noch geschneit, und jetzt ...

Er lehnt sich an die Fahrertür und reckt sein Gesicht der Sonne entgegen. Rötlich goldenes Licht fließt über seine geschlossenen Lider. Wärme breitet sich auf seiner Haut aus, dringt durch die dumpfe Müdigkeit dieses Morgens, durch die kreisenden Gedanken, die hinter seiner Stirn festsitzen.

Kannst du sie sehen?

Nein.

Ruf mich an, wenn du drin bist, ja?

Nicht denken.

Warum ruft er nicht an?

Jetzt bloß nichts denken.

Die Geräusche des Wassers hüllen ihn ein. Das glucksende Plätschern. Das helle, unregelmäßige Tropfen, das sich mit jedem Windstoß verändert.

Er steht da und rührt sich nicht. Die Wärme auf seinem Gesicht.

84

Der schwere Mantel, der sich mit seiner Brust hebt und senkt und
dessen Kragen beim Einatmen gegen seine Kehle drückt.

Irgendwo klingelt ein Telefon.

»Theo, für dich.«

Eine Frauenstimme. Das Zuschlagen einer Tür. Dann wieder nur
noch die Geräusche des Wassers.

Ein kräftiger Windstoß zerzaust sein Haar. Vor seinen geschlossenen Lidern wird es dunkel, Kühle streicht über sein Gesicht. Er
öffnet die Augen. Eine Wolke hat sich vor die Sonne geschoben. Die
Straße liegt im Schatten, die Wassertropfen glitzern nicht mehr. Er
stößt sich vom Wagen ab und geht zum Eingang der Kneipe. Dort
klopft er den Schnee von seinen Schuhen und schlägt den Mantelkragen um.

Wenn sie hier nicht ist, mach ich Feierabend.

Er zieht die schwere Holztür auf und betritt den Schankraum.
Die Tische sind gut besetzt. Manche Männer nicken ihm zu, andere
wenden rasch den Kopf ab und schauen aus den Fenstern. Eine
identische Bewegung, die ihm von Tisch zu Tisch vorauseilt.

»Grüß dich.« Er klopft auf die Theke.

»Salli.« Schorsch nickt ihm zu und wedelt mit dem Geschirrtuch
in Richtung Hinterzimmer. »Sie zockt am Spielautomaten. Hat aber
keinen Alk von mir bekommen, nur Cola.«

»Und ein paar Mon Chéri, stimmt's?«

Das Geschirrtuch wedelt nicht mehr.

»Keine Sorge, Schorsch, sie kaut sicher schon die ganze Zeit
Kaugummi.« Er umrundet die Theke und nähert sich dem Spielautomaten, verharrt wenige Schritte hinter ihr. Riecht Schweiß und
kalten Zigarettenrauch, riecht den schweren öligen Geruch ungewaschener Haare, der ein Teil ihrer immergleichen Kleidung zu sein
scheint.

»Komm schon, komm schon.« Ihre Arme fahren durch die Luft,
ihre spitzen Ellenbogen zucken vor und zurück, als wolle sie ihn
wegstoßen. Weiße Haut blitzt in den Löchern des dünnen Sweat-
shirts auf.

Noch ein lautloser Schritt.

»Komm schon, komm schon, komm schon.«

Das helle Klicken der Knöpfe verwandelt sich in ein Stakkato, das sich in den Bewegungen ihrer Arme fortsetzt und ihren schmächtigen Oberkörper schüttelt. Er unterdrückt den Impuls, die Hände auf ihre Schultern zu legen, den wilden Lauf des blinkenden Lichtvierecks abzubrechen, das von einem Feld zum nächsten springt.

Warte.

Gib ihr nicht die Möglichkeit, dass sie vielleicht gewonnen hätte.

Das Lichtviereck springt und springt, und die Tonfolge der scheppernden Musik schraubt sich in die Höhe.

»Komm schon!«

Warte.

Mit einem sirenenartigen Laut verstummt der Spielautomat, und das blinkende Lichtviereck erlischt. Nur noch das Feld mit der Aufschrift *Start* leuchtet abwechselnd rot und orange auf.

»Scheiße!« Geballte Fäuste wirbeln durch die Luft. »Verfickte Scheiße!«

»Na, Netty, läuft's nicht?«

Sie macht einen Satz zur Seite. Dann dreht sie sich um. Schwarz geschminkte Augen. Schwarz geschminkter Mund. Eine schwarze Sonne auf der linken Wange.

Sie ist also wieder in der Clique.

»Mann! Haben Sie mich erschreckt.« Sie greift nach ihrer Jeansjacke, die halb von einem Barhocker heruntergerutscht ist, und schlüpft hinein. »Ich wollt eh grad gehn.«

»Hm … Wir waren um acht zur Urinprobe verabredet.« Er hält ihr seine Armbanduhr vors Gesicht.

»Mann, was denn?« Wie das blinkende Lichtviereck springen ihre Augen hektisch hin und her, als hinge alles davon ab, nicht auf das Zifferblatt zu schauen. An den Lidrändern ist die dicke Schminke zu fleckigen Schatten verlaufen.

»Was denn?« Er lässt den Arm sinken. »Das war vor neun Stunden. Ich hab dich den ganzen Tag in der Stadt gesucht!«

»Ja und? Ich hab doch gleich gesagt, dass so früh aufstehn scheiße für mich ist.« Schwarzer Lippenstift klebt bröckelig in ihren Mundwinkeln.

Als ob sich ein kleines Mädchen mit Mamas Sachen angemalt hat.

»So …« Er tritt ganz nahe an sie heran. »Jetzt sag ich dir mal was: Früh aufstehn ist scheiße für dich, weil deine Pisse nicht sauber ist. Für wie blöd hältst du mich eigentlich?«

»Ich kann aber nix dafür, dass –«

Er packt sie am Arm und zieht sie mit sich aus dem Hinterzimmer.

Diese elenden Ausreden, dieses Sich-um-Kopf-und-Kragen-Reden hab ich so satt. Immer sind's die anderen gewesen, immer sind die anderen schuld.

»Hey, aua, Sie tun mir weh.«

»Ach was, aua …« Er zieht sie weiter mit sich durch den Schankraum. Zweimal trifft ihn ihr Fuß in der Wade, aber er reagiert nicht.

»Langsam, langsam, von dem Fräulein bekomm ich noch fünf achtzig.« Schorsch beugt sich über die Theke und wedelt mit dem Geschirrtuch. Das Getuschel an den Tischen wird lauter.

»Entschuldige.« Seine Rechte greift in ihre ausgebeulte Jackentasche. Wühlt sich durch Münzen und Kronkorken. Zieht einen Zehner mit eingerissenen Ecken heraus.

»Hey, Sie können doch nicht einfach in meine –«

»Stimmt so.«

»Was? Aber das ist doch viel zu viel! Hey, das ist mein Geld, Sie können nicht –«

»Schönen Tag noch.«

»Gleichfalls.« Er nickt Schorsch zu und zieht sie mit sich hinaus.

»Fünf Euro! Sie haben dem fast fünf Euro geschenkt! Wissen Sie, wie lang ich brauch, bis ich das zusammengeschnorrt hab?« Sie reißt sich von ihm los und will in den Schankraum zurückstürmen, doch er drückt die Tür zu.

»Wir fahren jetzt in mein Büro, Netty, und ich geb dir einen Tipp: Reiz mich heute nicht mehr.« Ohne auf sie zu achten, tritt er auf die Straße. Schwere graue Wolken verdecken die Sonne, und ein kühler Wind fährt in die Bäume, lässt das Prasseln der Tropfen wie Regen klingen.

»Kann ich nicht abends zu so 'ner Probe? Da bin ich sicher pünktlich.« Sie schlurft neben ihm her, bei jedem Schritt spritzt Schneematsch auf. Er schlägt den Mantelkragen hoch und geht schneller.

Aus der Küche ertönt lautes Zischen und Prasseln. Es riecht nach gedünsteten Zwiebeln, nach zerlassener Butter und Sellerie. Er zieht die Hand vom Lichtschalter zurück, bleibt im dunklen Flur stehen und atmet tief ein. Saugt die Essensgerüche in sich auf.

Sie kocht.

Vor ihm verschwimmt der dunkle Flur.

Sie kocht.

Er wischt sich mit dem Pulloverärmel über die Augen. Räuspert sich.

Wischt erneut.

Das ist die Erleichterung, bloß die Erleichterung.

Leise drückt er die Haustür ins Schloss. Er tappt zur Garderobe und schlüpft in seine Strohschuhe. Die Gummisohlen schmatzen auf den Fliesen, als würde er sie bei jedem Schritt von einem klebrigen Untergrund abziehen.

Geschirr klappert. Hinter der Milchglasscheibe der Küchentür gleitet ein schwarzer Schemen von rechts nach links. Das laute Zischen und Prasseln verstummt. Wasser braust in ein metallisches Gefäß.

Jetzt füllt sie den großen Topf.

Der schwarze Schemen gleitet nach rechts.

Sie kocht.

Er holt tief Luft. Dann öffnet er die Küchentür.

Sie steht an der Spüle und wendet ihm den Kopf zu, ohne ihre

Arbeit zu unterbrechen. Ihre Ellenbogen heben und senken sich, erzeugen ein schabendes Geräusch.

»Hallo, Liebes.« Er klappt seine Vesperdose auf.

»Hallo.« Sie reicht ihm die Zellophanrolle herüber.

»Danke.« Die Folie knistert und klebt an seinen Fingern. Er wickelt das Brot ein und legt es in den Kühlschrank neben die anderen. »Mmh … Das riecht gut.«

Er tritt hinter sie, umfasst behutsam ihre Schultern und will sie auf den Nacken küssen, doch sie beugt sich vor, gleitet unter seinen Händen weg.

»Du kommst genau richtig, Essen ist gleich fertig.« Sie richtet sich auf und dreht sich zu ihm um. »Wie war die Arbeit?«

Zwischen ihnen die Hand mit dem Küchenmesser.

»Ziemlich ruhig …« Er lässt die Arme sinken. »Keine neuen Fälle, nur der übliche Schreibtischkram.«

Er geht zur Arbeitsplatte und nimmt sich eine Karotte vom Holzbrett. Als er abbeißt, kracht es in seinen Ohren. Auch das Kauen ist schön laut, füllt seinen Kopf aus. Der bittere Geschmack von Erde mischt sich unter den süßlichen der Karotte, zwischen seinen Zähnen knirscht es.

»Die sind nicht geschält und nicht gewaschen. Und auch nicht Bio.«

Er nickt. Nimmt sich noch eine Karotte. Bricht sie in der Hälfte entzwei. »Kann ich dir helfen?«

»Im Moment nicht. Simon hat den Tisch schon gedeckt.« Sie zieht die Tür des Spülschranks auf und wirft Kartoffelschalen auf den Müll, der nach allen Seiten hin überquillt. Weiß lugen die Verbände unter ihren Pulloverärmeln hervor. Ein langes Haar hängt von ihrem Ellenbogen herab, zittert jede Bewegung nach, die sie macht.

»Die gehören doch eigentlich auf den Kompost und nicht in die schwarze Tonne, oder?«

»Ich will keine Ratten anlocken. Bei dem langen Winter sind sie bestimmt ausgehungert.« Sie klappt den Deckel des Mülleimers zu, eine bräunliche Masse wird herausgequetscht, läuft am Behälter hinunter.

Der Kaffeesatz von heute Morgen.

Ohne darauf zu achten, schließt sie die Tür des Spülschranks. Sie schneidet eine Packung Maultaschen auf und kippt sie in den Topf. Wasser spritzt auf die Herdplatte, verdampft zischend. Der Geruch nach Kaffee wird immer intensiver. Er legt die Karotte weg und geht zu ihr hinüber.

»Darf ich mal?« Sanft ruckt er die Tür des Spülschranks gegen ihr Bein. »Ich wechsle rasch den Beutel, und dann hol ich noch Sprudel aus dem Keller.«

»Apfelsaft ist auch keiner mehr da.« Sie tritt beiseite, stellt sich auf die Zehenspitzen und angelt nach dem Suppenlöffel, der neben dem Gewürzregal hängt.

An der Haustür klingelt es.

Er lässt die Spülschranktür los und richtet sich auf. Im Wohnzimmer scharren Stuhlbeine über den Boden.

»Ich geh.«

Simon.

Er dreht sich um und bemerkt erst jetzt die halb geöffnete Wohnzimmertür. Die Tasse am Kopfende des gedeckten Esstischs, das aufgeschlagene Buch.

Na also.

Er wendet sich wieder dem Mülleimer zu. Klappt den Deckel zurück und versucht, die Laschen zu verknoten. Doch der Beutel ist zu voll. Er verkneift sich ein Seufzen, krempelt die Ärmel hoch und drückt mit beiden Händen die Gemüseabfälle tiefer, während der Kaffeesatz wie Moorschlamm zwischen seinen Fingern aufsteigt. Gärender Fäulnisgeruch wallt ihm entgegen.

Das muss man in dieser Jahreszeit erst mal hinbekommen …

Mit Schwung hebt er den schweren Beutel aus dem Behälter und durchquert die Küche. Das Plastik unterhalb der verknoteten Laschen dehnt sich knisternd, wird erschreckend schnell durchsichtig. Bevor er mit der linken Hand unter den Beutelboden greifen kann, reißt es, und der Müll ergießt sich platschend auf die Fliesen.

»Scheiße!« Er springt zurück, aber sein linker Strohschuh ist nicht mehr zu retten. Verdorbene Milch, Eierschalen und die Knochen des Hähnchens, das er vor einer Woche gegessen hat, landen auf dem Spann.

»Pass doch auf, so eine Sauerei!«

»Wieso ich? Du hast doch gesehn, dass der Beutel voll ist, wieso kippst du dann noch mehr Zeugs drauf? Die sind nicht für ein Jahr gedacht.« Als wolle er einen Unsichtbaren treten, schüttelt er den Fuß aus. Eierschalen und Knochen fliegen in alle Richtungen. Die heftige Bewegung tut ihm gut.

»Jetzt wechselst du einmal den Beutel, und schon weißt du alles besser.« Sie nimmt einen Teller aus dem Geschirrfach und knallt die Schranktür zu. Die weißen Verbände an ihren Handgelenken wirken wie ein Stoppschild auf ihn.

Sie kann den Beutel ja gar nicht wechseln.

Ruhig bleiben.

Situation entschärfen.

»Liebes.« Er geht langsam auf sie zu, hebt beschwichtigend die Hände. »Wir müssen uns zusammenreißen. Der Müll muss regelmäßig –«

»Ich will mich aber nicht zusammenreißen!« Sie wirbelt herum und schmettert den Teller ins Spülbecken. Scherben spritzen heraus, landen klirrend auf den Fliesen.

»Ja, ich will auch vieles nicht!« Er schlägt mit der flachen Hand gegen die Kühlschranktür. »Herrgott noch mal, wenn du irgendwas nicht schaffst, dann sprich doch mit mir. Ich kümmer mich drum. Aber mach den Mund auf.«

»Dann wisch die Scheiße weg!« Sie wirft den Putzschwamm vor seine Füße. »Wisch sie sofort weg!«

SIMON

Der dunkle Fleck auf der Tischplatte, der kein Fleck ist. Er beugt sich vor und betrachtet die winzigen Löcher, die kaum größer als Nadelstiche und so dicht an dicht gesetzt sind, als habe sich ein flirrender Mückenschwarm auf dem hellen Holz verirrt.

Du stellst dich vielleicht an! Wenn zwei Winkel fünfundvierzig Grad haben, dann ist doch klar, was das für ein Dreieck ist.

Mama erklärt das viel besser.

Was heißt hier, Mama erklärt das viel besser? Mensch, Simon, das versteht ja sogar deine Schwester schon.

– –

Hey, bleib da! Wo willst du hin?

Scheiß Geometrie.

Er streckt den Zeigefinger aus und fährt über den Fleck. Spürt das aufgeraute Holz unter seiner Kuppe. Das Verstreichen seiner Schulzeit von einer Zirkelspitze in die Tischplatte geritzt, festgehalten wie sein Wachstum, das die blauen Striche am Rahmen der Küchentür noch immer anzeigen. Der blaue Strich, der den roten um fast fünfzehn Zentimeter überragt.

Das war der letzte Stand.

Er drückt seinen Zeigefinger fest gegen das Holz.

Zischend verdampft Wasser auf der Herdplatte. Er hebt den Kopf. Seine Eltern stehen vor der Spüle, drehen ihm den Rücken zu. Sie reden miteinander, aber trotz der geöffneten Wohnzimmertür versteht er nicht mehr als ein leises Gemurmel, aus dem ab und zu einzelne Worte herausblitzen.

»… Beutel … noch Sprudel … Keller.«

»Apfelsaft ist …« Seine Mutter tritt beiseite, entschwindet aus seinem Blickfeld. Er kann nur noch die helle Sohle von einer ihrer Hausschuhe sehen, also muss sie sich auf die Zehenspitzen gestellt haben. Sein Vater zieht die Tür des Spülschranks auf. Es beginnt, nach Kaffee zu riechen.

Er wendet sich wieder seinem Anatomiebuch zu. Blättert eine Seite zurück und vertieft sich in die Abbildung zur CD8-Recognition.

Zwei gleich große Kreise, eng nebeneinander. Der linke ist dunkelblau und enthält einen weiteren, hellblauen. In dem befinden sich das CD8-Protein und die T-Zelle. Merk dir am besten Blau in Blau. Im Kreis rechts schwimmen die Antigene, kleine rote Rauten. Dann die MHC-I-Rezeptoren, die von –

An der Haustür klingelt es.

Er hebt den Kopf. In der Küche reagiert niemand. Sein Vater kehrt ihm den Rücken zu, hantiert am Mülleimer herum, der weiß zwischen seinen Beinen hervorlugt. Von seiner Mutter ist nichts zu sehen und nichts zu hören. Er klappt das Buch zu und schiebt den Stuhl zurück.

»Ich geh.«

Mit wenigen Schritten durchquert er das Wohnzimmer und tritt in den dunklen Flur hinaus. Er betätigt den Schalter, knipst aus Versehen zuerst die Lichter im Obergeschoss an. Dann geht er zur Haustür, drückt die Klinke hinunter und will sie aufziehen, aber sie ist abgesperrt.

»Moment …« Hastig durchsucht er den Mantel seines Vaters.

Nichts.

Wo hat er –

Die Arbeitstasche.

Er greift den Schlüssel heraus. Steckt ihn ins Schloss und öffnet die Tür.

Elena.

In den Händen hält sie eine Vase, aus der zwei Osterglocken herausragen.

Na super, die hat mir grade noch gefehlt.

»Oh, hallo.« Sie weicht einen Schritt zurück.

Richtig, beim letzten Mal habt ihr beide ja meine Spiegelreflex geschrottet.

»Hallo, Eeelena.« Er spricht ihren Namen so aus, wie sie es hasst.

»Bist du zu Besuch?«

»Nein, ich wohn wieder hier.«

»Ach so …« Sie lächelt ihn an. »Da freuen sich deine Eltern sicher.«

»Warum sollten sie sich nicht freuen?«

Das Lächeln verschwindet.

»So hab ich das nicht gemeint.« Ihre Finger zupfen an den Osterglocken herum. Der spiralförmige Hals der Vase schimmert perlmuttfarben und sieht aus wie das Gehäuse einer Korkenziehermuschel.

Beinah hübsch.

Sie räuspert sich und schaut an ihm vorbei in den Flur. Er beobachtet, wie ihr Blick auf die Fotos fällt. Beobachtet das Zucken in ihrem Gesicht.

»Oh.«

»Die hat meine Mutter aufgehängt.« Er tritt zur Seite. »Komm rein.«

Als sie an ihm vorbeigeht, streift eine der Osterglocken seinen bloßen Arm. Er schließt die Tür und stellt sich neben sie vor die Flurwand. Wie immer weiß er nicht, welche der Fotos er zuerst betrachten soll. Wie immer gleitet sein Blick in einer Geschwindigkeit über sie hinweg, die nicht zulässt, dass er mehr wahrnimmt als ein schnelles Aufblitzen der Gesichter.

Seine Mutter, sein Vater, Sarah. Seine Mutter, Sarah. Sarah, Elena. Sarah. Seine Mutter, Sarah, sein Vater. Sarah, seine Mutter. Sarah, Gero. Sarah, Elena, Meli. Sarah. Sein Vater, Sarah, seine Mutter. Sarah. Sarah. Sarah.

Hinter ihnen baumelt der Schlüsselbund klirrend gegen das Holz der Haustür. Schaukelt langsam aus. Obwohl sie stillstehen, knarrt

Leder, raschelt Kleidung. Er hört sie schlucken. Hört sich schlucken. Ihre Lippen bewegen sich, als wolle sie etwas sagen, doch sie spricht es nicht aus. Dann huscht wieder ein Lächeln über ihr Gesicht.

»Das ist mein Lieblingsbild.« Sie deutet auf ein Foto.

Mit dem Blick folgt er ihrem ausgestreckten Arm.

Sarah, Elena.

Eine der Großaufnahmen, die er im Auftrag seiner Mutter gemacht hat.

Das muss ihr vierzehnter Geburtstag gewesen sein. Oder der dreizehnte?

Wange an Wange lachen die beiden in die Kamera, in den Mundwinkeln noch Reste des Erdbeerkuchens. Seine Schwester nutzt die schmeichelhafte Pose aus wie ein Profimodel. Den Kopf seitlicher geneigt als nötig, die Lider mit den langen Wimpern halb gesenkt, die Lippen geöffnet. Daneben Elena. Ein rundes Gesicht mit großen braunen Kulleraugen, das noch runder wirkt, wenn sie lacht.

Nicht »cheese«, Eli, »cheese« sagt doch kein Mensch mehr. Sag mal »petit pomme« …

Petit pomme …

Genau so. Das verleiht dir einen geheimnisvollen Ausdruck und streckt dein Gesicht.

Wo hast du das denn schon wieder her?

Das stand in der letzten Cosmopolitan. *Wer in Paris Model sein will, muss –*

Mann, könnt ihr mal die Klappe halten? Sonst wird das Foto unscharf, und dann seht ihr beide scheiße aus.

»Es steht auf meinem Schreibtisch.« Sie tritt näher an die Flurwand heran, beugt den Oberkörper vor. Betrachtet die Fotos, die unter ihrem Lieblingsbild hängen.

Sarah als Hamlet auf der Bühne des Jugendtheaters.

Sarah im Gras sitzend mit einer Pusteblume in der Hand.

Sarah auf einem Handtuch am Strand.

»Hast du die auch gemacht?«

»Ja, die ganze Wand ist von mir.«

»Du bist echt gut … Warum studierst du nicht Fotografie?«

Bevor er antworten kann, ertönt ein lautes Platschen aus der Küche.

»Scheiße!«

»Pass doch auf, so eine Sauerei!«

Dunkel und verschwommen bewegen sich seine Eltern hinter der Milchglasscheibe, eine Lücke aus Licht zwischen sich, die mal größer, mal kleiner ist.

»Wieso ich? Du hast doch gesehn, dass der Beutel voll ist, wieso kippst du dann noch mehr Zeugs drauf? Die sind nicht für ein Jahr gedacht.«

Elena richtet sich auf und starrt auf die Milchglasscheibe, ihre Hand schwebt über seinem Arm, doch berührt ihn nicht.

Frag sie was. Frag sie irgendwas.

»Und … warum bist du hergekommen?«

Das Zuknallen einer Schranktür.

»Jetzt wechselst du einmal den Beutel, und schon weißt du alles besser.«

»Ich wollt nur fragen, ob ich –« Sie bricht ab, den Blick noch immer auf die Milchglasscheibe gerichtet. Seine verschwommenen Eltern gleiten aufeinander zu, nicht mehr als zwei dunkle Schatten, von denen er nicht sagen kann, welcher seine Mutter und welcher sein Vater ist.

Wenn das Licht zwischen ihnen verschwunden ist, prügeln oder umarmen sie sich.

»Liebes.« Sein Vater sagt es laut, aber in diesem beherrschten Bewährungshelfer-Tonfall, den er anschlägt, wenn er am Telefon eine Situation entschärfen muss. Der Rest ebbt zu Gemurmel ab.

Okay, die Show ist vorbei. Er wird Mama beruhigen, regle du das mit Elena.

»Sorry, du –«

»Ich will mich aber nicht zusammenreißen!«

Hinter der Milchglasscheibe schnellt der rechte Schatten zur

Seite, die Lücke aus Licht fließt auseinander. Krachend zerspringt Geschirr.

Was hat der Idiot bloß zu ihr gesagt?

»Ja, ich will auch vieles nicht!«

Ein dumpfer Schlag. Elena zuckt zusammen.

»Herrgott noch mal, wenn du irgendwas nicht schaffst, dann sprich doch mit mir. Ich kümmer mich drum. Aber mach den Mund auf.«

»Dann wisch die Scheiße weg! Wisch sie sofort weg!«

»Das hört sich schlimmer an, als es ist.« Er lehnt sich mit dem Oberkörper gegen das Treppengeländer, verdeckt ihr die Sicht auf die Milchglasscheibe. »So wie bei Sarah und dir, wenn ihr euch gestritten habt.«

Sie erwidert sein Lächeln nicht.

»Ich … Ich wollt nur fragen, ob ich meine Kette wiederhaben kann.« Sie flüstert. »Die mit dem Kreuz … Ich hab sie Sarah mal geliehen und … Es ist nur so … Die ist mir ziemlich wichtig, ich hab sie von meiner Oma zur Taufe bekommen … Deshalb –«

»Natürlich mach ich's weg. Fürs Scheißdreckwegmachen bin ich ja zuständig!«

»Von deiner Kette weiß ich leider nichts, aber ich kann –«

»Dir ist doch alles egal! Du lebst dein scheiß Leben weiter, als wär nichts passiert! Du lebst dein scheiß Leben einfach weiter, als wär nichts passiert!« Seine Mutter schreit so laut, dass sie auf der Straße zu hören sein muss.

»Anne, das Leben geht weiter! Und die Müllabfuhr kommt morgen trotzdem, ob's uns nun passt oder nicht!« Sein Vater brüllt zurück.

Warum hält der Idiot nicht einfach die Klappe?

»Ich komm gleich wieder.« Er nickt Elena zu und löst sich vom Treppengeländer. Anstatt den direkten Weg über den Flur zu nehmen, geht er ins Wohnzimmer hinüber und schließt die Tür hinter sich. Dann eilt er in die Küche.

»Ich will so aber nicht weiterleben!« Seine Mutter fegt ein paar

Karotten von der Arbeitsplatte. Sie fallen mitten auf einen langgezogenen Müllhaufen, der die Küche in zwei Hälften teilt. Vor der Trennlinie seine schreiende Mutter und er. Dahinter sein Vater, der zwischen den beiden Fenstern auf und ab tigert, das Gesicht rot angelaufen.

»Wie könnt ihr euch bloß über so was aufregen?« Er reißt die oberste Schublade des Küchenbuffets auf und schnappt sich die erstbeste Einkaufstüte, die er zu fassen bekommt. »Ich kapier's nicht!«

»Ihich will so nicht weihhterleben, ich … wihill …« Der Schluckauf zerhackt die Wörter seiner Mutter. »Nicht.«

»Du musst dreimal hintereinander schlucken.« Sein Vater scheint es zu einem der Fenster zu sagen. Leise raschelnd bewegt sich der geplatzte Beutel im Luftzug seiner Schritte.

»Kahannst … mich mal …« Seine Mutter feuert einen Putzschwamm ins Spülbecken und stürmt ins Wohnzimmer. Er folgt ihr ein paar Schritte. Beobachtet, wie sie die Terrassentür öffnet und hinausgeht. Wie sie einen Arm um den Pfeiler des Vordachs schlingt und sich gegen das dunkle Holz lehnt.

Er dreht sich um und kehrt in die Küche zurück. Sein Vater tigert noch immer zwischen den beiden Fenstern auf und ab. Weißer Schaum schwappt über den Rand des Suppentopfs, verdampft zischend auf der heißen Platte. Es riecht nach Verbranntem, nach verdorbener Milch und nach Kaffee.

Was für eine beschissene Mischung. Ich könnt grad kotzen.

Er klemmt sich die zerknüllte Einkaufstüte unter den Arm, geht zum Herd und stellt ihn ab. Zieht den Topf auf eine kalte Platte. Die Suppe hört auf zu sprudeln, Teigfetzen, Fleischbröckchen und Gemüsestücke quellen an die Oberfläche, lassen die Schaumbläschen platzen.

Was für 'ne beschissene Sauerei.

Er krempelt die Pulloverärmel hoch und fährt mit der Hand in die riesige Einkaufstüte, beult sie aus. Als er sich hinkniet, knirscht es, und er spürt, wie etwas unter seinem Schuh zersplittert. Gänsehaut kriecht ihm über den Rücken zum Nacken hinauf.

Beschissene Hühnerknochen.

Mit beiden Händen greift er in den Müllhaufen. Schaufelt Essensreste und aufgeweichte Pappverpackungen in die Einkaufstüte. Feuchter Küchenkrepp wickelt sich um seine Finger. Bei jeder Bewegung verteilt er Kaffeesatz auf dem Boden und auf seinen Schuhspitzen.

Seine Nase juckt. Dann sein linkes Auge.

Natürlich jetzt, wo ich die beschissenen Finger voll Müll hab.

Ein Avocadokern glitscht ihm aus der Hand, kullert gegen den Spülschrank. Er beugt sich vor und stößt beinahe mit den Beinen seines Vaters zusammen.

»Mann, kannst du mal mit deinem scheiß Rumgerenne aufhören?«

Sein Vater bleibt stehen und starrt auf die Reste der Mülllinie, sein Kiefer arbeitet, als zermalme er einen der Hühnerknochen zwischen den Zähnen.

»So kriegen wir sie nie stabil.« Er schaut seinen Vater an. »So nicht.«

Der Kiefer mahlt und mahlt.

Eine Bewegung hinter der Milchglasscheibe erinnert ihn daran, dass Elena im Flur auf seine Rückkehr wartet. Er wendet sich wieder der Sauerei zu. Schaufelt, bis nichts mehr auf dem Boden liegt. Dann wäscht er sich die Hände und verlässt mit der vollen Einkaufstüte die Küche. Im Vorbeigehen sieht er durch die Wohnzimmerfenster, dass seine Mutter auf der Terrasse sitzt und die leeren Blumentöpfe mit Erde füllt.

Wenigstens muss ich nicht auch noch das ganze Viertel nach ihr absuchen.

Er tritt in den Flur hinaus. Elena steht direkt neben der Haustür, eine Hand auf der Klinke.

»Tut mir echt leid, dass ich grad so reingeplatzt bin, ich hätt vorher anrufen sollen.«

»Alles halb so wild.« Er lächelt und schwenkt die Einkaufstüte. »Bloß ein kaputter Müllbeutel.«

»Es ist nur …« Sie senkt die Stimme. »Ich war schon mal hier, aber deine Mutter …«

»Hat sich aufgeregt.«

Sie nickt.

»Ich frag sie morgen nach deiner Kette, okay?«

»Danke.« Sie streckt ihm die Vase mit den Osterglocken entgegen. »Für deine Mutter. Sie mochte meine Tonsachen immer so gern, und ich dachte … Na ja, du weißt schon.«

Sie zuckt mit den Schultern.

»Klar, der Drache soll besänftigt werden.«

Sie lächelt und öffnet die Haustür. »Tschüss.«

»Ciao.« Er tritt auf den Treppenabsatz hinaus und knipst mit dem Ellenbogen das Gartenlicht für sie an. Blickt ihr nach, wie sie den Kiesweg entlanghastet. Wie sie beinahe rennt, als fürchte sie, seine Mutter könne in letzter Minute um die Ecke biegen und sie doch noch bemerken.

Er wartet, bis sie hinter dem Haus der Reicherts verschwunden ist. Dann steigt er die Treppe hinunter und geht zum Schuppen. Er stopft die Vase mitsamt den Osterglocken in die Einkaufstüte und wirft alles in die schwarze Mülltonne.

Sein Lieblingstankwart versinkt fast im Staub. Den Arm mit der Zapfpistole ausgestreckt, als könne jeden Moment ein Auto vorbeikommen, steht er am Zaun und hält Ausschau. Dicht wie Schafswolle bedeckt der Staub die Wiese vor der Tankstelle, die Straße und den Bach. Flusen hängen von den Playmobilbäumen herab, einige sind umgekippt, genauso wie der Zinnsoldat auf dem Zebrastreifen und das Männchen hinter der Kasse. Vor der Waschanlage haben sich die Pfützen aus blauem Gletschereisbonbonpapier von der Legoplatte gelöst und zu Würstchen aufgerollt.

Ist die Barbie noch im Geheimversteck?

Vorsichtig zieht er die Tür der Waschanlage auf. Die Gletschereisbonbonpapiere knistern, werden mit dem Staub beiseitegedrückt, der sich wie Schnee vor den Schildern eines Pflugs aufstaut und als grauer Haufen neben der Hundehütte liegen bleibt. In seiner Nase kribbelt es.

Er kniet sich hin und späht ins Innere der Waschanlage. Zwischen den beiden Wurzelbürsten klemmt sein Feuerwehrauto, eine tote Spinne auf dem Dach. Er holt tief Luft und pustet durch die Tür. Staub wirbelt auf. Die Spinne segelt über Windschutzscheibe und Motorhaube und verfängt sich in den Zacken der Kühlerfigur. Mit dem Zeigefinger fährt er das Feuerwehrauto rückwärts aus der Waschanlage und parkt es neben dem Staubhaufen. Dann quetscht er eine Hand zwischen die beiden Wurzelbürsten und tastet den Raum dahinter ab. Bei jeder Bewegung schrammen die Borsten erstaunlich schmerzhaft über seine Haut.

Die Barbie ist nicht mehr in seinem Geheimversteck. Dafür berühren seine Finger die glatte Oberfläche eines anderen Gegenstandes. Befühlen dessen langgezogene viereckige Form. Streifen eine runde Ausbuchtung. Einen gewölbten Knopf. Ein gezacktes Rädchen.

Die Pocketkamera.

Er zieht die Hand zurück. Zwischen seinen Fingern kleben Staubfäden, und sein Arm ist so zerkratzt, als habe er gerade mit einer jungen Katze gespielt. Er wischt die Hand am Hosenbein ab und steht auf. Zum Fenster sind es noch immer drei kurze Schritte, und noch immer lässt es sich schwer öffnen. Die Riegel klemmen, der Griff blockiert nach der ersten Umdrehung.

Willkommen zuhause.

Mit einem Ruck reißt er das Fenster auf. Klare Nachtluft schwappt ins Zimmer. Er lehnt sich in die Dunkelheit hinaus, bemerkt erst jetzt den dünnen, zerrissenen Regen, der schon die ganze Zeit über gefallen sein muss. Spürt ihn kalt auf seinem Gesicht, auf seinen Händen.

Von der Dachrinne dringt leises Gurgeln und Schmatzen herauf. Die Tannen rauschen. Die Tür des Schafstalls klappert.

Vertraute Geräusche.

So vertraut.

Er fährt mit den Fingern über das wurmstichige Holz des Fensterbretts. Fühlt die Dellen, die hervorstehenden Astlöcher.

Jetzt bin ich also wieder hier.

Bei den Reicherts bewegt sich ein Schatten durch den Garten, trabt lautlos am Zaun entlang.

Bonnie oder Clyde?

Er blickt in den Himmel. Kein einziger Stern ist zu sehen, nur ein winziges flackerndes Licht, das langsam über das Schwarz gleitet. Er lehnt sich noch weiter in den Regen hinaus.

Vielleicht wäre ein Hund das Richtige für sie. Vielleicht ein süßer kleiner Welpe, der rund um die Uhr ihre Aufmerksamkeit fordert? Vielleicht ein Husky, mit dem sie stundenlang laufen muss?

Er steckt zwei Finger in den Mund und stößt einen schrillen Pfiff aus. Der Schatten flitzt quer durch den Garten, stoppt knapp vor dem Zaun und bellt ihn wütend an.

Drüben bei den Reicherts springen die Lichter an. Zuerst in der oberen Etage, dann in der unteren. Eine zierliche Gestalt tritt aus der Haustür.

»Aus, Bonnie!« Frau Reichert klatscht in die Hände. »Bist du sofort still.«

Die Haustür klappt zu. Der Schatten trottet aus seinem Sichtfeld. Er schließt das Fenster. Fährt sich mit den nassen Händen übers nasse Gesicht.

Vielleicht reicht ja auch eine Katze. So eine zutrauliche, mit der sie schmusen könnte, die Hasen sitzen ja nur im Käfig und fressen und schlafen.

Nein, kein Hund und auch keine Katzen, das ist mein letztes Wort. Die Hasen machen schon genug Arbeit, ich will mich nach meinem Feierabend nicht noch um einen halben Zoo kümmern.

Aber Mama, Papa hat gesagt, dass –

Nein, nein, nein. Wenn euer Vater anderer Meinung ist, dann soll er mir schriftlich geben, dass er sich um alles kümmert, vorher braucht ihr gar nicht mehr damit anfangen.

Vergiss Tiere, dir muss was Besseres einfallen.

Aus seinen Haaren rinnt Wasser, rinnt ihm kitzelnd über die Stirn und tropft von seiner Nase. Seine nassen, unrasierten Wangen beginnen zu jucken. Er sollte sich abtrocknen, aber er hat keine Lust, ins Bad zu gehen, um sich ein Handtuch zu holen. Hat keine Lust, noch einmal auf Zehenspitzen am Schlafzimmer seiner Eltern vorbeizuschleichen, dessen Tür nur angelehnt ist. Sich noch einmal vor dem lauten *Anne, wo willst du hin?* seines Vaters zu erschrecken und beim Sprung zur Seite mit den nackten Zehen gegen das Treppengeländer zu stoßen. Noch einmal Minuten im dunklen Flur vor dem Zimmer seiner Schwester zu verharren, die Hand auf der kalten Klinke, den Blick auf den Lichtschein gerichtet, der zwischen Tür und Schwelle eine dünne Linie zieht.

Er geht zum Bett hinüber. Dort schlüpft er aus seinen Schuhen und legt sich angezogen auf die Decke. Dann knipst er das Licht aus.

In der Küche glänzen die Fliesen im Sonnenlicht. Es riecht nach Zitrone und Essigreiniger. Die gelben Gummihandschuhe hängen über dem Wasserhahn, und der Wischmopp steht in einem Eimer vor der Arbeitsplatte, den Stiel im Griff der Kühlschranktür eingeklemmt.

Er legt das Anatomiebuch auf den Tisch und nimmt sich eine Tasse von der Anrichte. Die Kanne ist noch voll, der Kaffee heiß. Beim ersten hastigen Schluck verbrennt er sich Lippen und Zunge.

»Shit.« Er setzt sich hin und schlägt das Anatomiebuch auf.

Wenn ich den Anschluss nicht verlieren will, muss ich heute das ganze Kapitel schaffen.

Er beugt sich vor und lauscht in den Flur hinaus. Leise rauscht oben die Dusche.

Dann mal los.

Die zytotoxischen T-Zellen können Antigene erkennen, die ihnen mit Hilfe der MHC-I-Komplexe präsentiert werden. Körpereigene Zellen, die durch Krankheitserreger befallen sind, melden so ihren Zustand an das Immunsystem. Die zytotoxischen T-Zellen heften sich mit –

An der Haustür klingelt es.

»Das ist für mich.« Seine Mutter poltert die Treppe herunter.

Er hört Stimmengemurmel. Das Zuklappen der Haustür. Dann erneut Schritte auf den Treppenstufen. Schwere Schritte.

Er steht auf und schleicht in den Flur.

»Das Bad ist gleich rechts, Herr Salzer. Die zweite Tür.«

»Oha … Was hänn mer denn do? Hett do de Schlüssel geklemmt? Odder hett's do ebber bsundersch eilig ghett?«

Eine tiefe Männerstimme.

Salzer, Salzer, wer war das noch mal?

»Mein Mann ist manchmal ein bisschen ungestüm.« Seine Mutter lacht. Hell und fröhlich.

»Ha, des hänn ihr Fraue doch gern, odder?«

Halt's Maul, Salzer, wer immer du auch bist.

»Ja, aber nicht, wenn wir im Bad ungestört sein wollen.«

Dröhnendes Männerlachen. »Dann wäre mer mol schaue, ob mer do no ebbes mache kenne, Frau Bergmann … Oh, oh, oh …«

Ein metallisches Scheppern ertönt. Er dreht sich um und schleicht in die Küche zurück. Schiebt den Getränkekorb gegen die geöffnete Milchglasscheibentür und schließt die Fenster, dann setzt er sich erneut hin. Die Fliese unter seinem rechten Fuß ist warm. Er streckt das Bein aus, bis die Sonnenstrahlen auf seinen Spann fallen.

Die zytotoxischen T-Zellen heften sich mit ihren T-Zell-Rezeptoren an diese Körperzellen: Bei diesem Vorgang spielt ihr CD8-Rezeptor eine entscheidende Rolle.

Oben ist es still.

Ja, aber nicht, wenn wir im Bad ungestört sein wollen.

Konzentrier dich.

Er nimmt einen Schluck Kaffee.

Die MHC-I Rezeptoren verbinden die zwei gleich großen blauen Kreise. Sieht aus wie eine Anhängerkupplung auf einem langen Stecken.

Lautes Hämmern lässt ihn aufblicken. Rhythmisch, als ob Nägel in Holz getrieben würden.

Bei so einem Krach kann doch kein Mensch lernen.

Das Hämmern bricht ab. Stimmengemurmel. Und wieder das helle, fröhliche Lachen seiner Mutter.

Sie braucht einen Salzer, keinen Hund.

Er stützt den Kopf auf beiden Armen ab, versucht, sich die Abbildung zur CD8-Recognition einzuprägen. Doch er ertappt sich dabei, wie er immer wieder in den Flur hinaushorcht. Wie er darauf wartet, dass das Lachen von neuem ertönt.

Konzentrier dich.

Ein Klopfen schreckt ihn auf, reißt ihn aus dem Text über die B-Lymphozyten.

»Ja?«

»Ah, do hänn mer jo ebber …« Ein Mann in schwarzer Cordkluft betritt die Küche. Wedelt strahlend mit einem Quittungspapier. »Salzer min Name, d' Badtüre isch repariert. Ich brücht do no e Unterschrift, abber ich hab Ihri Muedder obbe nit finde kenne.«

Bleib sitzen.

Ja, aber nicht, wenn wir im Bad ungestört sein wollen.

Bleib bloß sitzen.

»Haben Sie nach ihr gerufen?«

»Ha jo, e paar Mol, abber ich wollt kai Krakeel nit veranschtalte.«

»Dann hängt sie wahrscheinlich Wäsche auf und hat Sie nicht gehört. Die Waschküche ist bei uns im Keller.« Er greift nach dem Kugelschreiber und kritzelt seine Unterschrift auf die gestrichelte Linie. Die Mine kratzt über das dünne Quittungspapier.

»Hier.«

»Die Badtüre hett jo ordentlich ebbs abkriegt …« Herr Salzer faltet die Quittung umständlich zusammen. Der Nagel seines Daumens ist lila.

»Ja, das Schloss hat geklemmt, mein Vater musste die Tür eintreten.« Er schiebt den Stuhl zurück, steht auf und bewegt sich Richtung Flur.

Sie muss in der Waschküche sein. Wenn selbst der Salzer mit seinen schweren Schuhen unbemerkt runtergekommen ist, hab ich sie erst recht nicht gehört.

»Ah, jo … Und dadebi hett sich Ihri Muedder wohl au beidi Arm verletzt …«

O Mann, hau endlich ab!

»Ja, genau. War's das? Ich muss noch lernen.«

»Dann allis Gute.«

»Ciao.« Die Klinke rutscht ihm aus der Hand, die Haustür knallt heftiger ins Schloss als beabsichtigt.

Soll der sich doch denken, was er will.

»Mama?« Er eilt den Flur entlang. Reißt die Kellertür auf und hastet die Treppe hinunter. Rennt in die Waschküche.

Aber dort ist niemand. Nur der Weidenkorb steht neben dem Besenschrank.

Sarahs Zimmer.

Er dreht sich um und rennt in den Flur zurück. Stürmt die Treppe in den ersten Stock hinauf. Seine nackten Füße trommeln auf die Holzstufen ein, seine Arme streifen das Geländer. Das Bad ist leer. Im Vorbeirennen wirft er einen Blick ins Schlafzimmer seiner Eltern. Auch leer.

Sarahs Zimmer.

Ohne seinen Lauf abzubremsen, drückt er die Klinke hinunter und prallt mit Oberkörper und Knie gegen das Holz. Die Tür ist abgeschlossen.

Scheiße!

»Mama?« Er klopft. »Mama?«

Keine Antwort.

»Mama, mach auf!« Er hämmert mit beiden Fäusten auf die Tür ein. »Mach sofort auf!«

Der alte, sperrige Schlüssel klappert im Schloss.

Geht deiner auch so schwer, Simi?

Die Tür öffnet sich.

»Hast du sie noch alle?« Seine Mutter funkelt ihn böse an. Er antwortet nicht, greift schnell an ihr vorbei und zieht den Schlüssel aus dem Schloss. Steckt ihn in seine Hosentasche.

»Gib mir den Schlüssel zurück.«

Er schüttelt den Kopf. Macht einen Schritt rückwärts.

»Gib ihn mir *sofort*.« Sie streckt die Hand aus. Ihre grauen Augen fixieren ihn. »Ich lass mich von dir nicht kontrollieren!«

»Mama, ich –«

»Sofort!«

»Schon gut.« Er nestelt den Schlüssel aus der Hosentasche und legt ihn in ihre ausgestreckte Hand. Versucht, an ihr vorbeizuspähen, aber sieht nur die zurückgeschlagene Bettdecke und ihre Hausschuhe auf dem Boden. »Was machst du in Sarahs Zimmer?«

»Das verstehst du nicht.« Sie schließt die Tür.

Der Schlüssel dreht sich im Schloss.

Einmal.

Zweimal.

ANNE

Sie will den Schlüssel ein drittes Mal umdrehen, aber er lässt sich nicht mehr bewegen. Das raue Metall drückt sich in ihre Haut, die Wunde am Unterarm beginnt zu pochen.

Vor der Tür ist es still. Keine Schritte, die sich entfernen, kein Zuklappen einer Zimmertür, kein Knarren und Ächzen der Treppenstufen.

Vielleicht hat er den Kopf ans Holz gepresst und lauscht, ob ich irgendwelche verdächtigen Geräusche mache.

Sie löst ihre Hand vom Schlüssel. Geht langsam auf Zehenspitzen rückwärts.

Was sollen das für Geräusche sein? Weinen? Lachen? Selbstgespräche?

In ihrem Rücken tickt der Küchenwecker. Tickt lauter, als sie es vorhin auf dem Bett wahrgenommen hat. Oder bildet sie sich das nur ein? Hört sie jetzt nur genauer hin, weil vor der Tür ein Lauscher steht und sie hören will, was er hören kann?

Gleich werd ich den Wecker nehmen und vors Schlüsselloch halten, das Ticken in den Flur hinausschicken. Hier, hörst du das? Da hast du dein verdächtiges Geräusch.

Die Dielenbretter knarren unter ihrem Gewicht, mit einem Bein streift sie den Papierkorb. Ein knisterndes Rascheln vermischt sich kurz mit dem gleichmäßigen Küchenweckergeräusch. Dann drückt der Bettkasten gegen ihre Kniekehlen. Sie legt sich hin, zieht sich die zurückgeschlagene Decke wieder bis zur Brust, klemmt sie unter ihren Achseln ein und rollt sich zur Seite. Auf Kissen und Matratze spürt sie noch die Wärme ihres Körpers, als habe es überhaupt keine Unterbrechung gegeben. Als habe das alles nur in ihren

Gedanken stattgefunden. Doch der Küchenwecker auf dem Nachttisch sagt ihr, dass seit Simons Klopfen drei Minuten vergangen
sind.

Drei Minuten von dreißig.

Hat es in jener Nacht auch eine Unterbrechung gegeben? Vielleicht ein vorbeifahrendes Auto? Vielleicht das Bellen eines Hun-
des? Vielleicht sogar Schritte auf dem Gehweg, das Knirschen von
Kies?

Drei Minuten von dreißig.

Sie starrt auf die blauen Striche des drehbaren Ziffernblatts. Beginnt, sie mit den Augen zu zählen. Strich für Strich.

Eins.

Zwei.

Drei.

Vier.

Welcher Strich war eine Unterbrechung? Die Acht? Die Fünfzehn? Oder die Siebenundzwanzig? Wie viel Unterbrechung hat
es für ihr Kind gegeben? Minuten? Eine Minute? Sekunden? Nicht
einmal Sekunden? Ihre Augen gleiten von einem blauen Strich zum
nächsten, gleiten die rechte Hälfte des Ziffernblattes entlang und
wieder zurück.

Eins.

Zwei.

Drei.

Dreißig.

Neunundzwanzig.

Achtundzwanzig.

Eins.

Zwei.

Drei.

Es muss eine Unterbrechung gegeben haben. Es muss.

Vielleicht hat ein vorbeifahrendes Auto am Ende der Sackgasse
gewendet. Hat sein Scheinwerferlicht über den dunklen Spielplatz wandern lassen. Zuerst nur über den äußeren Rand, denn

die parkenden Autos erschweren das Wendemanöver, zwingen den Fahrer mehrfach, den Rückwärtsgang einzulegen. Also zuckt das Licht über den feuchten Sand, zuckt vor und zieht sich wieder zurück. Vor und zurück. Dann erreicht es die Rutsche und die Schaukeln. Den Holzelefanten auf seiner rostigen Sprungfeder. Die dicht an dicht gepflanzten Rosensträucher, die zum Gehweg hin eine langgezogene Linie bilden, in der Schwärze der Nacht undurchdringlich wie eine Mauer. Zuckt über die graue Fassade des Bürogebäudes, an dessen Fenstern sich um diese Uhrzeit niemand mehr aufhält. Zuckt vielleicht sogar über den Stamm des Baums.

Vielleicht.

Vielleicht haben an diesem Abend aber auch kaum Autos am Ende der Sackgasse geparkt, und der Fahrer muss den Fuß nicht vom Gas nehmen, kann den Wendekreis einfach entlanggleiten. Kein Scheinwerferlicht, das über den feuchten Sand zuckt und sich wieder zurückzieht, nur ein kurzes Dahinhuschen über die Rutsche und die Sträucher. Und schon ist die Unterbrechung vorbei.

Jämmerliche Sekunden.

Nicht einmal ein Strich von diesen dreißig blauen Strichen. Vielleicht nicht mehr als ein verzweifelter Atemzug.

Bevor die Hände wieder zudrücken.

Sie richtet sich auf und greift nach dem Wecker. Dreht die Scheibe auf die Null zurück. Ein schrilles Klingeln ertönt. Sie schließt die Finger um den Wecker, der wie ein Frosch in ihrer Hand auf und ab hüpft. Dann ist es still.

Sie öffnet die Beifahrertür, bevor das Auto richtig steht. Stößt sich mit den Händen vom Sitz ab, als könne allein der pulsierende Schmerz sie in die Praxis von Dr. Kleinfelder befördern. Ihre Füße landen auf der Bordsteinkante, vollführen kleine Hüpfschritte, um nicht zu stolpern. Das Auto hält mit einem Ruck.

»Mensch, Mama, jetzt warte doch. Du hast noch fünfzehn Minuten.« Simon beugt sich über den Beifahrersitz, reicht ihr die Handtasche, die sie im Fußraum vergessen hat. »Soll ich dich in einer Stunde abholen, oder hast du was mit Papa ausgemacht?«

Sie schüttelt den Kopf. »Ich will nachher noch ein paar Besorgungen erledigen. Ich nehm den Bus.« Sie schlägt die Tür zu, dreht sich um und überquert den Gehweg.

Vordere Sunnmatt 7–17.

Sie folgt dem Schild, taucht ins Dämmerlicht einer überdachten Hofeinfahrt ab, die sich als schmaler Durchgang entpuppt. Auf der linken Seite der gedrungene Eingang von Nummer sieben, auf der rechten der von Nummer neun. Sie beschleunigt ihre Schritte, streift sich den Riemen der Handtasche über die Schulter, zieht ihn stramm. Der Durchgang weitet sich, wird zu einer Gasse mit Kopfsteinpflaster, einer Gasse ohne Himmel. Über ihr eine löchrige Betondecke. Dann altes Fachwerk, zinnoberrote Balken, die sich kreuzen. Ein willkürliches Muster, als sei der Zufall Baumeister gewesen.

Ob man uns Fußgänger in den Wohnungen hört, wenn man das Ohr auf den Boden presst?

Ihre hohen Absätze klappern auf dem Kopfsteinpflaster, lassen ihre Schritte energisch klingen. Zielstrebig. Schritte, die nicht mehr zu ihr passen.

Eingang Nummer dreizehn. Eingang Nummer fünfzehn. Messing und Plastikschilder neben den Türen. Ihre Augen gleiten über die Buchstaben hinweg, ohne sie zu Wörtern zusammenzusetzen. Ein großes, leuchtend gelbes B gefällt ihr besonders gut.

Dann spuckt die überdachte Gasse sie wieder ins Sonnenlicht aus. Sie schirmt ihre Augen mit der Hand ab, blinzelt gegen die Helligkeit an. Wartet, bis das Bild scharf wird.

Eine Straße. Von Einfamilienhäusern gesäumt.

Sie geht weiter, hält nach Hausnummern Ausschau. Das Geklapper ihrer Absätze verstummt, dafür knirscht nun bei jedem Schritt Streusalz unter ihren Sohlen. Vereinzelt drängen sich noch Schneematschhaufen an den Bordstein, bilden eine graue, zerrissene Linie.

Ein Auto hupt und fährt dicht an ihr vorbei. Sie weicht auf den

Gehweg aus, stößt mit der rechten Schulter gegen den Metallpfosten eines Straßenschilds. Ein vibrierendes Scheppern ertönt, das beinahe wie ein Summen klingt. Wassertropfen prasseln auf ihren Kopf nieder, fallen in den Kragen ihres Mantels. Verspätet macht sie einen Hüpfer zur Seite. Die Kälte durchrieselt ihren Körper, lässt sie erschauern.

»Scheiße.« Mit dem Mantelärmel wischt sie sich über die Stirn.

Sie blickt zum Straßenschild auf.

Vordere Sunnmatt 19–25.

Ich bin schon zu weit.

Sie dreht sich um. Irgendwie erscheint es ihr passend, dass sie in die Dämmerung der überdachten Gasse zurückkehren muss.

Num...mer ... Sieb...zehn ...

Ihre klappernden Absätze geben den Takt vor.

Num...mer ...

Nach wenigen Schritten bemerkt sie auf der gegenüberliegenden Seite die schmale, hohe Tür, die sie vorhin übersehen hat. Daneben ein Briefkasten, nach vorn gewölbt wie ein Bauch. Und das Praxisschild. Schwarze Schrift auf weißem Hintergrund. Gerade Buchstaben, keine Schnörkel.

Klar und streng.

Wie die dunklen, wachen Augen von Dr. Kleinfelder.

Sie zieht die ausgestreckte Hand zurück, ohne den Klingelknopf berührt zu haben.

Weitergehn. Einfach weitergehn. Mich in ein Café setzen und einen Tee trinken, bis die Zeit um ist. Mir meine eigenen Gedanken machen oder gar nichts denken. Einfach nur dasitzen. Später in der Praxis anrufen und sagen, dass ich plötzlich krank geworden bin. Durchfall ... Übelkeit ... Nasenbluten ... Nein, eine Migräne! Nachhause fahren, einen Migräneanfall vortäuschen und Jo bitten, dass er den Anruf übernimmt.

Ja.

Der Sessel umfängt sie wie eine Umarmung. So weich, so tröstlich, dass sie sich beherrschen muss, um sich nicht noch tiefer hineinzukuscheln. Am liebsten würde sie ganz in diesen weißen Polstern versinken, dieses weiße Weich über sich auftürmen, darunter verschwinden. Die Augen schließen. Schlafen.

Sie schlägt die Beine übereinander. Legt den Kopf schief und versucht, die Worte auf dem Buchrücken zu entziffern. Doch das Regal ist von ihrem Sessel zu weit entfernt, sie sieht nur verschwommenes Schwarz.

Mama, wenn ich 'ne Brille brauch, bring ich mich um.

Wenn du eine Brille brauchst, wirst du sie tragen wie alle anderen auch. Eine Brille macht nicht hässlich.

Ich will aber Kontaktlinsen, kein Mädchen in unserer Klasse trägt 'ne Brille. WEIL die hässlich macht.

Schrei noch ein bisschen lauter, Fräulein, dann fahrn wir beide wieder heim. Dann wird dein Vater mit dir zum Optiker gehn und eine Brille aussuchen, das sag ich dir.

Ihre Arme schmerzen. Erst jetzt bemerkt sie, dass sie die Hände zu Fäusten geballt hat.

»Hier ist Ihr Tee, Frau Bergmann.« Die Sprechstundenhilfe stellt eine Tasse auf dem Beistelltischchen ab. »Möchten Sie Zucker dazu?«

Hätte eine Brille dich beschützt?

Hätte eine Brille dafür gesorgt, dass er in seinem Gebüsch geblieben wäre? Dass er auf jemand anderes gewartet hätte?

»Frau Bergmann? Ist Ihnen nicht gut?«

»Was?«

»Ist Ihnen nicht gut? Sie sind so blass.«

Ein brillenloses Gesicht. Nicht mehr jung und noch nicht alt.

»Ich hab nur Durst.« Sie trinkt. Der Tee ist lauwarm.

»Dr. Kleinfelder kommt gleich.« Die Sprechstundenhilfe durchquert das Zimmer und schließt das gekippte Fenster. Hantiert an der Heizung herum.

Die Tür klappt leise zu. Sie lässt die Tasse sinken.

Haben wir dich mit oder ohne Kontaktlinsen beerdigt?

Der Händedruck ist überraschend kraftlos. Ist nicht mehr als ein Hinhalten, ein kurzes Krümmen der buckligen Finger.

»Bitte entschuldigen Sie die Verspätung.« Dr. Kleinfelder hängt ihren Gehstock an einen Haken, der hinter ihrem Sessel aus der Wand ragt, und nimmt schwerfällig Platz. Die Stirn gerunzelt, den Kopf seitlich geneigt, als lausche sie auf ihre Beine, die im Zeitlupentempo einknicken. Die sich wie die buckligen Finger krümmen und die klobigen schwarzen Schuhe über den Parkettboden schieben, als gehörten sie nicht zu ihnen, als seien sie etwas, das nicht in Sesselnähe geduldet wird.

Frauen wie sie sind immer sicher.

Sie hebt die Tasse. Hört und fühlt, wie das Porzellan gegen ihre Schneidezähne stößt. Trinkt.

Dann ist die Tasse leer.

»So, Frau Bergmann, hier gibt es kein Diktiergerät, hier reichen uns Papier und mein Gedächtnis.« Dr. Kleinfelder lächelt sie an und greift nach dem Aktenordner, den sie sich unter den Arm geklemmt hat. Legt ihn ungeöffnet auf ihren Schoß. Aus einer der Kitteltaschen holt sie einen Kugelschreiber und einen Textmarker, dessen neongelbe Verschlussklappe sich grell vor den weißen Polstern abhebt. »Frau Bergmann, Sie haben fast zwölf Jahre in der Uniklinik gearbeitet, davon zehn auf der Intensivstation.«

War ja klar, dass du nicht kannst. Dienst, Dienst, Dienst. Immer nur Dienst.

Was heißt hier immer nur Dienst? Dein Theaterspielen kostet Geld.

So viele Morgen, so viele Abende, so viele Wochenenden.

So viele, viele Stunden.

»Frau Bergmann? Woran denken Sie?«

Das ist meine erste Premiere, aber dein scheiß Dienst ist dir ja wichtiger!

»Frau Bergmann?«

O Mama, eine Frau hat gesagt, ich war der beste Hamlet, den sie je gesehn hat.

»Frau Bergmann, möchten Sie mir nicht sagen, woran Sie gerade denken?«

»Ich arbeite nicht mehr.« Sie richtet sich auf und stellt die Tasse auf das Beistelltischchen. Der Teelöffel fällt herunter, fällt neben ihren linken Fuß, aber sie lässt ihn liegen. »Ich arbeite seit einem Jahr nicht mehr.«

»Meinen Sie nicht, dass es Ihnen guttun würde, wieder anzufangen?« Die buckligen Finger bewegen sich, fahren über den Aktenordner, als wollten sie ihn aufschlagen.

»Ich habe auf der Intensivstation gearbeitet.«

»Das ist keine Antwort auf meine Frage, Frau Bergmann.«

Die dunklen, wachen Augen schauen sie an.

»Ich kann nicht mehr dorthin zurück.« Sie senkt den Kopf. Ihre Nägel haben schwarze Ränder.

»Warum können Sie nicht mehr dorthin zurück?«

»Ich habe Angst, dass …«

»Wovor haben Sie Angst, Frau Bergmann?«

»Dass sie eines Tages ein Mädchen bringen. Ein Mädchen, das überleben wird.« Sie hebt den Kopf. Blickt direkt in die dunklen, wachen Augen. »Und das würde ich nicht ertragen.«

SIMON

Er kann sie nirgendwo entdecken. Vor dem Haupteingang des Münsters macht er kehrt und arbeitet sich zum zweiten Mal durch die wuselnde Menschenmenge, die den Marktplatz verstopft. Weicht Frauen mit Einkaufskörben und Kinderwagen aus, gerät in eine Busladung Touristen, die ihn wieder Richtung Münster spült, kämpft sich frei und landet zwischen den Ständen, wo es nach Honigwein, Leder und Knoblauch riecht. Er hält nach allen Seiten Ausschau, aber da er nicht weiß, welche Farbe ihre Jacke hat, ob sie eine Mütze trägt oder nicht, wird er das Gefühl nicht los, sie ständig zu übersehen.

»Achtung, heiß!« Ein Mann im T-Shirt balanciert ein dampfendes Blech über dem Kopf. Trotz der kühlen Witterung tropft ihm der Schweiß von der Stirn. Die ausgestreckten Arme zittern. »Mensch, aus dem Weg, aber schnell!«

Er weicht in eine Lücke aus, taucht hinter einen Stand ab und entdeckt einen schmalen Durchgang. Schlängelt sich im Laufschritt an Stellwänden und Verkaufswagen vorbei, stolpert über schwarze Stromkabel, die in dicken Knäueln auf dem Boden liegen. Die Generatoren blasen ihm warme, nach Öl riechende Luft ins Gesicht und übertönen mit ihrem Brummen und Rattern das Lärmen der Menschenmenge. Stellwände und Verkaufswagen lichten sich, der Durchgang wird breiter. Dann steht er am Rand vom Marktplatz.

Wo würd ich mit einer Rikscha auf Kunden warten?

Nicht mitten im Trubel.

Er dreht sich um und eilt nach links. Als er das Münster fast umrundet hat, verlangsamt er seine Schritte. Keine zwei Meter vom

Hinterausgang entfernt sitzt sie. In der Rikscha, den Kopf über ein Buch gebeugt.

Er beobachtet, wie sie mit dem Zeigefinger über die Seite fährt, wie sich ihre Lippen bewegen, als lese sie jemandem vor. Ihre Wangen sind von der kühlen Luft gerötet, eine Locke kringelt sich in ihre Stirn.

Die letzten Schritte.

»Hallo.« Er sagt es leise, um sie nicht zu erschrecken.

»Oh, hallo.« Sie schlägt das Buch zu, lässt aber den Zeigefinger zwischen den Seiten stecken. Ihr schwarz lackierter Daumen wischt über das Cover.

ES.

Bestimmt keine Abi-Lektüre.

»Ziemlich gruselig, was? Ich konnt danach 'ne Weile nur mit Licht schlafen.«

»Echt?« Sie schaut ihn an.

Ist das jetzt spöttisch gemeint?

Ihr Gesichtsausdruck verrät nichts, ist völlig neutral. Sie sitzt da und schaut ihn an. Reglos, nur ihr Daumen wischt in einem fort über das Cover, der Nagel ein unermüdliches schwarzes Insekt.

»Deine Mutter hat gesagt, dass ich dich hier finde.«

Noch immer verzieht sie keine Miene.

»Cooler Job.«

»Warum bist du hier?«

Er lässt seine Hand über den Sattel gleiten. »Wegen deiner Kette.«

Der Daumen hält inne. Verdeckt das weiße E.

»Sie haben Sarah damit begraben. Meine Mutter wusste nicht, dass sie dir gehört.«

»Shit.«

Die Lautstärke überrascht ihn. Sie offenbar auch, denn sie beißt sich auf die Lippen. Weicht seinem Blick aus.

»Es tut ihr sehr leid. Wirklich.«

Sie nickt.

»Deine Vase hat ihr gut gefallen. Ich soll dir vielen Dank sagen.«
Sie nickt noch einmal.

Er vergräbt die Hände in den Hosentaschen. Blickt zum Münster hinüber. Dann zu ihr. Sie starrt auf das Buchcover. Ihre Wangen sind noch röter als zuvor, oder bildet er sich das nur ein?

Vielleicht ist ihr ja kalt.

»Lust auf 'nen Kaffee? Ich könnt uns einen vom Starbucks holen.«

Sie schüttelt den Kopf. »Hier gibt's keine öffentliche Toilette, und meine Schicht dauert noch drei Stunden.«

»Okay … dann keinen Kaffee.« Er zuckt mit den Achseln. »War nur so 'ne Idee.«

»Wir haben deswegen mal demonstriert.« Ihr Daumen beginnt wieder, über das Cover zu wischen.

»Was?«

»Wir haben demonstriert, weil's hier keine öffentliche Toilette gibt. Die Taxifahrer haben auch mitgemacht. Hat aber nix gebracht.« Sie grinst. »Mal von einer geschwänzten Mathearbeit abgesehn.«

»Gab's da keinen Ärger, so kurz vor dem Abi?« Jetzt beißt er sich auf die Lippen. Zu spät. Ihr Grinsen wird breiter.

»Ich bin nicht so 'ne Strebersau wie du, Herr Medizinstudent.«

Er lächelt sie an. Freundlich. Gelassen. »Und was willst du werden?«

»Immer noch Archäologin.«

»Cool, ich verpass dir dann die ganzen Impfungen.«

»Nie im Leben.« Sie verzieht das Gesicht. »Ich hab deine Medizin nicht vergessen!«

Was meint sie denn jetzt damit?

Dann fällt es ihm ein. Die lederartigen Blätter des Gummibaums, die er mit einer Schere kleinschneidet und mit Kakao, Zahnpasta, Senf, Maggi, Spüli und Mundwasser im Puppentopf vermischt. Das rohe Ei, das er in die graubraune Suppe schlägt und mit den vier Aspirintabletten, die er im Waschbeutel seines Vaters gefunden hat, langsam und sorgfältig verrührt.

»Dr. Bergmanns Universalmedizin.« Er grinst.

Die bunten Wäscheklammern auf Sarahs und Elenas Nasen. Der feierliche Ernst, mit dem sie seine Universalmedizin entgegennehmen. Das Husten und Würgen danach.

»Das ist überhaupt nicht witzig. Ich war mehrere Tage krank, und meine Mutter war zweimal mit mir beim Arzt.«

»Und wieso hast du mich nicht verraten?«

»Weil ich's geschworen hatte. Und weil du uns deine *Yps*-Hefte-Sammlung geschenkt hast.« Sie grinst auch. »Hast wohl ganz schön Schiss bekommen.«

»Ich kann mich nicht mehr erinnern.« Er umgreift den Lenker, spürt die weichen Gumminoppen unter den Fingern.

Jetzt. Wenn du sie jetzt nicht fragst, wirst du's nie erfahren.

»Du ... Wenn Sarah über mich geredet hat ... was hat sie so erzählt?«

Sie öffnet den Mund. Dann wandert ihr Blick nach links.

»Junger Mann, sind Sie frei? Wir hätten gerne einmal die kleine Stadtrundfahrt.«

Er dreht sich um.

Zwei alte Damen lächeln ihn an. »Sie fahren doch auch zwei Personen, nicht?«

»Ich bin der Fahrer.« Elena verstaut das Buch in ihrem Rucksack und wickelt sich aus der Wolldecke. »Und ich hab Platz für drei Personen.«

»Wunderbar.« Eine der Damen nestelt ihren Geldbeutel hervor.

»Tut mir leid.« Er schiebt sich an Elena vorbei und klettert in die Rikscha. »Aber ich hab schon bezahlt.«

Wehe, du starrst mir auf den Arsch.« Sie kickt den Ständer weg und steigt aufs Fahrrad. »Dann werf ich dich raus.«

»Keine Angst, da gibt's schönere Aussichten.«

Sie schnaubt und tritt in die Pedale. Mit einem Ruck rollt die Rikscha an, holpert den Bordstein hinunter und kracht auf die Straße. Der Schwung lässt ihn nach hinten kippen, drückt ihn gegen die Lehne. In seinem Nacken knistert die Regenplane und verursacht ihm eine Gänsehaut.

»Die kleine oder die große?«

»Was?«

»Willst du die kleine oder die große Stadtrundfahrt?«

»Die große.«

Sie schnaubt erneut. Murmelt etwas, das sich nicht besonders freundlich anhört.

»Achtung, Platz da.« Sie wedelt mit dem rechten Arm und gibt gezischte Laute von sich.

Als würd sie 'ne Schar Gänse vor sich hertreiben.

Drei Mädchen weichen aus, ein viertes springt gerade noch rechtzeitig auf den Gehweg. Böse Blicke und ein gestreckter Mittelfinger.

»Klingel doch einfach.«

»Halt du dich raus.«

»Hey, der Kunde ist König. Schon vergessen?«

Sie antwortet nicht, strampelt stattdessen schneller und schneller. Das Schnurren der Fahrradkette schwillt zu einem hellen Sirren an. Er blickt auf ihren gebeugten Rücken, auf die Falten, die über ihre Regenjacke zittern. Auf die plattgedrückten Pobacken, die sich im Takt der Beine heben und senken.

Mann, hör auf, sie dauernd Birne Helene zu nennen. Elena leidet schon genug unter ihrer Problemzone.

Wenn sie nun mal so aussieht …

Du bist gemein!

Sie streckt den linken Arm aus und biegt, ohne abzubremsen, in die Mönchsgasse ein. Die Rikscha rumpelt gegen einen Bordstein. Wird langsamer.

»Und …« Er beugt sich vor. »Was hat Sarah so über mich gesagt?«

Das Klicken der Gangschaltung. Dann quietscht die Bremse. Sie schwingt das rechte Bein über den Sattel und steigt ab.

»Na … was wohl …« Sie holt tief Luft. Und noch einmal. Wartet, bis sich ihre Atmung beruhigt hat.

O Mann, geht's noch ein bisschen langsamer?

»Sie hat mir immer erzählt, wie fies du zu ihr warst.«

»Klar ...« Er klettert aus der Rikscha, kehrt ihr dabei den Rücken zu. Seine Füße sind eingeschlafen, aber es gelingt ihm, sich ganz normal zu bewegen. »Ich hab halt nicht so ein Theater um sie gemacht wie alle anderen.«

»Weißt du was?« Sie öffnet den Reißverschluss ihrer Regenjacke und lehnt sich gegen den Lenker. Ihre Wangen sind knallrot. »Ich hab dich nie leiden können. Aber ganz ehrlich ... So scheiße, wie sich Sarah im letzten Jahr manchmal benommen hat, kann ich dich echt verstehn.«

»Wow ... Du redest ja ganz schön schlecht über sie. Dass deine beste Freundin tot ist, geht dir wohl am Arsch vorbei.«

»Was?« Ihr Kopf zuckt nach hinten, als hätte er sie geschlagen. »Du hast dir doch nichts aus ihr gemacht!«

»Woher willst du das denn wissen?«

Sie starrt ihn an. Die großen Kulleraugen weit aufgerissen. Dann dreht sie sich um, packt den Lenker und läuft los. Beinah rollt ihm die Rikscha über die Füße.

»He, dein Geld ...«

»Kauf dir ein Eis!« Sie springt aufs Fahrrad und tritt in die Pedale.

Ja, hau bloß ab, du blöde Nuss!

Er schaut ihr nach, bis sie hinter einer Hausecke verschwunden ist, dann geht er in die entgegengesetzte Richtung davon.

Kann ich dich echt verstehn.

Er beschleunigt seine Schritte.

Er öffnet die Haustür. Und hört die Schreie. Sie kommen aus der Waschküche. Im Rennen lässt er Autoschlüssel und Geldbeutel fallen.

Seine Mutter kauert auf dem Boden, die Arme voller Kleider. Nasser Kleider. Aus der geöffneten Waschmaschine quellen noch mehr hervor, dunkel und verknäult. Wasser rinnt aus Hosenbeinen und Ärmeln, bildet Pfützen auf dem Boden. Eine hat den Besenschrank erreicht. Eine die Hand seines Vaters, der vor dem leeren Weidenkorb kniet.

»Warum hast du das getan?«

»Das war ein Versehen, Liebes, ich hab doch nicht gewusst ... Ich dacht, ich nehm dir Arbeit ab.«

»Das hast du mit Absicht getan!« Seine Mutter richtet sich auf. Ihre Arme lassen die Kleider fallen und schnellen vor. Stoßen seinen Vater gegen die Brust. »Du hast mir ihren Geruch weggenommen!«

Sein Vater versucht, sie festzuhalten, versucht, sie zu umarmen. Sie schlägt nach ihm. Haut klatscht auf Haut.

»Ihr wollt sie mir alle wegnehmen, aber das lass ich nicht zu! Das lass ich nicht zu!« Sie sackt in sich zusammen, umklammert weinend ein paar Kleider. »Das lass ich nicht zu ...«

»Mama ...« Er kniet sich zu ihr und umarmt sie. Ihr Rücken drückt gegen seine Brust, ihre Haare kitzeln seine Wangen. Er spürt nassen Stoff unter seinen Fingern. »Mama ...«

»Das lass ich nicht zu ...«

»Schsch ... Schon gut, Mama ...« Er wiegt sich mit ihr. »Schon gut ...«

Sein Vater streckt die Hand aus, will ihr übers Haar streichen.

»Schsch, Mama ...« Er schiebt die Hand beiseite. Schüttelt den Kopf. Hört nicht auf, sich mit ihr zu wiegen. »Schsch ...«

Abrupt wendet sich sein Vater ab.

»Das lass ich nicht zu ... Das lass ich nicht zu ...«

»Schsch ...«

Polternde Schritte auf der Treppe. Dann das laute Scheppern der Kellertür.

»Das lass ich nicht zu ... Das lass ich nicht zu ...«

»Schsch, Mama ... Schsch ...«

Den Deckel anheben.

Stoffreste und Knöpfe.

Wieder die falsche Kiste.

Deckel zu.

Kiste zurückschieben.

Tief ins Regalfach greifen, die nächste zu sich heranziehen.

Plastik schabt über Holz.

Die Kiste ist schwer.

Gut, sehr gut.

Der Deckel klemmt.

Ein Ruck.

Das matte Glänzen der Filmspulen.

Endlich.

Die Mädchen tanzen durch den Garten. Seine Schwester allen voran. Wie aufgezogen dreht sie Pirouette für Pirouette, verwandelt sich in einen weißen Kreisel, der schneller und schneller wird. Ihre Locken stehen fast waagerecht in der Luft, streifen die Arme der anderen Mädchen. Blüten lösen sich aus ihrem Kranz, fallen zu Boden. Wenn sie auf die Kamera zuwirbelt, taucht ihr lachendes Gesicht in Großaufnahme zwischen all den Drehungen und Sprüngen auf. Wischt viel zu schnell vorüber. Ein Augenpaar, eine Nase, ein geöffneter Mund. Dann wieder nur noch Locken und erhobene Arme und kreiselndes Weiß. Plötzlich hält sie inne. Sagt etwas zu ihm. Den Kopf schief gelegt, den Mund zu einer Kleinmädchenschnute verzogen. Die Kamera schwenkt nach unten, filmt ihre Füße in den Lackschuhen, die erneut zu tanzen beginnen. Diesmal langsam und anmutig.

Ballettpositionen.

Er erkennt die erste und die fünfte. Es folgen Hüpfer. Sprünge. Pliés. Immer wieder schleift der Saum des weißen Kleids übers Gras, schleift über die aufgeweichte Erde, die ein paar Tage zuvor noch von Schnee bedeckt gewesen ist. Wenn es draußen nicht dunkel wäre, müsste er den Kopf nur nach links drehen und könnte vor dem Fenster dasselbe Gras, dieselbe aufgeweichte Erde sehen. Die Schneeglöckchen, die in achtzehn Bildern pro Sekunde über die Wohnzimmerwand flimmern. Den Baumstumpf, der von den Füßen seiner Schwester betanzt wird. Alles wie vor acht Jahren. Alles noch da.

Sarahs Weißer Sonntag.

Erst acht Jahre her.

Schon acht Jahre her.

Er blickt zu seiner Mutter hinüber. Beobachtet, wie das wechselnde Licht des Films ihr Gesicht beleuchtet oder verdunkelt. Es wirkt ganz ruhig, nur ihr Mund bewegt sich in einem fort.

Lächelt.

Lächelt nicht.

Lächelt.

Sie sitzt auf der Kante des Sofas, als wolle sie jeden Moment aufspringen. Ihre Hände umklammern ein Kissen, pressen es an ihre Brust, die sich heftig hebt und senkt. Doch ihr Mund lächelt.

Noch ein Plié. Die tanzenden Füße bleiben am Kleidersaum hängen, verheddern sich. Seine Schwester fällt auf den Boden, fällt ins Bild.

»Ich hab ihr dauernd gesagt, dass sie mit diesen glatten Sohlen nicht so wild herumtoben soll.« Seine Mutter seufzt und lacht gleichzeitig. Stößt ihn mit der Schulter an, als hätten sie beide Sarah ermahnt. Als hätte sie ihnen beiden nicht gehorcht. Sanft erwidert er den Stoß.

Auf der Wohnzimmerwand untersuchen die Mädchen den Riss im Kleid seiner heulenden Schwester. Hände wuseln über den Stoff, zupfen und zerren daran herum. Anzugshosenbeine tauchen von rechts auf, marschieren ins Bild. Ein breiter Rücken schiebt sich vor die Linse.

Papa? Oder Onkel Karl?

Mit einem hellen Klacken springt der Film aus der Spule, und der Projektor wirft ein Lichtviereck auf die weiße Wohnzimmerwand.

Flap.

Flap.

Flap.

Bei jeder Umdrehung schlägt das Ende der Rolle gegen die Spule. Er räuspert sich. Dann beugt er sich vor und schaltet den Projektor aus. Das Licht erlischt, das Gebläse verstummt.

Seine Mutter rührt sich nicht, bleibt im Halbdunkel sitzen. Also bleibt er auch. Versucht, sich nicht zu bewegen, sie nicht aus ihren Gedanken zu reißen.

Was jetzt? Soll ich ihr alle Filme noch mal zeigen?

Auf der Straße nähert sich ein Auto, wird langsamer. Er lauscht.

Nein, das ist nicht Papa, das ist eindeutig ein Diesel. Wahrscheinlich der Audi vom Staatsanwalt. Oder der Passat von den Reicherts. Die Mergentalers haben –

»Ich möchte noch einen Film sehen.« Die Stimme seiner Mutter klingt müde.

Sie weiß, dass ich keinen mehr hab.

»Tut mir leid.« Er spricht sehr leise. Als könne das ein wenig helfen, es ein wenig erträglicher machen. »Das war der letzte mit Sarah.«

Keine Reaktion.

Sie starrt reglos vor sich hin. Auf den Boden oder auf die Wohnzimmerwand, ihre Körperhaltung verrät es ihm nicht. Vielleicht hat sie sogar die Augen geschlossen.

Was jetzt?

Er traut sich nicht, aufzustehen und die Spulen abzumontieren. Den Film in die Dose zu legen. Den Projektor mit der Folie abzudecken. Und alles in die Rumpelkammer zurückzutragen.

»Es ist so schade, dass du nicht mehr gefilmt hast.« Seine Mutter dreht sich zu ihm. Im Halbdunkel schimmern ihre Augen feucht. »Ich schau ihr so gern beim Tanzen zu. Wie sie hüpft und lacht und so lebendig ist ... Auf den Fotos ...«

Sie bricht ab. Ihre Finger kneten das Kissen. Ihr Kinn zittert.

Sag was. Was Tröstliches.

Er rollt die Zehen ein, drückt sie gegen den Boden. Wieder nähert sich ein Auto. Diesmal von Herdern. Vielleicht ist sein Vater die letzten Stunden durch den Wald gefahren. Verbotene Forstwege entlang, wie er es früher so oft getan hat, wenn ihm einer seiner Fälle keine Ruhe ließ. Wenn er nicht mit ihnen Karten spielen wollte und das Zeitunglesen ihn noch nervöser machte.

»Sie verschwindet jeden Tag mehr aus meinem Leben …« Jetzt zittert auch ihre Stimme.

Das Auto fährt vorbei. Scheinwerferlicht durchschneidet das Wohnzimmer.

»Nichts kann ich festhalten.«

»Aber das stimmt doch nicht.« Er legt eine Hand auf ihre Schulter. Streichelt über die flauschige Pulloverwolle. »Ihr Zimmer ist doch noch ganz da.«

»Ich …« Sie presst das Kissen heftig an sich. Ihre Schultern klemmen seine streichelnden Finger ein. Er spürt ihren Kieferknochen, ihren weichen Hals. »Ich kann mich nicht einmal mehr an ihre Stimme erinnern.«

Er befreit seine Hand und greift nach der Filmdose. Knibbelt am Etikett herum.

Weißer Sonntag (Sahara), Garten. April 2001, 2 Minuten 05.

»Von der Seite siehst du ihr so ähnlich.« Seine Mutter lehnt sich an ihn, ihr Atem streift seine Wange.

»Ich hab mich nicht rasiert.« Er steht auf, lässt die Filmdose einfach aufs Sofa fallen und geht.

Als er zurückkommt, sitzt sie noch genauso da. Auf der Sofakante, das Kissen fest umschlungen. Er macht sich nicht die Mühe, das Wohnzimmer zu durchqueren und die Stehlampe anzuknipsen, sondern betätigt den Lichtschalter neben der Tür. Geblendet kneift er die Augen zusammen.

Noch drei, vier Schritte bis zu ihr. Die Schnur spannt sich aufs Äußerste. Aus dem Flur dringt ein lautes Rumpeln. Dann fällt etwas zu Boden. Das Klirren von Scherben.

»Hier.« Er hält ihr das Telefon hin. »Ruf Sarah an.«

Sie zuckt zusammen. »Was soll ich?«

Die beiden haben ihre Nummer nicht mehr gewählt.

»Sarahs Handy. Ihr Vertrag läuft erst in einem halben Jahr aus, so lange hast du ihre Stimme auf der Mailboxansage.«

Seine Mutter starrt ihn an. Die Augen weit aufgerissen.

»Ich weiß die Nummer nicht auswendig.« Sie flüstert, als habe sie Angst, dass Sarah sie hören könnte. »Die war noch so neu.«

Seine Finger bewegen sich von allein über die Tasten.

... 67392.

»Hier.«

Sie greift nach dem Hörer, ihre Hände umschlingen ihn wie zuvor das Kissen. Vorsichtig stellt er das Telefon aufs Sofa, die Schnur lockert sich etwas.

Er geht zum Couchtisch hinüber und beginnt, die Spulen vom Projektor abzumontieren. Auch hier wissen seine Finger von allein, was zu tun ist. Fädeln das Filmende auf, lassen Spangen einschnappen, rollen Kabel zusammen. Er schaut nicht zum Fenster, in dessen Scheibe sich seine Mutter spiegelt. Er arbeitet lauter als notwendig.

Hallo, hier ist die Mailbox von Sarah ...

Das unterdrückte Kichern in ihrer Stimme, wenn sie ihren Namen ausspricht.

Die kurze Pause.

Ich freu mich über gute Nachrichten. Dann ruf ich vielleicht auch zurück ...

Das langgezogene Tschüss.

Der Piepston.

In seinem Rücken ist es still. Er klappt die Filmdose zu und räumt sie in die Kiste. Dreht sich um.

Ihr erstarrtes Gesicht. Die Tränen, die laufen und laufen.

»Ach, Mama ...« Er geht vor ihr in die Hocke. »Nicht ...«

Der Hörer tutet leise vor sich hin. Behutsam windet er ihn aus ihren Händen und legt auf.

Nichts kann ich festhalten.

Er streichelt ihre Arme. Spürt unter der flauschigen Pulloverwolle die Form der Pflaster.

»Mama? Weißt du was?« Er stupst sachte gegen ihr Knie. »Wir machen einfach einen neuen Film.«

Sie hebt den Kopf. Ihre Augen sind so voller Tränen, dass sie ihn unmöglich sehen kann. Also stupst und streichelt er sachte weiter.

»Wir beide zusammen, Mama. Gleich morgen früh. Wir fangen in Sarahs Zimmer an und halten alles mit meiner Videokamera fest. Ja? So geht nichts mehr verloren.«

Sie zieht die Nase hoch, die Rotzbläschen auf ihrer Oberlippe zittern. Dann lächelt sie ihn zaghaft an.

Kannst du noch ein bisschen nach rechts rücken? Ich brauch mehr Licht.«

»So?« Vorsichtig rutscht seine Mutter nach links, darauf bedacht, die Tagesdecke nicht zu verknittern.

»Sorry, ich meinte rechts von mir.« Er deutet aufs Bettende. »Mehr Richtung Fenster, sonst ist dein Gesicht im Schatten. Ja … Stopp, so ist's gut.«

Er wirft einen letzten Blick auf den Monitor, kontrolliert noch einmal die Bildkadrierung. Seine Mutter sitzt kerzengerade da, die Hände im Schoß gefaltet, und wartet so geduldig wie früher, wenn er an Weihnachten das traditionelle Familienfoto unterm Christbaum schießen musste und ewig brauchte, bis er mit dem Lichtmesser die Blende für seine Leica eingestellt hatte. Voller Vertrauen in seine Handgriffe sitzt sie da und wartet. Eine zierliche Frau in einem eleganten schwarzen Kostüm, die auf dem puppenhaften Mädchenbett fehl am Platz wirkt. Als habe sie sich nur zufällig in dieses Zimmer verlaufen. Die Plüschpantoffeln an ihren Füßen lassen ihn schmunzeln.

Sie denkt immer noch, dass ich beim Filmen die Kamera genauso wenig bewege wie beim Fotografieren.

»Moment … Ich hab's gleich.« Er dreht den Monitor etwas weiter zu sich und macht gleichzeitig einen Schritt rückwärts.

»Vorsicht!« Seine Mutter reißt die Arme hoch. »Sonst schmeißt du alles um!«

Seine Hüfte stößt gegen die Schreibtischkante. Er weicht aus und prallt gegen den CD-Ständer, der nach vorne kippt. In letzter Sekunde bekommt er ihn mit der freien Hand gepackt. CDs prasseln auf den Boden. Ehe er sich bücken kann, kniet seine Mutter schon neben ihm und sammelt sie auf.

»Jetzt wissen wir nicht mehr, in welcher Reihenfolge die eingeordnet waren.«

»Tut mir leid.« Er drückt die Recordtaste und filmt, wie sie zögernd die CDs in die Fächer zurückschiebt. Wie sie jede einzelne zuerst einen Moment betrachtet. Wie ihr Daumen über die Cover fährt, als sauge er alle Spuren von Sarahs Fingern auf.

Alicia Keys. James Blunt.

Aha, hier ist also meine Nirvana-CD die ganze Zeit gewesen.

Seine Mutter arbeitet langsam und sorgfältig, bei jeder Bewegung wippen ihre Locken auf und nieder. Seit einem Jahr hat er sie nicht mehr mit offenen Haaren gesehen, und es überrascht ihn, wie jung, wie mädchenhaft sie damit wirkt. Er zoomt näher an sie heran. Zoomt ihr Gesicht in Großaufnahme auf den Monitor und betrachtet die tiefen Falten auf ihrer Stirn, die beiden Furchen neben ihren Mundwinkeln, die geschwollenen Tränensäcke. Feine Risse durchziehen ihr Make-up, legen sich wie ein verästeltes Netz über ihre Wangen und erinnern ihn an gesprungenes Porzellan. Irgendwo darunter muss das sommersprossige Gesicht mit der hellen Haut versteckt sein, das so oft und laut lacht. Das vor Freude und Kraft zu bersten scheint.

Sie hält inne, bewegt sich nicht mehr. Rasch schwenkt er auf ihre Hände. Eine CD. Er erkennt nicht, was an dieser anders ist, was an dieser sie hat erstarren lassen. Erst als er den Blick vom Monitor löst und an der Kamera vorbeischaut, bemerkt er die Folie.

»Die hat sie nie gehört ... Auf das Konzert beim Zeltmusikfestival ... Da wollte sie so gerne hin ... Ihr ganzes Taschengeld hat sie dafür gespart ...« Seine Mutter spricht seltsam schleppend, mit langen Pausen, als würde sie gleich einschlafen. Dann sieht er, wie ihre Hände zittern, und begreift, dass sie gegen das Weinen anspricht. »Während dem Prozess hab ich immer dran denken müssen ... Was Sarah jetzt alles nie tun wird ... Kein Abitur ... Kein Studium ... Keine große Liebe ... Keine Kinder ...«

Seine Mutter schiebt die CD in eines der Fächer zurück. Der Boden vor ihr ist leer.

»Nie ... Nie mehr ... Für immer nie mehr ...« Mit einer ruckartigen Bewegung erhebt sie sich. Streicht den Rock ihres Kostüms zurecht. »Womit sollen wir jetzt anfangen?«

»Ich film dich schon die ganze Zeit.« Er sagt es leise. »Tu einfach so, als wär ich nicht da.«

»Oh ...« Sie lächelt verlegen. Entfernt sich ein paar Schritte von ihm und sieht sich im Zimmer um. Dann geht sie zum Kleiderschrank hinüber. Sie öffnet die Tür so, dass sie der Kamera dabei nicht im Weg steht. Ihre Bewegungen sind ausladend. Überdeutlich. Lassen ihn an die Moderatorinnen in den amerikanischen Verkaufssendungen denken, die er nach dem Lernen zur Entspannung einschaltet.

Schau dir dieses wundervolle Set an, Pam! Jedes Stück ein Unikat.

Oh, Betty, wie wundervoll!

Seine Mutter seufzt, ihre Hände gleiten über die Blusen und Pullover, die auf der Stange hängen. Die Bügel klirren.

Aus einer Schublade zieht sie ein rotes Kleidchen. Sie dreht sich zum Bett und breitet es vorsichtig auf der Tagesdecke aus. Rot auf Rot. Das Kleidchen ist auf dem Monitor kaum auszumachen, aber er will sie nicht stören, sie nicht an die Kamera erinnern.

»Ich hatte so gehofft, dass das mal meine Enkelin tragen würde.« Sie kniet sich hin und drückt ihr Gesicht in den Frottéstoff. Atmet tief ein und aus. Umfasst die Ärmelchen mit beiden Händen, presst sie an ihren Mund, als würde sie kleine Kinderhändchen küssen.

»Auf diesem Spielplatz hab ich ihr früher beim Spielen zugesehen ...« Sie entdeckt einen eingetrockneten Fleck auf dem Kragen und kratzt mit den Nägeln daran herum. »Das war alles, woran ich beim Prozess denken konnte ... Die kleine Sarah beim Spielen ...«

Sie kratzt und reibt immer energischer. Scheint die Schritte auf der Treppe nicht zu hören.

»Ich wollte sie sehen, aber dein Vater hat mich davon abgehalten. Er wollte nicht, dass ich sie so sehe.« Sie befeuchtet ihren Zeigefinger mit Spucke und bearbeitet den Fleck. »Ich hab mich nie von ihr verabschieden können … Ich bereu so sehr, dass ich auf ihn gehört hab.«

Das Knarren der Türschwelle.

»Was ist denn hier los?« Sein Vater steht hinter ihr. In denselben Kleidern, die er am Abend zuvor in der Waschküche getragen hat.

Vielleicht hat er ja im Auto geschlafen. Irgendwo im Wald.

»Wir machen einen Film über Sarah.« Seine Mutter sagt es, ohne sich umzudrehen. Ohne ihr Kratzen und Reiben zu unterbrechen. »Wir halten alles über sie fest.«

Sie hat die Schritte auf der Treppe sehr wohl gehört. Der letzte Satz war direkt für ihn bestimmt.

»Einen Film?« Sein Vater blickt zu ihm herüber, die Brauen steil in die Höhe gezogen. Doch er geht nicht darauf ein, presst das rechte Auge einfach auf den Sucher der Kamera und kneift das linke zu.

JO

Die Haustür ist nicht abgeschlossen. Sofort stockt sein Atem, klopft sein Herz wild los. Seine Hand verwandelt sich in ein gummiartiges Etwas, ist nicht fähig, die Klinke hinunterzudrücken, die Tür aufzustoßen.

Ruhig bleiben.

Ihnen ist nichts passiert.

Er zwingt sich, den Blick wandern zu lassen. Tau auf dem Treppengeländer. Die zusammengerollte Tageszeitung im Briefkasten. Licht hinter den Küchenfenstern.

Ein ganz normaler Morgen. Und dennoch. Die Haustür ist nicht abgeschlossen, ist es die ganze Nacht über nicht gewesen. In seiner Wut hat er sie einfach hinter sich zugeknallt. Ist zum Auto gerannt und weggefahren. Und das alles möglichst laut. So laut, dass sie es da unten in der Waschküche auch ja mitbekommen. Das Schlagen der Autotür, das Aufheulen des Motors, das Durchdrehen der Reifen auf dem Kies. Laut, laut, laut, das war alles, woran er denken konnte. Laut. Ein einziges Wort in seinem Kopf, das alles übertönte. Ihre Schreie. Das klatschende Geräusch von Haut auf Haut.

Und jetzt steht er hier. Vor der nicht abgeschlossenen Haustür.

Ihnen ist ganz bestimmt nichts passiert. Vielleicht ist es die Uhrzeit, vielleicht macht die mich so nervös.

Er drückt die Klinke hinunter und öffnet die Tür.

Sie zu sehen. Noch immer das Schönste am Nachhausekommen.

Er hört ihre Stimme erst, als er vor der Garderobe stehen bleibt und sich die Schuhe auszieht. Sehr leise. Sehr weit entfernt. Er lauscht, aber es gesellt sich keine zweite dazu. Simon schweigt.

Vielleicht schläft er noch, und sie telefoniert. Aber mit wem?

Karin würde ihn auf dem Handy anrufen, um zu erfahren, wie es ihrer Schwester geht. Alle rufen ihn an, wenn sie wissen wollen, wie Anne es verkraftet. Wie der Junge es packt. Und alle sagen am Ende denselben Satz. Variieren ihn oder sagen ihn einfach auf, so als würden sie ihn von einem Kalenderblatt ablesen.

Die Zeit heilt alle Wunden.

Ihm sind die variierten Sätze lieber. Die ohne künstliche Pausen daherkommen, die nicht auswendig gelernt klingen. Die auf keinem Kalenderblatt stehen.

Die Zeit wird euch helfen.

Die Zeit arbeitet für euch.

Wenigstens ein bisschen Mühe.

Er schlüpft in seine Strohschuhe und steigt die Treppe hinauf. Steigt ihrer Stimme entgegen. Vielleicht spricht sie ja mit jemandem, der nicht da ist, so wie er manchmal im Auto auf dem Weg zur Arbeit laut mit ihr spricht. Ihr all die Dinge sagt, die er nur aussprechen kann, wenn sie nicht da ist. Wenn in seinem Kopf die alte Anne neben ihm sitzt und Antworten gibt. Eine Hand in der Luft. Eine Hand auf seinem Oberschenkel.

Natürlich schaffen wir das. Wir haben doch schon so viel geschafft.

Er beschleunigt seine Schritte. Vielleicht hat er ja Glück, vielleicht ist an diesem Morgen Platz genug für eine zweite Stimme.

Auf diesem Spielplatz hab ich ihr früher beim Spielen zugesehen ...«

Die Zimmertür muss weit offen stehen, sonst wäre sie nicht so gut zu hören. Nicht so klar und deutlich.

»Das war alles, woran ich beim Prozess denken konnte ... Die kleine Sarah beim Spielen ...«

Er gerät aus dem Takt. Tritt zweimal auf dieselbe Stufe. Sein kleines, kleines Mädchen im Buddelkasten. Das sich löffelweise Sand in den Mund stopft und zufrieden verputzt. Die Enttäuschung in den großen blauen Kulleraugen, wenn er die Sandkuchen nicht probieren will.

Hapa, Papa, hapa!

Der federleichte Körper, den er auf seinen Armen nach Hause trägt, das verschmierte Mündchen an seinem Hals, der warme Schlafatem auf seiner Haut. Er greift nach dem Treppengeländer. Noch vier Stufen.

Hapa, Papa, hapa!

»Ich wollte sie sehen, aber dein Vater hat mich davon abgehalten. Er wollte nicht, dass ich sie so sehe.«

Sein kleines, kleines Mädchen im schwarzen Sack. Der Pathologe, der am Fußende der Bahre steht, den Reißverschluss in der Hand. Der schweigend wartet, bis er so weit ist. Bis er es schafft, den Blick von den weißen Kacheln abzuwenden. Ihn so hoch zu heben, dass er auf das Gesicht seiner Tochter schaut. Das Nein in seinem Kopf. Dann sein Nicken. Der Pathologe, der sich vorbeugt und den Reißverschluss des Leichensacks zuzieht. Ihre Beine, die unter der schwarzen Folie verschwinden. Ihre Arme. Ihr Bauch. Der Reißverschluss, der ihr Gesicht erreicht. Seine Hände, die den Pathologen wegstoßen. Die ihn so lange wegstoßen, bis er wieder ans Fußende der Bahre zurückgewichen ist. Seine Finger, die durch ihre blonden Locken fahren. Die sanft ihre Stirn streicheln. Sie so streicheln, wie sie es als Kind zum Einschlafen gebraucht hat. Noch vier Stufen. Seine Füße gehen von allein weiter. Gehen den Flur hinunter.

»Ich hab mich nie von ihr verabschieden können … Ich bereu so sehr, dass ich auf ihn gehört hab.«

Er tritt so heftig auf, dass die Türschwelle laut knarrt. Anne kniet vor Sarahs Bett, kehrt ihm den Rücken zu. Neben dem Schreibtisch steht Simon und filmt sie mit seiner Videokamera.

»Was ist denn hier los?« Er presst die Frage heraus. Seine Stimme klingt hoch und dünn, aber es ist die einzige Art zu sprechen, die verhindert, dass er losbrüllt. Dass er das ganze Zimmer zusammenbrüllt.

»Wir machen einen Film über Sarah.« Sie dreht sich nicht zu ihm um. Ihr linker Arm bewegt sich hektisch vor und zurück, lässt die Locken auf ihrem Rücken tanzen. Das schabende Geräusch von Fingernägeln auf Stoff. »Wir halten alles über sie fest.«

»Einen Film?« Er blickt zu Simon hinüber. Doch der versteckt sein Gesicht hinter der Kamera. Das linke Auge zugekniffen, als zwinkere er ihm zu.

Losbrüllen. Das ganze Zimmer zusammenbrüllen.

Draußen das dröhnende Brummen eines Rasenmähers. Zwischen den Eichen und dem Gartenhäuschen zieht der Staatsanwalt in Gummistiefeln seine Kreise, weit über den Lenker gebeugt, als würde er einen Einkaufswagen schieben. Wann immer er sich den Bäumen nähert, mischt sich ein helles Knirschen und Splittern unter das Brummen.

Ja, ja, Idiot, so bekommst du den Mäher garantiert kaputt.

Ein genickter Gruß über den Zaun.

»Sie sollten die Äste vorher auflesen.«

»Was?« Eine Hand, die zum Ohr fährt.

»Das Gras muss gemäht werden, wenn es trocken ist. Jetzt richten Sie nur Schaden an.«

»Was meinen Sie?«

»Nichts, schon gut.« Ein erhobener Daumen, ein weiteres Nicken.

Schaut er mir nach, der Herr Staatsanwalt aus Hamburg? Denkt er automatisch an den Mord, wenn er mich sieht? Zuckt ihm die Frage durch den Kopf, wie man die sechzehnjährige Tochter unter der Woche auf eine Party gehen lassen kann? Denkt er an seine Töchter? Ruft er sie seither öfter an? Hört er ihnen genauer zu?

Kies knirscht unter seinen Schritten. Durch die dünnen Sohlen der Strohschuhe spürt er jeden Stein. Er weicht auf die Rabatte aus, latscht einfach über Annes Kräutergarten. Trampelt die Krokusse und Schneeglöckchen nieder.

Interessiert hier doch sowieso keinen mehr.

Simon sitzt vor der Garage, das Schuhputzhöckerchen unterm

Hintern, und ölt seine Fahrradkette. Er bleibt stehen und beobachtet, wie sorgfältig und konzentriert sein Sohn arbeitet. Wie er das Öl tröpfchenweise auf die einzelnen Glieder gibt, wie er es mit dem schwarzen Lappen verreibt. Wie er mit einer Hand das Pedal im Leerlauf betätigt und mit der anderen die Gangschaltung, den Kopf dabei ganz nah an der Kette. Genau so, wie er es ihm gezeigt hat.

Er steht da, mitten in der Rabatte, und versucht, nur das zu sehen, was ein Fremder von der Straße aus sehen würde. Einen großen, kräftigen Jungen vor einer Garage, der sein Fahrrad auf Vordermann bringt. Lange Beine, seitlich vom Körper abgeknickt, ein breiter Rücken. Die Sonne auf dem blonden Haarschopf, dem ein Friseurbesuch nicht schaden würde.

Ein ganz alltäglicher Anblick.

Im Weitergehen stellt er sich diesen großen, kräftigen Jungen in einem weißen Kittel vor. Kugelschreiber in der Brusttasche, Stethoskop um den Hals, einen aufgeschlagenen Aktenordner in der Hand. Stellt sich vor, wie dieser große, kräftige Junge den Ordner mit einer behutsamen Bewegung schließt und auf den Schreibtisch legt. Wie er einem Ehepaar leise mitteilt, dass es ihr Kind nicht geschafft hat. Ihre Tochter oder ihr Sohn. Wie er sein Beileid ausspricht, mitfühlend und exakt dosiert. Wie er später, wenn er wieder allein in seinem Arztzimmer sitzt, aus dem Fenster schaut und an seine Schwester denkt.

Dieser große, kräftige Junge hebt den Kopf, als er den Kies knirschen hört, dreht sich aber nicht zu ihm um.

»Sag mal, hast du 'nen Knall?« Er beugt sich zu Simon hinunter, der weiter das Pedal betätigt, als gäbe es keinen Grund, einen Moment damit aufzuhören. »Was soll denn das mit dem Film? Deine Mutter braucht Ruhe! Wenn sie die ganze Zeit darüber redet, regt sie sich nur wieder auf.«

Noch mehr Öl auf die Kette. Noch mehr Geklicke mit der Gangschaltung.

»*Du* hast Sarahs Wäsche gewaschen! Ich musste sie mit irgendwas beruhigen.«

»Ja, aber doch nicht so!« Er fängt das kreisende Pedal ab, hält es fest. Keinen Zentimeter von Simons Hand entfernt. »Das nächste Mal besprichst du das zuerst mit mir, klar?«

»Wieso? Ich hab ein Auge auf sie, ist doch das, was du wolltest!« Mit einer einzigen Bewegung richtet sein Sohn das Fahrrad auf und macht Anstalten, aufzusteigen und loszufahren.

Glaub ja nicht, dass du mir so davonkommst, Bürschchen.

»Simon.« Er stellt sich ihm in den Weg. Legt ihm eine Hand auf die Schulter. Lächelt ihn an. »Ich muss dir vertrauen können.«

Er löscht das Licht im Schlafzimmer und tappt ins Bad. Die weiße Klobrille schimmert in der Dunkelheit, weist ihm den Weg, den er ohnehin auswendig kennt. Er setzt sich auf das kühle Plastik und will gerade lospinkeln, da nimmt er eine Bewegung wahr. Vorn an der reparierten Tür, die er wie immer offen gelassen hat. Er verschränkt die Arme vor der Brust und starrt ins Dunkle.

Alles ruhig.

War sicher nur ein Luftzug an der Tür.

Doch dann hört er ein zweites Atmen. Ein Ausatmen, wenn er einatmet. Und umgekehrt.

»Ja?« Er sagt es, als hätten sie schon die ganze Zeit miteinander geredet. Als wären sie so wie früher gemeinsam zum Klo geschlichen. Als würde sie neben ihm auf dem Badewannenrand sitzen und nicht irgendwo in der Dunkelheit stehen. Als würden sie gleich wieder miteinander ins Schlafzimmer zurückschleichen, leise flüsternd und lachend.

»Ich fahr morgen mit Simon weg.« Ohne Gesicht klingt ihre Stimme anders. Rauer. Intensiver. »Ein bisschen raus in die Natur. Wandern.«

Er sitzt da und wünscht sich diese Stimme nahe an sein Ohr. Noch mehr ihre Lippen. Ihre warmen Lippen und ihren Atem.

»Kann ich deinen Wagen nehmen? Meiner hat noch Sommerreifen, und bei dem Wetter könnte oben Schnee liegen.«

Erst jetzt kommt bei ihm an, was sie gesagt hat.

»Wartet doch bis zum Wochenende, dann kann ich mit. Es soll sonnig werden.«

»Nein.«

Er hört ihr Kopfschütteln. Das Rascheln ihres Haars.

»Ich will mit ihm allein fahren. Wir machen eine Mutter-Sohn-Tour.«

»Und wohin willst du?« Ihn fröstelt an den Beinen. Er beugt sich vor, greift nach der Schlafanzughose, die sich um seine Fußknöchel gewickelt hat, und zieht sie bis zu den Oberschenkeln hoch.

»Auf den Feldberg.«

Wie damals.

Die Tüte mit den ofenwarmen Brötchen in ihren Händen. Das Lächeln in ihrem Gesicht.

Himmel, Anne, du kannst doch nicht einfach zwei Tage verschwinden! Der Kleine hat die ganze Zeit nach dir gefragt.

Ich war auf dem Feldberg wandern, mehr nicht.

Jetzt bekomm ich also wieder ofenwarme Brötchen.

»Na dann … Der Tank ist voll. Viel Spaß … euch beiden.«

Das leise Tappen von nackten Füßen auf Holz.

Er lehnt sich zurück, bis er den Spülkasten an seinem Rücken spürt.

Drei sind einer zu viel.

Auch so ein Kalenderblattsatz.

SIMON

Scheiß Berge, verdammte scheiß Berge.

Der Pfad wird mit jedem Schritt steiler und unwegsamer. Frei-stehende Wurzeln durchziehen wie Fußfallen den Waldboden, der von Schnee und Regen ganz durchweicht ist. Seine Turnschuhe sind nicht mehr weiß, sondern braun, seine Socken völlig durchnässt. Er hustet und bleibt stehen. Wischt sich mit dem Jackenärmel den Schweiß von der Stirn, atmet gegen das Seitenstechen an.

»Kommst du?« Seine Mutter dreht sich zu ihm um. Sie klingt ungeduldig. »Wir sind gleich oben.«

Keine Panik, ich lauf schon nicht weg.

Er geht weiter. Jede Wurzel zwingt ihn, die Füße höher zu he-ben, als zum Bergaufwandern eigentlich nötig wäre.

Eine Axt. Ich will sofort eine Axt.

Seine Mutter wartet, bis er zu ihr aufgeschlossen hat. Ihr Gesicht ist blass, nicht einmal die Wangen sind vom Wandern gerötet. Sie sieht aus, als habe sie sich nicht einen Schritt weit bewegt.

»Soll ich dir den Rucksack abnehmen?«

Er unterdrückt ein Schnauben. »Nein, alles bestens. Nur meine abgelatschten Sohlen nerven, ich rutsch auf dem Matschboden dau-ernd aus.« Es gelingt ihm, ohne Keuchen und Japsen zu sprechen. Einigermaßen ruhig zu atmen.

»Da wollen wir hin.« Im Weitergehen deutet seine Mutter nach links oben. Er blickt in die Richtung und entdeckt zwischen den Baumwipfeln einen Turm, der einsam in den Himmel aufragt.

Shit, das sind ja noch mindestens zwei, drei Kilometer!

Er versucht, nur von Schritt zu Schritt zu denken. Sich ganz auf den Waldboden zu konzentrieren. Dann wird der Turm beim nächsten Kopfheben ein großes Stück näher gerückt sein, so als habe er heimlich einen Sprung den Berg herunter gemacht.

Die Wurzeln werden weniger. Dafür nehmen die Steine zu. Immer mehr Geröll bedeckt den Pfad, bei jedem Schritt hört er das leise Kollern hinter sich, das sich wie ein Echo fortsetzt.

Pack deine Kamera ein, ich will dir was Wichtiges zeigen.

O Mann, nachher klettern wir bloß auf dem Turm rum, weil ich irgendeine Stufe filmen soll, an der sich Sarah mal das Knie aufgeschlagen hat.

Er kickt einen Stein weg. Und noch einen. Doch egal wie lange er wartet, wie viele Schritte er abzählt, bevor er zu den Baumwipfeln hinaufblickt: Der Turm scheint kein bisschen näher zu rücken.

Unter ihnen nichts als Nebel. Dicht wie Wolken bedeckt er das Tal, den Wald und den Abhang, über den sie noch vor wenigen Minuten hinaufgestiegen sind, und verwandelt das Hochplateau und den Turm in eine Insel. Kalter Wind pfeift über sie hinweg und lässt das Regencape seiner Mutter knistern. Er bereut, dass er nicht daran gedacht hat, seines mitzunehmen. Dass er nicht einmal ein trockenes T-Shirt zum Wechseln eingepackt hat. Ohne Rucksack friert er in seiner durchgeschwitzten Jacke, und das feuchte Holz der Lehne bietet seinem Rücken kaum Schutz gegen den Wind. Seine Fußsohlen brennen. Die nassen Socken kratzen und scheuern.

»Eine Cola wär jetzt schön.« Er sagt es etwas zu laut, etwas zu nölig.

Seine Mutter antwortet nicht. Sie rutscht auf der Bank hin und her, als suche sie den besten Blick auf den Nebel. Dann sitzt sie still.

»Bitte mach die Kamera an, ich muss was sagen.« Sie schaut nicht zu ihm, sondern spricht nach vorn, als stünde dort im Nebel jemand, dem ihre Worte gelten.

Er bückt sich und holt die Kamera aus dem Rucksack. Entfernt den Deckel vom Objektiv und schaltet sie ein. Wirft einen Blick auf die Anzeige.

Noch zwanzig Minuten Band.

Er setzt sich seitlich, ein Bein in die Lücke zwischen Lehne und Sitzfläche geklemmt. Wie eine Decke legt sich der kalte Wind auf seinen Rücken, und eine Gänsehaut jagt in Schauern bis zu seinem Nacken hinauf. Seine Hände zittern, lassen die Kamera wackeln. Er stützt den rechten Arm auf der Lehne ab und drückt die Record-taste. Das rote Lämpchen blinkt auf.

»Du kannst.«

Keine Reaktion.

Auf dem Monitor betrachtet er den angespannten Zug um ihren Mund. Die Zähne, die sich in ihre Unterlippe graben.

»Mama, du kannst, die Kamera läuft.«

Keine Reaktion.

Die Zähne scheinen in der Unterlippe festzustecken.

Der Wind bläst ihm die nassgeschwitzten Haarsträhnen in den Nacken. Noch mehr Gänsehaut, noch mehr Schauer.

Seine Mutter räuspert sich.

Die Zähne lösen sich von der Unterlippe.

»Als ich gemerkt hab, dass ich zum zweiten Mal schwanger bin, da … da bin ich hierhergefahrn … Ich wollte …« Sie bricht ab und starrt auf ihre Finger, die sie so fest ineinander verschränkt hat, dass er die Gelenke knacken zu hören glaubt. Ihre Lippen bewegen sich stumm, als probiere sie die Worte einzeln aus.

»Was wolltest du hier?« Die Frage rutscht ihm heraus, ehe er sie überhaupt zu Ende gedacht hat. Doch sie reagiert nicht. Starrt einfach auf ihre verschränkten Finger.

Der Wind wird bissiger, und die Kälte der Böen trifft seinen Rücken wie Nadelstiche. Er überlegt, die Kamera für einen Moment wegzulegen und sich den leeren Rucksack überzuziehen. Doch er bleibt sitzen.

Die Nadelstiche in seinem Rücken werden immer diffuser. Fühlen sich fast wie eine Art Hitze an.

»Meine zweite Schwangerschaft.« Seine Mutter schüttelt ihre Hände aus, streicht sich das Haar zurück. Dann dreht sie ihr Gesicht zur Kamera. »Ich wollte dieses Kind nicht bekommen.«

Auf dem Monitor die Augen seiner Mutter, die ihn ansehen und doch wieder nicht. Er senkt den Blick. Unterhalb seines Ellenbogens entdeckt er ein kleines goldenes Messingschildchen.

Eine schöne Aussicht wünscht Werner Krauss aus Kiel. Oktober 1988.

Oder Krause.

Der letzte Buchstabe ist schwarz angelaufen, lässt sich kaum noch entziffern.

Ein zweites s oder ein e.

Ein zweites Kind oder kein zweites Kind.

Das verwitterte Holz um das Messingschildchen.

Wie lange es die Bank wohl noch geben wird?

Eine Bewegung neben ihm. Seine Mutter ist näher gerückt. Ihr Gesicht füllt den Monitor aus, quillt über die Bildkadrierung. Haare, Augen, Nase. Kein Mund. Den hat sie sich durch ihr Näherrücken selbst abgeschnitten. Hat ihn selbst auf den schwarzen Plastikrand des Monitors verschoben, unsichtbar gemacht. Er bewegt die Kamera nicht. Hält sie ganz ruhig.

»Du warst grade in den Kindergarten gekommen, und ich konnt endlich wieder arbeiten gehn. Ich wollt nicht schon wieder an ein kleines Kind gebunden sein. Dein Vater hatte ja so viel zu tun. Die Arbeit, das Abendstudium, ich war praktisch mit dir allein.« Das mundlose Gesicht spricht schnell und hastig. »Ich hab ihm nicht gesagt, dass ich schwanger bin. Ich bin hierhergefahrn, um für mich zu entscheiden, ob ich dieses Kind bekomme. Oder nicht.«

Das rote Lämpchen leuchtet. Er widersteht dem Impuls, auf die Stopptaste zu drücken.

»Am ersten Tag bin ich den Berg fast hinaufgerannt. Dann saß ich hier. Hier auf dieser Bank.« Ein dumpfes Klopfgeräusch. Ihre Finger streifen sein Knie. »Ich war völlig erschöpft. Mir war schwindlig. Und auf einmal hab ich Angst bekommen, dass ich das Kind durch die Anstrengung verlieren könnte. Da war mir klar, dass ich sie bekommen will.«

Irgendwo auf dem schwarzen Plastikrand schweigt der unsichtbare Mund.

Der Wind in seinem Rücken. Jetzt sehnt er ihn fast herbei. Kalt und bissig. Bö auf Bö. Doch der Wind hat sich gelegt, nicht einmal mehr in seinem Nacken spürt er ihn noch.

»Aber zuerst hab ich sie nicht gewollt. Ich hab sie nicht genug gewollt. Deswegen ist sie mir weggenommen worden.«

Er lässt die Kamera sinken. Sitzt da, die Lehne in den Rippen, unter seinen Fingern das verwitterte Holz, von der Feuchtigkeit aufgequollen und weich wie Samt.

Raschelnd bauscht sich der Vorhang auf.

Fällt in sich zusammen.

Bauscht sich auf.

Schwebende Bewegungen, vom Vollmond beschienen.

Ein heftiger Windstoß lässt die hölzernen Ringe auf der Vorhangstange klappern. Seine Mutter gibt einen seufzenden Laut von sich und rollt sich zusammen. Ihr Arm streift seine Schulter. Er rückt noch weiter an den Rand des Ehebetts, macht sich noch schmaler.

Wieder ein seufzender Laut.

Er dreht den Kopf und betrachtet sie. Eine Locke ist ihr ins Gesicht gefallen. Tanzt sachte vor ihrem Mund auf und ab.

Vorsichtig schlägt er seine Decke zurück und steht auf. Er greift nach der Kamera, löst das Kabel von der Ladestation und stellt sich ans Fußende des Betts. Dann zoomt er ihr Gesicht in Großaufnahme auf den Monitor und drückt die Recordtaste. Filmt die Locke, die ihr Atem tanzen lässt. Filmt das Lächeln, das um ihren Mund zuckt.

JO

Bitte lass das im Brunnen nicht meine sein, nicht heute Morgen. Ich nehm die Billardhalle oder meinetwegen auch die verpisste Ecke hinterm Aldi, aber bitte nicht den Brunnen.

Schon allein der Gedanke an das kalte Wasser verursacht ihm eine Gänsehaut. Im Gehen schlägt er den Mantelkragen hoch und schließt die letzten Knöpfe. Jede Bewegung hallt in seinem Kopf nach, verstärkt den bohrenden Schmerz. Sein Gesicht fühlt sich aufgedunsen an.

Die Münsterglocken beginnen zu läuten, und er beschleunigt automatisch seine Schritte. Hastet über den Augustinerplatz und weiß nicht, was ihn mehr antreibt: das dröhnende Glockengeläut, das seinen Kopf quält, oder die beiden Mädchen dort im Brunnen, die im Wasser herumplantschen, als wäre es August und nicht Anfang April. Als würde das Thermometer dreißig und nicht sieben Grad anzeigen.

Je näher er kommt, desto besser kann er sie hören. Ihr Lachen, ihr Kreischen, das Platschen des Wassers. Dann Glas, das splitternd auf dem Kopfsteinpflaster zerbirst. Lautes Johlen und Gegröle.

Die müssen völlig zugedröhnt sein.

Das linke Mädchen bückt sich und spritzt sich selbst nass, schaufelt sich das Wasser regelrecht über den Kopf. Er erkennt das aufgesprühte Anarchie-Zeichen auf der Jeansjacke sofort. Leuchtend rot bedeckt es den ganzen Rücken.

Ich liebe meinen Beruf.

Er knöpft seinen Mantel auf und streift ihn ab. Zieht den Pullover aus und krempelt die Ärmel seines Hemds hoch. Die Hose wird er nicht retten können, also lässt er sie, wie sie ist.

»Würden Sie meinen Mantel und Pullover kurz halten, bitte?«

Der alte Mann, der in sicherem Abstand vor dem Brunnen steht und das Treiben der beiden beobachtet, zuckt überrascht zusammen.

»Ich muss nachher noch zu einer Gerichtsverhandlung, da wäre es gut, wenn wenigstens mein Oberkörper trocken ist.« Er lächelt und fischt seinen Dienstausweis aus der Hosentasche. »Ich bin Sozialarbeiter.«

»Den haben die beiden Mädels auch nötig. Die holen sich bei der Kälte ja noch eine Lungenentzündung.« Der alte Mann streckt die Hände aus. »Geben Sie schon her, ich passe auf Ihre Sachen auf.«

»Danke.« Er macht kehrt und umrundet den Brunnen. Nähert sich von hinten den Mädchen, die ausgelassen und fröhlich vor sich hin toben. Die Unterwasserscheinwerfer verwandeln jeden Schwall, den sie aufwirbeln, in einen goldfarbenen Regen.

»Ich fand ... sie ... irgendwo ... allein in ... Mexiko ... Aaaaaaaa-niiiiiitaaaaaaa ...« Kreischendes Lachen. Das Splittern von Glas.

»He, alter Sack, was glotscht denn so blöd? Hä?«

Noch mehr splitterndes Glas.

»Netty, ihr beide kommt jetzt sofort aus dem Brunnen. Sofort.«

Die Mädchen drehen sich um.

»Scheiße!« Netty zieht die Schultern hoch. Aus ihren Kleidern rinnt Wasser, das nasse Haar klebt strähnig an ihrem Kopf und wirkt dunkler, als es ist. Sie nestelt etwas aus der Hosentasche und steckt es sich in den Mund.

Ein silbernes Papierchen segelt durch die Luft.

Kaugummi.

»Wer isn das? Dein Vater?« Das andere Mädchen spuckt in seine Richtung, ist aber zu weit entfernt, um ihn zu treffen. Es sieht viel jünger aus als Netty, er schätzt es auf höchstens vierzehn.

»Nee, mein Sozi.« Netty watet auf ihn zu. »Der is voll der strenge Arsch, versteht überhaupt keinen Spaß.«

Sie will ein Bein über den Brunnenrand schwingen, aber bekommt es nicht hoch genug. Bevor er sie an den Armen packen kann, kippt sie nach hinten und fällt ungebremst ins Wasser. Nur um Haaresbreite verfehlt ihr Kopf die gusseiserne Stange, die aus dem aufgerissenen Maul eines Löwen ragt.

»Wir bleiben hier, du Soziarsch!« Das andere Mädchen kichert und klatscht in die Hände.

Netty versucht aufzustehen, doch die vollgesogene Jeans scheint sie bei jeder Bewegung auf den Brunnenboden zurückzuziehen. Ihre Beine knicken weg, ihr Oberkörper rudert hilflos hin und her.

»Hey, wir bleiben hier, hab ich gesagt.« Das andere Mädchen tritt nach ihr. Die Springerstiefel mit den roten Schnürsenkeln und den Glöckchen wirbeln durchs beleuchtete Wasser. Nettys Wimmern rieselt ihm eiskalt den Rücken hinunter. Zwei, drei schnelle Schritte, und er beugt sich über den Brunnenrand und zerrt das andere Mädchen an den Schultern zu sich.

»Ey, du Wichser, lass mich los.«

Er verstärkt seinen Griff. »Wie heißt du?«

»Schneewittchen.« Ihr Atem stinkt nach Schnaps. Ihre geweiteten Pupillen sind so groß wie Smarties.

»Und ich bin die böse Stiefmutter.«

Glucksendes Kichern. »Ehrlich?«

Er antwortet nicht, sondern löst seinen Griff. Schlingt blitzschnell die Arme um ihren Oberkörper und hebt sie über den Brunnenrand. Sie wiegt fast nichts. Er dreht sich mit ihr, geht in die Knie und setzt sie unsanft auf dem Boden ab.

»Aua, du Arschloch!« Schneewittchen tritt nach ihm. Ihre Sohlen schrappen übers Kopfsteinpflaster.

Er hastet zum Brunnen zurück. Netty kauert im Wasser. Die Augen geschlossen, als würde sie schlafen. Ihre Nase blutet.

»Komm raus, du musst sofort ins Warme.« Er beugt sich vor und streckt ihr die Hände hin. »Los, komm schon!«

Sie bewegt sich nicht.

»Netty!«

»Nicht schimpfen, bitte nicht schimpfen.« Sie zieht den Kopf ein, zieht ihn so tief zwischen die Knie, dass nichts mehr von ihr übrig bleibt als ein großes rotes Anarchie-Zeichen auf einem zitternden Rücken. Im Licht der Scheinwerfer kann er die geballten Fäuste sehen. Er steigt über den Brunnenrand und lässt sich ins Wasser gleiten.

»Elender!«

»Nicht schimpfen.« Netty duckt sich unter seinem gezischten Laut weg, als hätte er sie geschlagen. »Bitte nicht.«

»Los, du musst hier sofort raus.« Er bückt sich, taucht seine Arme ins eisige Wasser und hebt sie hoch. Auch sie wiegt viel zu wenig.

Als er zum Brunnenrand watet, schmiegt sie ihr kaltes Gesicht an seinen Hals.

Mein kleines, kleines Mädchen.

Er tritt ins Leere.

Man arbeitet. Verrichtet Handgriff für Handgriff.

Motor starten.

In den Leerlauf schalten.

Heizung voll aufdrehen.

Im Kofferraum findet man ein Geschirrhandtuch, einen gehäkelten Klorollenhut und zwei alte Malerkittel, die nach Terpentin riechen und von den vielen Farbflecken ganz steif sind. Mehr, als man erwartet hat.

»Los, los.« Man öffnet den Reißverschluss des ersten Malerkittels. »Los, los, ausziehen, raus aus den Klamotten.«

Doch sie bewegen sich viel zu langsam. Schaffen es kaum, die Arme anzuheben, um aus den Jeansjacken zu schlüpfen. Verheddern sich. Man sieht die Oberkörper, die es vor Kälte schüttelt. Die blau verfärbten Lippen, die bleiche, bleiche Haut. Aber man schiebt alle Gedanken, alle Bilder, die in einem aufsteigen, weg.

Den Mädchen ist kalt. Die Mädchen müssen ins Warme.

»Los, los, ausziehen.«

Man streicht das Haar seiner Probandin zu einem Pferdeschwanz zusammen und wringt es aus. Handgriffe aus einem früheren Leben, das angefüllt war mit Kinderlachen und Schwimmbadbesuchen.

Nicht denken. Weiterarbeiten.

Man stülpt der Probandin den gehäkelten Klorollenhut wie eine Mütze über. Dann nimmt man das Geschirrhandtuch und wickelt es dem fremden Mädchen um den Kopf, das sich sträubt und mit den bloßen Füßen nach einem tritt.

Wichser statt Danke.

»Los, los, ausziehen.«

Endlich liegen die Jeansjacken auf dem Boden. Man stellt fest, dass die beiden darunter nur T-Shirts tragen.

Es dauert alles viel zu lang. Also übernimmt man das Ausziehen. Zweimal schält man tropfnasse Jeanshosen von zu dünnen Mädchenbeinen. Zweimal rutscht die Unterhose gleich mit hinunter. Die Mädchen jammern und maulen, aber man achtet nicht darauf. Man achtet nicht auf die Löcher in den Unterhosen. Man achtet nicht auf die spitzen Knie. Auf die blauen Flecken. Auf die vielen verschorften Stellen. Man zieht aus. Das ist alles, was man tut.

Dann zieht man an.

Als er in die Einfahrt biegt, steht sein Wagen vor der Garage. Die Kofferraumklappe geöffnet, zwei Wanderschuhe auf dem Dach.

Einen Vorteil hat das ganze Mutter-Sohn-Getue wenigstens: Die haben in ihr Auto gekotzt, nicht in meins.

Langsam fährt er über den Kiesweg, lässt den Wagen ausrollen. Eine Bewegung rechts von ihm. Simon tritt aus der Haustür, eilt mit schnellen Schritten die Treppe hinunter. Überspringt genau wie er die letzte Stufe, schlenkert genau wie er beim Gehen mit den Armen.

Mein großer, kräftiger Junge.

Die Müdigkeit überwältigt ihn mit einem Schlag. Er schafft es gerade noch, den Schlüssel umzudrehen und die Handbremse festzuziehen. Dann sitzt er da und schaut zu, wie sein Sohn eine Tasche aus dem Kofferraum hebt. Wie er die Wanderschuhe vom Autodach nimmt. Wie er innehält. Wie er sich vorbeugt und durch die Windschutzscheibe zu ihm hereinspäht. Seine Lippen formen etwas, das nach Alles okay? aussieht, und er möchte den Kopf schütteln und Nein schreien, aber er nickt und schnallt sich ab. Öffnet die Tür und steigt aus.

Die frische Luft verstärkt den Geruch nach Erbrochenem und Essigreiniger in seiner Nase, also atmet er durch den Mund. Simon beobachtet ihn. Die Wanderschuhe in der einen, die Tasche in der anderen Hand.

Komm, steig aus, Paps, ich bring dich heim.

Wie gern er das jetzt noch einmal hören würde.

Wie gern er jetzt die Arme ausstrecken und seinen großen, kräftigen Jungen berühren würde.

Du bist da.

Ich bin nicht allein.

Du bist da.

»Hallo.« Sein Junge lächelt ihn an.

»Hallo.« Er schlägt die Autotür zu. »War dieser Ausflug eigentlich deine Idee?«

Und schon ist das Lächeln fortgewischt.

»Nein, ihre.«

»Aha.«

»Sie wollte dort was filmen, was wegen Sarah. Deshalb –«

Klappernde Schritte auf der Treppe. Das Knirschen der Kieselsteine.

»Oh, du bist schon da.« Sie nimmt Simon die Tasche ab. »Ich bring die gleich in die Waschküche, und dann muss ich was essen. Ich hab einen Bärenhunger.«

Man sagt nicht: Tut mir leid, der Kühlschrank ist leer. Ich hatte keine Lust, einzukaufen, den Hausmann zu spielen, während ihr euch eine schöne Zeit macht.

Man sagt: »Und wie war eure Tour?«

»Toll.« Sie zwinkert Simon zu. »Wir hatten richtig Glück mit dem Wetter.«

Man sagt: »Schön, das freut mich.«

Man lächelt. Man streckt seiner Frau den Autoschlüssel entgegen.

Man sagt: »Kann ich meinen wiederhaben?«

Man sagt nicht: Ach übrigens, dein Auto wurde von zwei besoffenen Teenagern vollgekotzt.

Man folgt ihr ins Haus. Die dicken Sohlen von Schneiders Turnschuhen quietschen bei jedem Schritt, wie sie auch auf den Linoleumböden im Gerichtsgebäude gequietscht haben. Man überlegt, ob man eine heiße Dusche oder ein heißes Bad nehmen soll. Man zieht Schneiders Turnschuhe vor der Garderobe aus, reiht diese fremden Schuhe zwischen den anderen ein und weiß, dass sie niemandem auffallen werden. Mit diesem Gedanken kehrt die Müdigkeit zurück, und man möchte sich einfach nur hinlegen und schlafen.

»Paps …«

Man dreht sich um.

Simon steht da. Ganz nah. Man hätte die Bewegung im Spiegel bemerken können.

Man sagt: »Ja?«

»Das nächste Mal kommst du mit.«

Keine Frage. Kein Konjunktiv. Beinahe so fest wie eine Berührung.

Die Wanne ist halb voll, als ihm klar wird, dass er kein Bad nehmen kann. Nicht in dieser Wanne.

Er dreht den Hahn zu und zieht den Stöpsel. Dann geht er zur Dusche hinüber. Setzt sich auf den Boden der Kabine und lässt das heiße Wasser auf sich niederprasseln.

Sie zuckt nicht weg, wie sonst, wenn er ihre Beine streift. Also kriecht er noch ein wenig näher an sie heran, knüllt sein Kissen umständlicher und länger zusammen als nötig, nur um sich unauffällig Zentimeter für Zentimeter vorzuarbeiten. Noch ein wenig. Und noch ein wenig.

Als er still liegt, berühren ihre Haarspitzen seine Nase. Er versucht, sie zu riechen. Ihr Shampoo. Ihren Geruch. Aber er riecht nur den Waschmittelduft des Kissenbezugs.

Sie gähnt. Bewegt dabei ihren Kopf.

»An deiner Stelle würd ich Abstand halten. Zwei Nächte auf einem Bauernhof, und schon stink ich nach Kuh.« Eine schläfrige Stimme. Murmelnd gesprochene Sätze.

»Hm … Ich mag Kühe.« Er schnuppert erneut an ihrem Haar. Schnuppert so, dass sie es hören kann. Seine Nase berührt die weiche Haut in ihrem Nacken. Und wieder ein paar Zentimeter näher gerückt.

»Du bist ja auch ein Bauer.«

Der alte Tonfall. Warm und neckend.

»Ich steh zu meinen Wurzeln, Frau Bergmann, und Sie hatten einmal viel für diese exotische Spezies übrig.«

Auch er kann es noch.

»Die hatten einen Hund … in der Pension … Der sah genauso aus wie euer Darri, genau so. Derselbe schwarze Fleck zwischen den Augen. Die weißen Pfoten, die weiße Schwanzspitze.«

»Du hast doch nicht wieder arme Hofhunde von der Kette gelassen, oder?«

Wie leicht es ist zu spielen. Mit einem Satz so viel Zeit zu überspringen.

»Darri war arm dran, solange ich ihn *nicht* von der Kette gelassen hab.«

Die schnippische Betonung. Die Luft, die am Ende des Satzes geräuschvoll aus den Nasenlöchern gestoßen wird. Auch das so vertraut.

»Hm, mit dieser ersten Tat hast du meine Eltern schwer beeindruckt.«

»Ja. Dein Vater hat das ganze Wochenende nicht mit mir geredet, nicht ein Wort.« Sie gähnt wieder.

Hör *du* jetzt nicht auf, mit mir zu reden.

»Aber doch nur, weil er sich geschämt hat. Der Biss in deinem Arm war ganz schön tief.« Seine Hand berührt ihre Schulter.

Stoff.

Unter den Fingerspitzen warme Haut.

»Und Darri hatte keine Tollwutimpfung.«

Warum rede ich, wenn ich doch will, dass du mit mir redest?

Ihre Hand, die seine festhält. Die seinen Arm auf die Bettdecke zurücklegt.

»Gute Nacht.« Das flüchtige Streicheln ihrer Finger auf seinem Handrücken. Dann rollt sie sich von ihm weg. Das Rascheln von Stoff.

Das Knarren der Matratze.

»Mein Vater war trotzdem von dir beeindruckt.« Ein Satz, der sie schon nicht mehr erreicht.

ANNE

Der weiße Sessel ist ihr heute viel zu weich. Egal wie sie sich setzt, egal wie wenig sie von den Polstern berührt, sie hat das Gefühl, von dieser Weichheit aufgesogen, von ihr verschluckt zu werden.

Ein Stuhl. Ein ganz normaler Stuhl. Darauf würde sie jetzt gerne sitzen. Würde gerne eine gerade Lehne in ihrem Rücken spüren, eine Kante unter ihren Oberschenkeln. Doch in Dr. Kleinfelders Zimmer gibt es nur die zwei weißen Sessel. Also rutscht sie so weit wie möglich nach vorn und stellt die Füße auf den Boden. Drückt den Rücken durch und behält die Arme am Körper.

»Guten Tag, Frau Bergmann.« Dr. Kleinfelder hängt ihren Gehstock an den Haken.

»Guten Tag.«

Das Zeitlupentempo, in dem Dr. Kleinfelder sich bewegt, macht sie ganz kribbelig. Am liebsten würde sie aufstehen, hinübergehen und sie in den Sessel schubsen. Stattdessen schaut sie auf ihre Schuhe.

Braunes Leder.

Auf der einen Spitze ein Wasserfleck mit weißlichem Rand.

Schnee.

Das bekomm ich am besten mit Melkfett weg.

Und eine Farbpolitur könnten die auch mal wieder vertragen.

Sie dreht ihre Füße hin und her, betrachtet die Schuhe von allen Seiten.

»Das letzte Mal haben wir darüber gesprochen, was Ihren Alltag strukturieren und Sie stabilisieren könnte.« Dr. Kleinfelder sitzt ihr nun gegenüber. Den braunen Aktenordner auf dem Schoß. Kugelschreiber und Textmarker in der Hand. »Ich würde heute gerne noch einmal ausführlicher darauf zurückkommen.«

Sie versucht, sich an die Sitzung zu erinnern. Aber alles, was ihr einfällt, ist der lauwarme, wässrige Tee der Sprechstundenhilfe.

»Frau Bergmann, haben Sie darüber nachgedacht, was Sie anstelle Ihrer Arbeit als Krankenschwester tun könnten?«

Sie schüttelt den Kopf.

»Eine körperliche Tätigkeit, etwas, das Ihren Tagesablauf strukturiert, halte ich in dieser Trauerphase für sehr wichtig. Vielleicht könnten Sie eine ehrenamtliche Tät…«

»Ich gehe jeden Morgen laufen.« Der Sessel scheint an ihr zu ziehen, sie spürt die weichen Polster wieder in ihrem Rücken.

Dass es hier keine vernünftigen Stühle gibt.

Sie stemmt sich hoch, rutscht erneut so weit wie möglich nach vorn. Drückt den Rücken durch.

»Das ist sehr gut, Frau Bergmann, aber das habe ich nicht gemeint.« Dr. Kleinfelder lächelt sie an. »Wollen Sie nicht einmal in Ruhe mit mir überlegen, was für Sie in Frage kommen –«

»Ich brauche keine Arbeit. Ich laufe jeden Morgen. Ich laufe, bis ich nicht mehr kann. Und dann laufe ich noch weiter. Das Laufen macht mich ruhig und klar, ich kann an Dinge denken, die ich sonst nicht aushalte.«

»Das ist –«

»Heute habe ich darüber nachgedacht, wie wir Sarahs ersten Todestag begehen sollen. Er ist in zwei Wochen, und ich will einen Gedenkgottesdienst abhalten lassen. Die Bänke sollen mit Blumen geschmückt sein. Ich will Musik, Orgelmusik, aber es soll ein modernes Stück sein, kein Kirchenlied. *Memory* aus dem Musical Cats, das war eines ihrer Lieblingslieder. Dann will ich, dass –«

»Frau Bergmann, Sie weichen mir aus. Ich möchte jetzt zuerst über Sie sprechen, über Ihren Alltag.«

Die dunklen, wachen Augen lassen sie nicht los.

Sie blickt auf die Schuhspitze. Der Wasserfleck hat die Form einer Rosenblüte. Ineinanderfließende Blätter mit gezackten Rändern.

»Frau Bergmann?«

Eigentlich sieht der Fleck auf dem braunen Leder ganz hübsch aus.

Vielleicht werd ich ihn noch eine Weile behalten.

»Fällt es Ihnen leichter, wenn ich Ihnen wieder Fragen stelle?«

Die dunklen, wachen Augen, die jede ihrer Regungen beobachten. Das Gefühl von Treibsand unter ihrem Hintern.

Ich muss raus aus diesem weichen Sessel.

»Frau Bergmann?«

»Fragen stellen. Kann ich schon nicht mehr hören! Was soll denn das bringen? Wollen Sie wissen, dass ich heute noch nichts gegessen habe, dass ich die ganze Zeit Lust auf Schokolade habe, oder was? Scheiße, was soll denn das bringen?« Sie steht auf, nimmt ihre Handtasche vom Beistelltischchen und verlässt mit schnellen Schritten das Zimmer. In Bewegung bleiben, das ist, was ihr guttut.

SIMON

Manchmal hab ich einen sehr schönen Traum.« Der Blick seiner Mutter verharrt auf ihren Händen. Bekommt diesen nach innen gekehrten Ausdruck. Dieses intensive Starren, das ihn dazu bringt, seinen Blick vom Monitor zu lösen und woandershin zu schauen.

Auf die Bandanzeige.

Auf seinen Daumennagel.

Auf den schwarzen Plastikrand des Monitors.

»Ich lauf durch die Straßen und zieh einen Koffer hinter mir her. Wenn mich etwas an Sarah erinnert, dann pack ich es ein. Eine Stimme … ein Lachen … dieselbe Haarfarbe … Ich finde immer mehr, mein Koffer füllt sich, wird schwer. Ich bin glücklich.« Seine Mutter stößt einen Seufzer aus.

58:20

58:42

Warum spricht sie nicht weiter?

Er hebt den Kopf und linst an der Kamera vorbei. Sie starrt auf ihre Hände und lächelt, als habe sie gerade etwas besonders Sarahhaftes entdeckt.

Wo läuft sie jetzt in Gedanken herum? In der Innenstadt? Hier im Viertel? Auf Sarahs Schulhof?

Er versucht, sich vorzustellen, wie seine Mutter mit ihrem alten, verbeulten Schalenkoffer die Straßen entlangwandert. Wie sie sich zwischen die anderen Fußgänger drängt, weil sie einen Rücken bemerkt hat, der dem seiner Schwester ähnelt. Oder einen Hals. Oder ein Augenpaar. Wie sie den Kopf hierhin und dorthin dreht. Die ganze Zeit Ausschau hält, die ganze Zeit wachsam ist. Doch er sieht nur den Schalenkoffer vor sich. Sieht, wie er gegen ihre Knie schlägt. Sieht die bunten Hanuta- und Duplobildchen, die Sarah und er nach jedem Urlaub aufkleben durften. Jeder auf seine Ecke.

Seine Mutter räuspert sich.

59:47.

»Ich geb dann den vollen Koffer am Friedhof ab, und da steht sie am Tor und wartet auf mich. Ich wink und renn auf sie zu. Und sie steht da und lächelt. Ich renn schneller und –«

»Moment, das Band ist voll.« Er nimmt die Kamera herunter und setzt sich auf den Schreibtischstuhl.

Schon das zweite heute.

Seine Arme schmerzen vom langen Filmen, und er hat Hunger. Aber seine Mutter redet sich gerade erst warm, hangelt sich von Gedanke zu Gedanke, von Erinnerung zu Erinnerung. Jetzt also ein schöner Traum. Gleich vielleicht eine Eissorte, die Sarah mochte oder nicht mochte. Oder ihr erstes Wort. Oder eine ihrer Theaterrollen. Oder ein Kinderstreit zwischen ihnen, den er ganz anders erlebt hat.

Er beschriftet die Kassette, drückt den Kopierschutz in die Lasche und fischt ein neues Band aus seiner Hosentasche. Das letzte der Fünferpackung.

»Träumst du auch manchmal von ihr?« Seine Mutter sieht ihn an.

Ständig. Aber keine schönen Träume wie du.

»Ich weiß nicht …« Er drückt die Recordtaste. Das rote Licht leuchtet auf.

00:02

00:05

»Nein, ich glaub nicht. Also nicht so …« Er kontrolliert die Bildkadrierung. Spielt mit dem Zoom, bis er zufrieden ist.

»Vielleicht kannst du dich nach dem Aufwachen bloß nicht dran erinnern.«

»Ja, vielleicht.«

00:15

»Okay, Band läuft.«

Seine Mutter zupft die Tagesdecke unter ihren Schenkeln zurecht.

»Immer wenn ich im Gerichtssaal auf seine Hände gesehen hab, hab ich an diesen Traum gedacht. Das hat mich den Prozess durchstehn lassen.« Das Zupfen verwandelt sich in ein Streicheln. »Da war ein Ort, an dem ich seine Tat rückgängig machen konnte. Ein Ort, an dem Sarah auf mich gewartet hat.«

Wieder Schweigen und intensives Starren.

»Hast du deswegen versucht, dich ...« Seine Frage schrillt in die Stille. Er räuspert sich. Seine Mutter hebt den Kopf, aber sieht ihn nicht an.

»Er hatte schöne Hände. Gepflegt. Mit kurzen Nägeln. Als ich sie zum ersten Mal sah ...« Seine Mutter steht unvermittelt auf und beginnt, vor dem Bett hin und her zu laufen. Hin und her. Sechs Schritte bis zum Nachttisch, dort eine schnelle Drehung, dann sechs Schritte zurück bis zur Zimmerwand. Eine schnelle Drehung. Sechs Schritte.

»Das sind die falschen, hab ich gedacht, die können sie nicht erwürgt haben. Die sehn nicht stark genug aus. Das sind keine Hände, die jemanden dreißig Minuten lang würgen können.« Eine schnelle Drehung. »Dreißig Minuten sind lang, das müssen starke Hände sein.«

Die Innenstadt ist voller Menschen. Er weicht ihnen aus, ohne auf die Gesichter zu achten, geht einfach die Straße oder den Platz entlang. Biegt in die nächste Straße oder den nächsten Platz ein. Doch die Gedanken lassen sich nicht abschütteln. Also zählt er alles, was er sieht. Zerlegt die Welt in eine Abfolge von Zahlen, die seinen Kopf ausfüllt. Viele Zahlen, um eine einzige zu verdrängen. Die, die er nie hören wollte. Die, die er jetzt doch gehört hat.

Acht Schaufenster.

Sechs Tische vor einem Café.

Drei Kinder mit vier Eistüten.

Einundzwanzig Tauben.

Als er zum fünften Mal am Augustinerbrunnen vorbeikommt, wird ihm klar, dass er die ganze Zeit über seine Kreise ums Münster gezogen hat. Er biegt nach links ab und geht schneller.

Sie sitzt auf dem Trittbrett der Rikscha, das Gesicht in die Sonne gereckt, die Augen geschlossen. Sie scheint eingeschlafen zu sein, aber er weiß, dass das täuscht. Sie kann sich jederzeit bewegen und zu ihm herüberschauen. Sie kann jederzeit aufstehen und wegfahren.

Im Schatten des Münsters ist es kühl. Er fröstelt. Vergräbt die Hände in den Jackentaschen und tritt von einem Bein aufs andere. Er würde jetzt gern die letzten drei, vier Meter weitergehen, sich neben sie in die Sonne setzen. Wie sie die Augen schließen und schläfrig werden. Nichts als Leere und Stille in seinem Kopf. Doch ihm ist noch keine gute Entschuldigung eingefallen.

Dass deine beste Freundin tot ist, geht dir ja ganz schön am Arsch vorbei.

Das war gemein und unnötig, es tut mir leid.

Nein.

Das klingt nicht ... nicht ehrlich genug.

Was ich neulich gesagt hab, tut mir echt leid. Ich weiß nicht, warum ich so heftig reagiert hab. Ich ... Also ...

Ja?

Ich mein's ernst, es tut mir wirklich leid.

Klar, so hörst du dich auch an.

Shit.

Entschuldigen funktioniert nicht, wenn man mit sich selbst redet. Tu's einfach.

Er macht einen Schritt in ihre Richtung. Verharrt.

Hallo, ich bin's.

Depp! Sie sieht, dass du's bist. So was sagt man nur am Telefon.

Noch ein Schritt.

Hallo, darf ich mich einen Moment zu dir setzen? Ich lauf schon seit Stunden durch die Stadt.

Dreißig Minuten sind lang, das müssen starke Hände sein.

Zwei schnelle Schritte.

Sie hat sich noch immer nicht bewegt. Sitzt völlig reglos da, nur ein Lächeln umspielt ihren Mund.

Der letzte Meter.

Er wird sich so vor sie stellen, dass er keinen Schatten auf ihr Gesicht wirft.

»Hallo, ich sammle Unterschriften für die Einrichtung öffentlicher Toiletten auf dem Marktplatz.« Er spricht leise und hastig. »Würden Sie bitte auch unterschreiben?«

Sie schreckt hoch.

Vielleicht hat sie ja doch geschlafen.

»Wo soll ich unterschreiben?« Sie steht auf und schaut ihn herausfordernd an.

»Hier.« Er hält ihr seine linke Hand hin. »Und bitte drücken Sie nicht zu fest drauf.«

Sie sagt nichts. Dreht seine Hand um und betrachtet sie. Dann zieht sie einen Kugelschreiber aus ihrer Jackentasche.

»Du hast eine lange Lebenslinie. Nur mit deinem Glück sieht's nicht besonders gut aus, die Linie ist mehrfach unterbrochen.«

»Ja, das hab ich auch schon mitbekommen.« Der Stift gleitet kitzelnd über seine Haut. Sie hat die Augen leicht zusammengekniffen, zwischen ihren Lippen klemmt die Zungenspitze. »Und kann man was dagegen tun?«

»Nein.« Sie schüttelt den Kopf und lässt seine Hand los. »Nein, das ist absolut hoffnungslos. Da hilft höchstens eine Amputation.«

»Na dann …« Die beiden blauen Linien bilden ein V, das auf dem Kopf steht. »Jetzt bin ich wenigstens gewarnt.«

»War mir ein Vergnügen.« Sie schneidet eine Grimasse. »Sonst noch was?«

»Ja.« Er geht an ihr vorbei und setzt sich aufs Trittbrett der Rikscha, setzt sich so, dass noch genügend Platz für sie ist. Erst jetzt spürt er seine brennenden Sohlen. Seinen Durst. Seinen Hunger. Seine Müdigkeit. »Ich wollt mich bei dir entschuldigen.«

Wieder der reglose, neutrale Gesichtsausdruck.

»Was ich neulich gesagt hab, tut mir echt leid.« Er muss zu ihr aufblicken, aber das fühlt sich richtig an. »Ich hab's nicht so gemeint. Wirklich nicht. Es ist nur ... Es fällt mir schwer, über sie zu reden.«

Mit der Stiefelspitze schiebt sie den Rollsplitt auf dem Kopfsteinpflaster zusammen. »Mir auch.«

Ein älteres Paar nähert sich ihnen. Stadtplan in den Händen, Kamera um den Hals. Hält direkt auf sie zu. Doch dann biegt es zum Seiteneingang des Münsters ab.

Der Rollsplitthaufen wird immer größer.

»Du siehst beschissen aus.« Sie sagt es leise. »Ganz eingefallene Wangen. Hast du heute überhaupt schon was gegessen?«

»Keine Ahnung.« Er überlegt. »Nein, ich glaub nicht.«

»Stress zuhause?«

Er nickt.

»Deine Mutter?«

»Eher beide.«

»Manchmal hat es Vorteile, ein Scheidungskind zu sein.« Sie lächelt und tritt den Rollsplitthaufen platt. »Bleib sitzen, ich hol uns einen Döner.«

Sie greift über seinen Kopf hinweg, der Ärmel ihrer Jacke streift seine Wange. Plastik knistert. Dann gleitet etwas über sein Haar, er spürt ein Stück Schnur in seinem Nacken.

»Bin gleich wieder da.«

Er schaut an sich hinunter. Vor seiner Brust baumelt ein rotes Plastikschild mit der schwarzen Aufschrift *Closed*.

Dreißig Minuten.

Eine Blinddarm-OP.

Das Schreiben eines Arztberichtes.

Eine Simpsonsfolge.

Eine Handballhalbzeit.

Meine mündliche Abiprüfung.

Mein erster Schulweg.

Hör auf.

Hör sofort auf!

Hier, trink erst mal was.« Sie streckt ihm eine Wasserflasche hin. »Du bist ja ganz blass.«

»Danke.« Er schraubt den Deckel auf. Doch dann lässt er die Flasche sinken. Er wird keinen Schluck hinunterbekommen. Nicht jetzt. Seine Kehle fühlt sich wie zugeschnürt an, und ihm ist schlecht.

»So ...« Sie raschelt mit Alufolie. Der Geruch von gegrilltem Fleisch steigt ihm in die Nase. Er würgt. Hustet. Dreht sich zur Seite, um ihr nicht vor die Füße zu spucken.

»Oje ...« Eine Hand legt sich auf seinen Rücken. Klopft und streichelt sanft. »Tief Luft holen. Du musst ruhig atmen.«

Er versucht, die Magensäure hinunterzuschlucken, doch das verstärkt nur seinen Würgereiz.

»Beiß davon ab, das hilft sofort.« Sie hält ihm ein Stück Fladenbrot hin.

Er schüttelt den Kopf.

Nichts essen. Jetzt bloß nichts essen.

»Mund auf.« Sie drückt das Brotstück sachte gegen seine zusammengepressten Lippen. »Das ist besser als Dr. Bergmanns Universalmedizin.«

Er schüttelt noch einmal den Kopf. Das Brotstück verschwindet, und er weiß, dass sie die Tränen in seinen Augen gesehen hat. Unter ihrer Hand spürt er, wie sein Rücken zittert.

Ich hab ganz schön Schiss vorm Abi.« Sie redet und kaut gleichzeitig.

»Musst du nicht. Manche Prüfungen waren sogar leichter als normale Klassenarbeiten.« Langsam breitet sich Wärme in seinem Innern aus. Seine Hände sind nicht mehr kalt.

»Kann ich das schriftlich haben?« Auf ihrer Nasenspitze klebt ein Klecks weißer Soße.

»Ich hab meine Abi-Arbeitsbücher noch. Wenn du sie dir anschauen willst ...« Er knüllt die Alufolie zusammen. »Danke, jetzt geht's mir schon viel besser.«

»Du meinst so?« Sie rülpst laut.

»Ja, du Sau.«

Sie lacht und wischt sich mit der Serviette den weißen Klecks ab. Ihm fallen die Sommersprossen auf ihrer Oberlippe auf, eine Unmenge zarter Sprengsel, die ihn an Sand denken lassen. An warmen Sand, der weich zwischen Fingern und Zehen hindurchrieselt.

»Ich werd dich nicht fragen, was vorhin los war.« Sie wirft die Alufolieknäule in die Obsttüte und schraubt die leere Wasserflasche zu. »Wenn du darüber reden willst, du hast ja meine Handynummer. Okay?«

»Danke, du hast echt was gut bei mir.« Mit einem Mal fühlt er sich beklommen, so als sei er gerade erst aufgewacht und wüsste nicht, wo er sich befindet. Als sei diese Unterhaltung bisher ohne ihn geführt worden. Er zieht seinen Geldbeutel aus der Hosentasche. »Was schulde ich dir für den Döner?«

»Vergiss es.« Sie winkt ab. »Das nächste Mal bist du dran.«

»Okay, ich denk mir was aus.« Er reicht ihr das *Closed*-Schild. »Hängst du dir das auch um, wenn du Pause machst?«

»Nein, normalerweise hängt es am Lenker. Ich wollt nur sichergehen, dass dich keiner anquatscht.«

»Hat funktioniert.« Er lächelt und steht auf. »Soll ich dir morgen die Arbeitsbücher vorbeibringen? Bist du hier?«

»Ja, das wär nett.« Sie faltet die Serviette zusammen. Ihre schwarz lackierten Fingernägel haben auf dem weißen Papier etwas Feierliches.

Die Münsterglocken beginnen zu läuten. Er legt den Kopf in den Nacken und blickt zur Turmuhr hinauf.

Schon fünf.

»Sie fehlt mir.«

Ein leiser Satz im Glockengeläut.

Er schaut auf ihr kastanienbraunes Haar hinunter. Im Sonnenlicht schimmern einzelne Strähnen rötlich.

»Manchmal wähl ich ganz in Gedanken eure Nummer, und dann fällt's mir erst wieder ein.« Ihre Finger verwandeln die Serviette in ein Schiff. Oder in einen Hut. Vorsichtig setzt er sich erneut neben sie aufs Trittbrett.

»Ich hab mich letztes Jahr so allein gefühlt. Alle haben immer nur gesagt: Die arme Familie. Dabei hab ich am meisten Zeit mit ihr verbracht. Ich hab sie besser gekannt als alle anderen.« Sie nickt, als wolle sie sich selbst zustimmen. »Auch wenn wir im letzten Jahr nicht mehr ganz so dicke waren. Das ging irgendwie nicht mehr ... Sie hat mir dauernd gezeigt, dass sie jeden haben kann.«

Sie zerrt das gefaltete Schiff auseinander. Eine Serviettenecke reißt ein. »Beim Tanzkurs hatten wir 'nen Abschlussball. Na ja, und Sarah hat fünf Jungs gleichzeitig 'ne Zusage gegeben und sich erst im letzten Moment für einen entschieden. Die anderen vier sind dann gar nicht mehr gekommen, und ich durfte mit 'nem Mädchen tanzen.«

»Das tut mir leid.«

Sie schweigt. Streicht die Serviette glatt.

Hoffentlich war die Antwort nicht zu knapp.

Das Glockengeläut verstummt. Sie erhebt sich. Also steht auch er auf. Sieht zu, wie sie ein Buch von der Sitzbank nimmt und in ihrem Rucksack verstaut. Wie sie die Rikscha mit zwei dicken Fahrradschlössern sichert.

»Ich hau ab.« Sie klingt schroff und abweisend. Vielleicht fühlt sie sich jetzt so beklommen, wie er sich eben gefühlt hat. So nackt.

»Dann bis morgen.« Er wendet sich ab. Im Gehen zieht er sein Handy aus der Hosentasche und tippt eine SMS. Bevor er sie abschickt, betrachtet er die beiden blauen Linien auf seiner linken Handfläche. Die Tinte des Kugelschreibers hat die Lücken ausgefüllt.

Sie hat sich umgezogen und geschminkt. Trägt ein ausgeschnittenes Top unter ihrer offenen Jeansjacke und große Ohrringe, die bei jeder Kopfbewegung leise klirren. Ihre dunkel umrahmten Kulleraugen sehen nicht mehr aus wie Kinderkulleraugen, und erst jetzt fällt ihm auf, dass sie leicht oval geschnitten sind.

Wie riesige Mandeln.

»Is was?« Sie schaut ihn fragend an. Der Lippenstift verdeckt die Sommersprossen auf ihrer Oberlippe, verdeckt den warmen Sand.

»Nein, nichts.« Er blickt zur Eisreklametafel. »Magst du eine Tüte Popcorn? Oder lieber Eiskonfekt?«

»Beides.« Sie lächelt ihn an. »Ich verschwind kurz für kleine Mädchen.«

Also kauft er beides. Und etwas zu trinken.

Ich liebe Schokolade, aber Gummibärchen sind noch geiler.

Er macht kehrt.

»Eine Tüte Haribo, bitte.«

Die Verkäuferin grinst.

Vorsichtig legt er die Schachtel mit dem Eiskonfekt auf der Brüstung ab und lässt die Gummibärentüte in seiner Jackentasche verschwinden. Er blickt in den überdachten Innenhof des Kinos hinunter. Betrachtet die Leute, die vor dem Kartenschalter Schlange stehen. Manche hereinkommenden Paare teilen sich wortlos auf, strömen wie auf ein geheimes Signal hin plötzlich voneinander weg, der eine nach links, der andere nach rechts.

Der eine holt die Karten, der andere die Getränke und die Süßigkeiten.

Er beobachtet, wie manche Paare beim getrennten Anstehen die Verbindung halten, wie der eine oder der andere sich in seiner Schlange immer wieder umdreht und ein Nicken, ein Lächeln, einen langen Blick hinüberschickt. Beobachtet, wie dieses Nicken, dieses Lächeln, dieser lange Blick beantwortet wird.

Nicken Kasse.

Nicken Popcorn.

Er versucht, sich vorzustellen, wie er mit ihr durch die gläserne

Schiebetür hereinkommt, wie sie sich wortlos aufteilen. Wer von ihnen würde nach links gehen, wer nach rechts? Vielleicht würden sie sich abwechseln, vielleicht hätten sie mit der Zeit ein eigenes Ritual. Bier und Chips bei Actionfilmen, Süßkram bei Komödien. Würde sie sich nach ihm umdrehen? Würde sie mit langen Blicken, mit einem Lächeln die Verbindung zu ihm halten?

»Wow, du hast ja das halbe Kino leergekauft.« Sie lehnt sich gegen die Brüstung.

»Das Eis schmilzt.« Er streckt ihr die Schachtel hin. Der weiße Reif taut, die Pappe fühlt sich weich und labbrig an. »Das ist als Erstes fällig.«

»Ich werd heut ausnahmsweise mit dir teilen.« Sie lacht und nimmt ihm auch die Bionade und das Wasser ab. »Komm, ich glaub, die Werbung läuft schon.«

Im Halbdunkel folgt er ihr zu den Plätzen, tritt mehreren Sitzenden auf die Füße.

»Ich will auch Popcorn«, wispert eine Frauenstimme.

»Schscht«, zischt jemand aus einer hinteren Reihe, »der Film fängt an.«

Als er sich setzt, stößt sein Kopf beinahe mit ihrem zusammen, seine Lippen streifen ihre Wange. Sie riecht nach Kokosnuss.

»Sorry.«

Sie lächelt und legt die Eiskonfektschachtel auf die gemeinsame Lehne. Er verstaut die Flaschen in den Haltern, klemmt sich die Popcorntüte zwischen die Beine und zieht die Jacke aus. Mit einem surrenden Geräusch gibt der Vorhang den äußeren Rand der Leinwand frei.

»Ich bin gespannt, ob er wirklich so lustig ist, wie alle sagen.« Der Geruch von Schokolade in ihrem Atem. »Aber bisher hab ich jeden Julie-Delpy-Film gemocht.«

»Schscht, Ruhe!«

Wieder die hintere Reihe.

2 Tage Paris.

Komischer Titel, bestimmt so ein Frauenfilm.

Er nimmt sich ein Stück Eiskonfekt. Irgendwo klingelt ein Handy, und ihm fällt siedend heiß ein, dass er seines nicht ausgeschaltet hat. Er nestelt es hervor und aktiviert den lautlosen Vibrationsalarm.

»Alles okay?« Ihre Augen sind im Halbdunkel kaum zu erkennen.

Er nickt, lächelt. Ihre Finger verhaken sich kurz, als sie beide gleichzeitig nach dem letzten Eiskonfekt greifen.

»Halbe-halbe«, flüstert sie. Dann schwebt ihre Hand vor seinem Mund. Seine Lippen berühren ihre Fingerspitzen. Knackend zersplittert die Schokoladenhülle.

»Und jetzt her mit dem Popcorn.«

»Haben, haben, haben.« Er streckt ihr die Tüte hin. Sie lacht leise und greift hinein, und erst da bemerkt er, dass ihre Fingernägel nicht mehr schwarz lackiert sind.

»Oh …« Sie verzieht das Gesicht. »Das ist ja salzig.«

»Salzig?«

»Schscht!«

»Da hat die sich wohl vergriffen. Ich wusst gar nicht, dass es solches überhaupt gibt.«

»Ist nicht schlimm, ich mag das auch.«

»Schscht! Ruhe!«

Ein Lehrer, ganz sicher.

Er dreht sich um und lässt seinen Blick über die hinteren Reihen schweifen. Im wechselnden Licht des Films bleibt er an einem Gesicht hängen, das gerade eine blonde Frau auf die Wange küsst.

Er starrt das Gesicht an, das gar nicht hier sein dürfte. Das die blonde Frau jetzt auf den Mund küsst. Das flüstert und lächelt. Und küsst.

Ihre Hand in der Popcorntüte erinnert ihn daran, dass er sich zusammenreißen muss. Dass er sich umdrehen und nach vorn schauen muss.

Dreh dich nicht um. Schau nach vorne. Dreh dich nicht um. Schau nach vorne. Dreh dich nicht um.

Er isst das Popcorn fast allein. Stopft es mechanisch in den Mund. Ab und zu zwingt er sich zu einem Auflachen, verspätet sich aber immer. Hinkt dem Lachen der anderen Zuschauer hinterher.

Dreh dich nicht um.

Er spürt die Anwesenheit seines Vaters hinter sich wie einen zweiten Rücken.

Dreh dich nicht um.

Gehn wir noch was trinken?« Sie hakt sich bei ihm ein. »In den Schlappen?«

Während er fieberhaft nach einer guten Ausrede sucht, schaut er über die Brüstung und sieht, wie sein Vater neben der blonden Frau den Innenhof überquert und zum Ausgang strebt.

»Ich muss los. Muss noch was erledigen.« Er schüttelt ihren Arm ab und hastet die Treppe hinunter.

»Hey, wo willst du denn hin?« Sie ruft so laut, dass er befürchtet, sein Vater könnte sich umdrehen und ihn entdecken. Doch nichts passiert. Die beiden treten durch die Schiebetür und wenden sich nach rechts Richtung Augustinerplatz. Er lässt ihnen einen Vorsprung, achtet aber darauf, dass er nicht zu groß wird.

Der weiße Rock der Frau schwingt beim Gehen, ihre hohen Absätze klappern laut. Sein Vater hat die Hände auf dem Rücken verschränkt, als müsse er sich selbst zurückhalten. Die beiden gehen schnell, ohne sich zu berühren, doch so eng nebeneinander, dass er die Vertrautheit sehen kann. Am liebsten würde er laut Papa rufen und nicht mehr damit aufhören.

Papa. Papa. Papa.

Doch er folgt ihnen schweigend.

Vor einem gelben Haus bleiben sie schließlich stehen.

Gartenstraße 28.

Sie kramt in ihrer Handtasche.

Er hört beide lachen. Erst sie. Dann ihn. Sieht die Hand in ihrem Nacken, als sie sich vorbeugt, um die Tür aufzuschließen, und für einen Augenblick ist er sich sicher, dass beim Aufrichten gleich das lange, lockige Haar seiner Mutter auf diesen Rücken fallen wird. Dass sie es ist, die dort steht und mit seinem Vater lacht. Anders kann es doch nicht sein. Sein Vater kann doch nicht einer fremden Frau die Hand so in den Nacken legen, wie er es bei seiner Mutter immer getan hat, während sie die Haustür aufschloss.

Papa. Papa. Papa.

Die beiden verschwinden in dem fremden Treppenhaus. Dann geht im dritten Stock das Licht an. Die blonde Frau erscheint am Fenster und zieht die Vorhänge zu. Das Letzte, was er sieht, ist ihr lachendes Gesicht.

Auf dem Rückweg entdeckt er den Wagen seines Vaters in einer Seitenstraße. Statt eines Anwohnerparkscheins liegt der Dienstausweis hinter der Windschutzscheibe.

Er beugt sich über die Kühlerhaube und betrachtet das Foto. Im weißen Licht der Straßenlaterne lächelt sein Vater ihn an. Ein Lächeln, das er schon so oft fotografiert hat, das er in- und auswendig kennt, genau wie dieses Gesicht. Trotzdem wird er das Gefühl nicht los, das Passbild eines fremden Menschen zu betrachten. Ein Mann Ende vierzig, mit eisblauen Augen und einer schiefen Nase, die ihn verwegen aussehen lässt. Ein nicht unattraktiver Mann, der jetzt zwei Straßen weiter eine blonde Frau fickt.

Der erste Tritt überrascht ihn. Der zweite nicht mehr. Er tritt gegen die Fahrertür. Gegen die Plastikleisten. Gegen den Seitenspiegel. Schlägt auf die Fensterscheibe ein. Glas splittert. Aber es ist nur der Seitenspiegel, nur der verdammte Seitenspiegel. Er legt noch mehr Kraft in die Schläge, spürt den Schmerz in seinen Fäusten.

Egal, scheißegal.

Er reißt und zerrt an den Scheibenwischern. Tritt gegen Radkasten und Reifen. Schlägt auf die Windschutzscheibe, schlägt auf das Lächeln darunter ein.

»Erwin, ruf die Polizei, da randaliert einer.« Eine Frauenstimme in seinem Rücken.

Er dreht sich um. Im beleuchteten Hauseingang schräg gegenüber steht eine Frau mit einem kleinen Hund an der Leine.

»He, Sie da, sofort aufhören!« Die Frau schwenkt die Hundeleine, der Hund jault.

Er macht einen Schritt rückwärts, Glas knirscht unter seinen Sohlen. Der Seitenspiegel liegt auf dem Boden, daneben ein verbogener Scheibenwischer. Er hat kein Gefühl mehr in seinen Händen, und die linke muss bluten, er spürt die Feuchtigkeit an seinem Gelenk. Mühsam fischt er den Schlüsselbund aus der Hosentasche und schließt die verbeulte Fahrertür auf. Er steigt ein, packt den Dienstausweis und schmeißt ihn auf den Gehweg. Dann startet er den Motor und gibt Gas.

Diese Straße hier war mal eine ganz berühmte Rennstrecke. Hundertvierundsiebzig Kurven auf zwölf Kilometern! Da ist dein Opa Albert früher gefährliche Rennen gefahren.

Und hat der Opa gewonnen?

Nein, aber er ist auch nie Letzter geworden.

Bist du hier auch gefährliche Rennen gefahren, Papa?

Natürlich.

Er schaltet die Scheinwerfer aus und gibt Gas. Gleitet beinahe schwerelos in der Schwärze des Waldes dahin.

In Sarahs Zimmer brennt Licht. Seine Mutter liegt auf dem Bett und schläft, einen Küchenwecker in der Hand. Vorsichtig breitet er die Tagesdecke über ihr aus.

Dann kehrt er zur Haustür zurück, schließt von innen ab und lässt den Schlüssel stecken.

Die ganze Nacht über bleibt es still.

Kein Klingeln.

Kein Klopfen.

Er liegt da und starrt in die Dunkelheit, bis es langsam hell wird.

Am Morgen zieht er den Schlüssel wieder von der Haustür ab. Dann geht er in die Küche hinüber und richtet alles her. Füllt Pulver und Wasser nach und wirft die Kaffeemaschine an. Schlägt die Tageszeitung auf und breitet sie auf dem Tisch aus. Gießt Milch in einen Teller, gerade so viel, dass der Boden dünn bedeckt ist, und streut Haferflocken hinein. Ein paar klebt er an den Tellerrand, verteilt sie auf dem blauen Porzellan. Die meisten lässt er in der Milch schwimmen.

Acht Uhr.

Oben ist alles ruhig, seine Mutter scheint noch zu schlafen. Er stellt den Teller neben die Zeitung. Legt den Löffel mitten in die Milch, so wie er es immer macht, wenn er mit seinem Müsli fertig ist.

Ein letzter Blick.

Ja, hier hab ich grade gefrühstückt.

Er setzt sich auf die Arbeitsfläche neben der Spüle und kippt das Fenster. Die kalte Luft, die ihm durch den Spalt ins Gesicht weht, erfrischt ihn, gibt ihm das Gefühl, trotz schlafloser Nacht fit zu sein.

Auf dem Gehweg spaziert Frau Reichert mit Bonnie und Clyde vorbei. Einer der beiden hebt das Bein und pinkelt gegen den rechten Pfosten der Einfahrt.

Es beginnt, nach frischem Kaffee zu riechen.

Zehn nach acht.

Und wenn es Mittag wird, ich bleib hier sitzen.

Er springt von der Arbeitsfläche und greift sich eine Tasse aus dem Schrank. Die Maschine ist noch nicht fertig, es zischt, als er die Kanne herauszieht und Kaffee auf die heiße Platte tropft. Er gibt vier Teelöffel Zucker in die schwarze Flüssigkeit und rührt lange um. Gerade als er wieder seinen Platz einnehmen will, hört er das Quietschen des Gartentörchens. Dann Schritte auf dem Kies.

Vorsichtig späht er hinaus.

Sein Vater umrundet den demolierten Wagen.

Schnell jetzt.

Er hastet zum Tisch und setzt sich.

Die Haustür klappt zu.

Sein Vater kommt in Mantel und Schuhen in die Küche und geht direkt zum Kühlschrank. Greift sich den Orangensaft heraus. Knallt eine Tasse auf die Arbeitsplatte.

»Morgen, Papa.« Er blättert geräuschvoll eine Seite der Zeitung um, streicht sie umständlich glatt.

Keine Antwort.

Nur das helle Knirschen des Schraubverschlusses.

Das glucksende Saftgeräusch.

Das dumpfe Poltern von Glas auf der Arbeitsplatte.

»Bist du eigentlich völlig bescheuert?« Sein Vater dreht sich zu ihm um. »Ich hab den Wagen als gestohlen gemeldet. Und jetzt steht er vor der Tür und ist im Arsch!«

»Ich war gestern Abend im Kino. In *2 Tage Paris.*« Er lässt seinen Vater nicht aus den Augen. Doch der dreht sich wieder um, hebt den Arm mit der Tasse und trinkt. Er starrt auf den Rücken und hört das gleichmäßige Schlucken.

»Wieso hast du dein Auto beim Kino geparkt? Du musstest doch arbeiten.«

»Das geht dich nichts an!«

Hart und laut.

»Ach ja, seit wann das denn?«

Genauso hart und laut.

»He, mal nicht in dem Ton, klar?!« Sein Vater kommt herüber. Krachend landet die leere Tasse auf dem Tisch. »Gib den Autoschlüssel her.«

Die Hand seines Vaters macht eine auffordernde Bewegung, doch er ignoriert sie und nimmt einen großen Schluck Kaffee. Verbrennt sich Lippe und Zunge.

»Los, gib her.«

Die Hand wedelt nicht mehr, klopft jetzt auf die Tischplatte. Für einen Moment glaubt er, sie auf seiner Schulter zu spüren.

Simon. Ich muss dir vertrauen können.

»Gib her!«

Die Hand klopft lauter.

Er zieht den Autoschlüssel aus der Hosentasche und legt ihn auf den Tisch. Sein Vater schnappt ihn sich mit der Rechten, als wolle er ihm den Ehering ganz deutlich vorführen. Als wolle er ihm sagen, da, schau hin, es hat sich nichts geändert, das von gestern hat keine Bedeutung.

Ist das so, Papa?

Sein Vater stellt die leere Tasse in die Geschirrspülmaschine, seine Bewegungen sind jetzt ruhig, fast gemächlich. Dann verlässt er die Küche.

Sachte schwingt die Tür zu. Hinter der Milchglasscheibe verschwimmt die Gestalt seines Vaters zu einem schwarzen Schemen, als habe jemand am Schärfenring eines Objektivs gedreht.

Er öffnet die geballten Fäuste.

Wo das V auf dem Kopf stand, ist seine ganze linke Handfläche mit verkrusteten Schnitten übersät. Rot statt Blau.

JO

Es ist der Geruch. Sobald er ihr Treppenhaus betritt und ihn einatmet, scheint er eine Schleuse zu passieren. Mit dem Zuklappen der schweren Haustür und dem Geruch nach Farben, Leim und Terpentin wird alles, was hinter ihm liegt, von ihm abgetrennt. Das klatschende Geräusch von Haut auf Haut. Die Schreie. Die Hand, die seinen Arm auf die Bettdecke zurücklegt. Sein Dienstausweis inmitten all der Scherben auf dem Gehsteig. Simons lauernder Blick. Alles weg. Alles nicht mehr existent.

Wie jedes Mal bleibt er neben den Briefkästen stehen und schaut aus dem kleinen Fenster, das in die Tür zum Hinterhof eingelassen ist. Betrachtet die Fahrräder, das Netz aus Wäscheleinen, das sich über dem schmalen Rasenstreifen aufspannt, die Mülltonnen und die beiden verrosteten Mofas, die am Zaun lehnen, und ist in Gedanken doch schon bei ihr im dritten Stock. Ruft sich wie jedes Mal die letzte Begegnung ins Gedächtnis, das Wann, das Wo, und arbeitet sich darüber zum Wichtigsten vor: zu dem, was er ihr erzählt hat.

Gestern Abend. Kino. Danach zu ihr. Langes Gespräch über ihren Bruder, der die falsche Frau heiraten will. Thomas und Eva wohnen im Sauerland. Ich kann nicht zur Hochzeit kommen, da ich Wochenenddienst hab. Verspreche, mich heute bei den Kollegen nach einer Tauschmöglichkeit umzuhören.

Hab ich ihr sonst noch was gesagt?

Nein.

Er steigt die Treppe hinauf. Der Geruch nach Farben, Leim und Terpentin, der Geruch ihrer Arbeit wird immer intensiver, kitzelt ihn in der Nase. Stufe für Stufe atmet er ihre Nähe ein.

Auf ihrer Fußmatte liegt die Tageszeitung. Er bückt sich und hebt sie auf. Dann klingelt er. Die glockenhelle Melodie ertönt, und er nimmt sich zum wiederholten Male vor, sie zu fragen, ob es die Anfangsakkorde von Lady Greensleeves sind.

Leise summt er mit. Die Melodie verstummt. Gedämpftes Poltern hinter der Holztür. Dann ein metallisches Klirren.

Hat sie wieder auf ihrem Gerüst gearbeitet?

Rasch streicht er sich durchs Haar.

Der Ehering.

Er lässt die Tageszeitung fallen und zerrt ihn vom Finger. Stopft ihn ins Münzfach seines Geldbeutels.

Verdammt, wo bist du bloß mit deinen Gedanken!

Sie öffnet die Tür, als er sich gerade zum zweiten Mal nach der Tageszeitung bückt.

»Überraschung …« Er richtet sich auf und breitet die Arme aus. »Gut oder schlecht?«

»Gut.« Sie lächelt ihn an und legt ihm die Hände in den Nacken. »Sogar sehr gut.«

»Sogar sehr gut.« Er zieht sie an sich, so nah, dass sie ihm mit ihren schweren Arbeitsschuhen auf die Zehenspitzen tritt. »Hmmm … das freut mich.«

»Vorsicht, ich tue dir weh.« Sie will sich von ihm lösen, doch er hält sie fest umschlungen. Vergräbt die Nase in ihrem Haar, das nach Farbe und Terpentin riecht. Und ganz schwach nach Orangenshampoo. Seine Hände gleiten seitlich in ihre weite Latzhose und streicheln ihren Po, ihre nackten Schenkel. Sie quiekt auf und stemmt sich gegen seine Brust.

»Kalt!«

»Dann wärm mich.« Er küsst sie. Langsam und genüsslich. Erforscht ihren Mund, als wäre es das erste Mal. Er sieht nichts mehr. Er denkt nichts mehr. Er fühlt nur noch.

Einen warmen Mund.

Warme Lippen.

Warme Hände.

Warme Haut.

Sie gibt ihren Widerstand auf, wird weich in seinen Armen, schmiegt sich an ihn. Beantwortet seine Zärtlichkeit.

Du bist da.

Ich bin nicht allein.

Du bist da.

Es müssen Minuten vergangen sein, als sie sich voneinander lösen.

»Komm.« Sie zieht ihn mit sich in die Wohnung. Sofort fehlt ihm das Gewicht ihrer Arbeitsschuhe auf seinen Füßen. »Ich bearbeite gerade den lieben Petrus.«

»Du sollst mich bearbeiten, nicht andere Männer.« Er küsst ihren Nacken. Sie lacht. Hell und fröhlich, so wie alles an ihr hell und fröhlich ist. Der Klingelton, ihre Wohnung, ihre Haarfarbe, ihre Stimme, die Art, wie sie ihn mit ihren grünen Augen ansieht, wie ihre Röcke beim Gehen gegen seine Beine schwingen, wie sie sich im Schlaf an seiner Brust zusammenrollt, sogar ihr Name: Marie Himmelsbach.

»Du bist so hell und fröhlich, weißt du das?«

»Versuchst du, mir ein Kompliment zu machen?« Im Vorbeigehen greift sie einen Lappen vom Telefontischchen und biegt in ihr Arbeitszimmer ab. Er folgt ihr, bemerkt dabei aus den Augenwinkeln ein gerahmtes Foto neben dem Anrufbeantworter. Bleibt stehen und betrachtet es genauer. Es zeigt ihn auf ihrem Balkon sitzend, seitliches Profil, den Blick auf den Feldberg gerichtet.

Ein schönes Bild.

Doch dann fällt ihm die schwarze Linie auf, die wie eine Antenne aus seinem Kopf zu wachsen scheint. Er nimmt das Foto in die Hand.

»Kommst du?« Sie klingt ungeduldig.

»Moment.« Sein Zeigefinger fährt die schwarze Linie nach.

Was lehnt an ihrem Balkongeländer?

Die Stange, mit der sie in der Dachrinne herumstochert.

»Hallo?«

»Ja doch, ich zieh bloß meine Schuhe aus.«

Das wär Simon nicht passiert. Bei ihm hätt ich mich umsetzen müssen.

Dass er mir im Kino keine Szene gemacht hat …

Hastig stellt er das Foto zurück. Viel zu nah ans Telefon, sie wird es umschmeißen, wenn sie beim nächsten Anruf den Hörer abnimmt. Vielleicht wird dabei brauner Lack vom Rahmen absplittern, vielleicht wird die Glasscheibe einen Sprung abbekommen. Aber das ist nicht sein Problem, er wird nicht da sein, wenn es passiert.

Er schlüpft aus seinen Schuhen und schiebt sie zwischen ihre, die aufgereiht vor dem Garderobenschrank stehen. Stiefel mit hohen Absätzen, Stiefel mit mittleren Absätzen, flache Stiefel, Schneestiefel, Gummistiefel. Keine Laufschuhe.

Ein Haushalt ohne Laufschuhe.

Deswegen ist er hier.

»Hallo?«

Er geht in ihr Arbeitszimmer hinüber. Sie liegt auf dem Gerüst, direkt unter der Leinwand, die sie an der Decke befestigt hat, und malt mit langsamen Bewegungen. Ihre linke Hand stützt die rechte ab. Vorsichtig klettert er die Leiter hinauf, versucht, jede Erschütterung zu vermeiden.

»Dass ihr Restauratoren sogar zuhause übt.« Er schüttelt den Kopf. »Daran kann ich mich irgendwie nicht gewöhnen.«

»Wieso nicht? Die meisten Leute üben zuhause. Musiker, Schauspieler, Köche, Designer, Ärzte, Moderatoren, Lehrer, Studenten, Schüler.« Die Geschwindigkeit, mit der sie die Liste herunterrattert, sagt ihm, dass sie diese Antwort nicht zum ersten Mal gibt.

Beschwichtigend hebt er beide Hände. »Schon gut, schon gut.« Er klettert die letzten Sprossen hinauf.

»Wir haben nur eine knappe Stunde, dann muss ich die Farben abholen und mit dem Chef meine Analyse für das Abendmahlfresko durcharbeiten.« Sie spricht zur Decke. »Vielleicht hört er jetzt ja endlich auf mich und entscheidet sich für den russischen Restaurator und nicht schon wieder für den Italiener.«

»War der nicht gut?« Langsam streckt er sich neben ihr auf der schmalen Plattform aus. »Oder warum bist du sauer auf den?«

»Ich bin nicht sauer. Das ist eine rein qualitative Beurteilung.« Sie tippt den Pinsel gegen seine Nasenspitze. Die Farbe hinterlässt ein feuchtes Gefühl auf der Haut. »Fast alle russischen Restauratoren sind selbst Maler, die haben ein ganz anderes Gespür, einen ganz anderen Blick. Die Italiener dagegen sind meist nur studierte Restauratoren. *Das* ist der Unterschied.«

»Aha.« Er betrachtet die Szene auf der Leinwand. Seit gestern hat sich viel getan. Jesus und elf der Apostel sind fertig, die Tafel mit Speisen reich gedeckt. Nur Petrus ist noch nicht mehr als ein weißer Fleck, noch nicht mehr als ein paar zarte Bleistiftstriche, die für ihn ohne Brille kaum zu erkennen sind. Er streckt den Arm aus und berührt einen der Nägel, mit denen sie die Leinwand an der Decke befestigt hat. »Deine Nachbarn wundern sich sicher, wenn du gegen ihren Fußboden hämmerst.«

»Danke fürs Gespräch.« Sie verzieht den Mund und tippt erneut mit dem Pinsel gegen seine Nase. Diesmal aber weniger sanft. »Du sollst dich für meine Arbeit interessieren.«

»Das tue ich, Frau Professor, das tue ich.« Er windet ihr den Pinsel aus der Hand und reibt seine bemalte Nasenspitze gegen ihre. »Aber du interessierst mich noch viel mehr als irgendwelche Russen oder Italiener.«

Sie lächelt. Die Falten graben sich tief in ihre Wangen. Ihr Doppelkinn rührt ihn.

Werd ich das bei Anne auch erleben? Falten in den Wangen und ein Doppelkinn, wenn sie den Kopf im Liegen zu mir dreht? Die ersten grauen Haare? Schlaffe Haut an Hals und Oberarmen?

Natürlich schaffen wir das. Wir haben doch schon so viel geschafft.

»Und hast du deine Kollegen gefragt?« Die Falten glätten sich ein wenig. Sie blickt ihn ernst und gespannt an.

Blick halten. Nicht ausweichen und woandershin schauen. Jetzt einfach nah an der Wahrheit dranbleiben. An einer möglichen Wahrheit.

»Ja, hab ich. Und es tut mir sehr leid, aber keiner kann mit mir tauschen. Kowalski und Schneider sind auf Fortbildung. Und Becherer ist noch nicht so weit, dass er schon einen Wochenenddienst allein übernehmen könnte.«

Sie antwortet nicht. Seufzt nur und schließt die Augen.

»Das nächste Mal klappt's bestimmt.« Er streichelt ihre Wange. Feine Goldpartikel schimmern auf ihrer Nase. »Bestimmt.«

»Ich habe bloß einen Bruder, und der heiratet dieses Mal.«

»Ja … Aber da es bereits die dritte Frau ist, schließe ich eine vierte Hochzeit nicht aus …«

»Ich auch nicht.« Sie grinst.

Er küsst ihren Hals. Küsst die weiche Haut unter ihrem Kinn.

»Weißt du, was ich nicht verstehe?« Sie öffnet die Augen und dreht sich ganz zu ihm. »Warum immer du? Seit wir zusammen sind, hast du nur zwei freie Wochenenden gehabt. Und selbst da hattest du noch Notfälle.«

»Beschwer dich bei der Stadt.« Das Holz der Plattform ist grob gemasert. Er folgt den Linien und Wirbeln mit dem Zeigefinger, nähert sich ihrem Oberkörper und entfernt sich wieder. »Wir sind chronisch unterbesetzt, und da muss ich als kinderloser Single eben verstärkt an den Wochenenden ran. Autsch … Mist, verdammter.«

Er zieht einen Spreißel aus seiner Fingerkuppe. Saugt an der kleinen Wunde.

»Deine Arbeitszeiten machen eine Beziehung nicht gerade leicht.« Sie quetscht die Borsten des Pinsels zusammen. Dann lacht sie. Hell und fröhlich. »Na, vielleicht ist das auch gut so. Vielleicht würde ich es mit dir ja gar nicht aushalten. Vielleicht würde ich nach ein paar Tagen einen Koller bekommen und Amok laufen.«

»Ah ja? Gleich ein Amoklauf?« Er rollt sich auf sie. Spürt, wie ihre Brust gegen seine zuckt, und senkt sich noch tiefer auf sie herab, presst sich an sie. Lässt sich von ihrem Lachen streicheln.

SIMON

Wenn du darüber reden willst, du hast ja meine Handynummer. Okay?

Hey, wo willst du denn hin?

Er starrt auf die Klingelschilder, als könne er an ihnen ablesen, wie Elena gleich auf ihn reagieren wird.

Fuchs.

Herrmann.

Bühler.

Ganz normale Nachnamen. Jeder davon könnte auch auf dem Klingelschild der blonden Frau stehen.

Sein Vater und Frau Fuchs.

Sein Vater und Frau Herrmann.

Warum ist er gestern nicht über die Straße gegangen und hat sich die fünf, vielleicht sechs Nachnamen auf den Klingelschildern eingeprägt? Die meisten Nummern hätte er sicher im Telefonbuch gefunden, einige vielleicht über die Auskunft herausbekommen.

Und dann?

Hallo, sind Sie die blonde Frau, die mein Vater fickt?

Sein Finger drückt den weißen Knopf neben Bühler. Es knackt und knistert in der Sprechanlage.

»Ja, hallo?«

Sie ist da.

Er beugt sich zum Sprechgitter hinunter. »Hallo, ich bin's …«

»Ich bin nicht zuhause.«

Das Knacken und Knistern verstummt. Er drückt den weißen Knopf noch einmal.

»Hör auf, sonst stell ich die Klingel ab.«

»Bitte nicht, ich muss mit dir reden. Nur fünf Minuten.«

Ein lautes Schnauben.

»Damit du mich wieder stehn lassen kannst?«

»Ich will dich nicht wieder stehn lassen. Ich will dir nur sagen, was los war.«

Erneutes Schnauben.

»Ja sicher, verarschen willst du mich, mehr nicht.«

»Elena …« Er zieht das E nicht in die Länge, spricht ihren Namen zum ersten Mal richtig aus. Es fühlt sich komisch an. Als würde er eine andere Person damit meinen und nicht sie. Nicht die Eeelena von früher.

»Gestern Abend im Kino …« Er beugt sich noch weiter zum Sprechgitter hinunter.

»Ja?«

»Ich hab dich stehen lassen, weil ich …«

Mann, bin ich müde.

Er richtet sich wieder auf. Wie immer, wenn er zu wenig geschlafen hat, kann er beim Luftholen seinen Brustkorb spüren.

»Ich hab meinen Vater mit einer anderen Frau gesehn.«

Ein gekipptes Milchglasfenster neben der Haustür.

Vielleicht hat's jetzt auch die Nachbarin gehört. Frau Fuchs. Oder Frau Herrmann.

Als das laute Summen des Türöffners ertönt, drückt er nicht gegen den Knauf. Er steht mit hängenden Armen da. Steht einfach da.

Knacken und Knistern in der Sprechanlage.

»Bist du schon wieder abgehaun?«

»Ich überleg's mir grad.«

»Sehr witzig.«

Erneut das laute Summen des Türöffners.

Ihr Zimmer ist winzig. Es misst nicht einmal die Hälfte von seinem, und die dunkelblauen Wände lassen es noch kleiner erscheinen. Ein Bett, ein Kinderschreibtisch, ein Schrank. Und dazwischen, darüber oder daneben: unzählige Regale, bunt zusammengewürfelt. Große, kleine, hängende, stehende.

Das müssen mindestens fünfhundert Bücher sein.

»Ich hab sie nach Ländern sortiert. Dort sind die Skandinavier.« Sie deutet auf ein weißes Hängeregal über dem Bett, dessen Bretter sich unter der Bücherfülle biegen. »Die les ich am liebsten, deswegen haben sie auch den besten Platz bekommen. Dort sind die Engländer und die Amerikaner. Dort die Niederländer und die Deutschen. Und da der Rest.«

»Der Rest der Welt.«

»Ja, so ungefähr.« Sie klingt reserviert, aber nicht unfreundlich.

»Und die da drüben?« Er zeigt auf drei einzelne Bretter, die neben dem Kinderschreibtisch angebracht sind. Einfaches Pressspanholz, ungestrichen.

»Das sind die von meinem Vater. Die, die meine Mutter nicht zerrissen hat.«

Er nickt und blickt zum einzigen Fenster hinüber, das eingekeilt zwischen Schrank und Regal ein Stück Himmel zeigt. Dunkle Regenwolken. Erste feine Tropfen, die unregelmäßig auf der Scheibe zerplatzen. Zögernd. Träge.

Tap.

Tap.

Dazu das Rauschen der Heizung.

Dazu das Rauschen in seinem Kopf.

Dazu eine Müdigkeit, die ihn zu Boden zieht.

Eine Müdigkeit, durchsetzt von aufblitzenden Gedanken.

Durchsetzt von einer aufblitzenden Klarheit, die er nicht mehr denken kann.

Meine zerreißt keine Bücher mehr.

Du lebst dein scheiß Leben weiter, als wär nichts passiert. Du lebst dein scheiß Leben einfach weiter, als wär nichts passiert!

»Mein Vater wollt mir die Regalbretter noch streichen und Buchstützen anbringen, aber meine Mutter hat ihn vorher rausgeworfen.«

Anne, das Leben geht weiter! Und die Müllabfuhr kommt morgen trotzdem, ob's uns nun passt oder nicht.

Ich will so aber nicht weiterleben!

Er macht einen Schritt auf den Regenhimmel zu. Auf dem Fensterbrett Tonfiguren, Tonvasen, Tontassen. Und eine gelbe Plastikente, die ein kleines, aufgeschlagenes Buch zwischen den Flügeln hält.

»Danke, dass du mich reingelassen hast.« Sein Brustkorb, den er bei jedem Atemzug spürt.

»Hat mich selbst überrascht.« Sie geht zum Bett hinüber und setzt sich auf die bunte Tagesdecke, die Beine zum Schneidersitz verschränkt, den Rücken an die Wand gelehnt. »Ich war gestern echt sauer. Im Kino war's schön, und dann rennst du einfach weg.«

»Tut mir leid. Das war ...« Er nimmt die gelbe Plastikente in die Hand. Betrachtet sie von allen Seiten.

© *by LUKO. Made in China.*

»Das war wie im schlechten Film. Ich dreh mich nach diesem Schscht-Menschen um und seh meinen Vater, wie er grad eine blonde Frau küsst.«

Das geht dich nichts an!

Ach ja, seit wann das denn?

Er drückt den weichen Bauch der Plastikente zusammen, spürt den Luftzug an seinen Fingern. »Ich hab dich stehn lassen und bin den beiden gefolgt. Die sind ganz cool durch die Innenstadt gelaufen ... Da hätte weiß Gott wer sie zusammen sehen können.«

Vielleicht war's ja genau das, was er wollte.

Aber wie kann er das wollen?

»Kennst du sie?«

Er schüttelt den Kopf. »Sie sind in einem Haus verschwunden. Gartenstraße 28. Dritter Stock. Er ist erst heut Morgen wieder nach Hause gekommen.«

»O Mann, so ein Scheiß. Das kann er doch nicht machen.« Jetzt schüttelt sie den Kopf. »Ich mein, doch nicht so kurz nach Sarahs Tod ... Deine arme Mutter ... O Mann, deine arme Mutter.«

Ihre Finger, die den Stoff ihrer Hose bearbeiten. Die streichen und glätten. Die herumzupfen und neue Falten aufwerfen.

Der Regen.

Tap.

Tap.

Das Rauschen.

Die Wärme.

Das Rauschen. Jetzt auch in seinen Ohren.

Du hast seit dem Popcorn nichts mehr gegessen. Setz dich, sonst kippst du um.

Er stellt die Plastikente aufs Fensterbrett zurück und geht zu ihr hinüber. Ohne die Schnürsenkel zu lösen, schlüpft er aus seinen Schuhen und setzt sich neben sie aufs Bett. Ihre Finger hören auf, die Hose zu bearbeiten.

Die Wärme lässt ihn gähnen. Sein Kiefergelenk knackt. Er zieht die Beine an. Umschlingt die Knie.

Sind meine Socken eigentlich frisch?

Er schnüffelt. Riecht nichts. Nicht einmal sie, die so nah sitzt.

Nah nebeneinandersitzen wird irgendwann zur Berührung, auch wenn man sich nicht berührt.

Wie nah nebeneinandergehen.

Der weiße, schwingende Rock.

Die auf dem Rücken verschränkten Hände.

»Ich weiß nicht mehr, was ich machen soll. Vor drei Wochen hat meine Mutter sich …« Er spürt die Wand an seinem Hinterkopf, als er das Gesicht zu ihr dreht.

»Hat was?«

»Hat sich die Pulsadern aufgeschnitten.« Ein ausgespuckter Satz.

»Ach du Scheiße!« Zischend saugt sie die Luft ein.

»Und wenn sie das jetzt erfährt …« Er legt den Kopf auf die Knie, schaut zum Regenhimmel hinüber.

Ja, was dann?

Ich will so aber nicht weiterleben!

Er schließt die Augen. Konzentriert sich auf das Geräusch des Regens.

Nur eine Minute. Nur eine Minute so dasitzen.

Seine Ohren glühen.

Seine Wangen glühen.

Sein ganzer Kopf glüht.

Wenn Sarah noch am Leben wär und ich tot, dann hätte sie nicht versucht, sich umzubringen.

Er bewegt den Kopf, aber der Gedanke sitzt fest.

Wenn Sarah noch am Leben wär und ich tot –

»Ich will weg ... Ich will einfach nur weg ...« Seine flüsternde Stimme.

»O Mann, das kann ich verstehn.« Ihre Hand auf seinem Arm. »Ich hol dir schnell was zu trinken, du bist schon wieder so blass.«

Schritte, die sich entfernen.

Das Zuklappen der Tür.

Der Regen.

Das Rauschen.

Der Regen, der rauscht.

Du musst die Augen aufmachen, sonst schläfst du ein.

Ja.

Ja.

Hände drücken gegen seine rechte Schulter. Stoßen ihn um. Er spürt, wie er seitlich wegrutscht. Wie er fällt.

Da ist ein Kissen unter seinem Kopf.

Wo kommt das Kissen plötzlich her?

Er öffnet die Haustür. Alles ruhig. Nirgendwo brennt Licht.

Als er seine Jacke an die Garderobe hängt, klingelt das Telefon. Er zuckt zusammen. Betrachtet die unbekannte Freiburger Nummer auf dem Display.

Vielleicht ist *sie* das?

Bevor der Anrufbeantworter anspringt, nimmt er den Hörer ab.

»Simon Bergmann.«

»Guten Tag, spreche ich mit dem Sohn von Anne Bergmann?«
Eine tiefe, raue Frauenstimme.

»Ja, und mit wem spreche ich?«

Depp, das war viel zu hastig!

Er hält die Luft an.

»Hier ist Dr. Kleinfelder, ich bin die Psychologin Ihrer Mutter.«

Nein.

»Ja ...?« Er wickelt sich die Telefonschnur um den Zeigefinger.
Schluckt, um sich nicht zu räuspern.

»Gut, dass ich Sie erreiche. Ich muss Sie und Ihren Vater dringend sprechen.«

»Ist was mit meiner Mutter?«

Er wickelt weiter.

Und schluckt.

Und hört Dr. Kleinfelder atmen.

»Ja, es ist wegen Ihrer Mutter. Aber das möchte ich Ihnen nicht
am Telefon sagen.« Die Frauenstimme klingt nur noch tief. Alles
Raue ist verschwunden. »Könnten Sie und Ihr Vater heute noch zu
mir in die Praxis kommen? Vielleicht um achtzehn Uhr? Es wäre
wirklich wichtig.«

In seinem Zeigefinger pocht es.

»Ja ... Wir kommen.«

»Gut. Vordere Sunnmatt Nummer siebzehn. Bis gleich.«

»Bis gleich.« Er drückt die Gabel hinunter. Als er den Kopf hebt,
blickt er genau auf die Treppenstufen.

Schau woandershin.

Wenn sie hier ist, ist sie nicht dort.

Hier ist gut.

Hier ist gut.

Zuerst der Keller.

Er rennt nicht. Er geht.

»Mama?« Mit seinem pochenden Zeigefinger drückt er gegen alle Lichtschalter. »Mama?«

Sie sitzt an Sarahs Schreibtisch. Die große silberne Schere in der Hand. Die großen schwarzen Kopfhörer auf den Ohren.

Hier ist gut.

Sie schneidet langsam und konzentriert. Zeitungspapier raschelt in ihren Händen, und bei jeder Bewegung gleitet die Schere durch den Lichtkreis der Schreibtischlampe, blitzen die Scherenblätter auf.

Ihre dünnen Finger.

Messer, Feuer, Scher' und Licht, sind für kleine Kinder nicht.

Und was ist mit Pistolen, Mama? Und Schwertern?

Das reimt sich nicht, Schatz. Aber du hast Recht, die sind auch nichts für kleine Kinder.

Ich bin ein Junge, kein kleines Kind.

Ihr lautes Lachen. Der schmatzende Kuss auf seiner Stirn.

Gemächlich geht er zu ihr hinüber. Geht mit jedem gemächlichen Schritt gegen den Impuls an, hinzustürzen und ihr die Schere aus der Hand zu reißen.

»Ah, da ist er ja …« Sie zieht einen langen, schmalen Papierstreifen aus dem Schuhkarton, der vor ihr steht. Die Scherenblätter blitzen auf. »Ich hab doch gewusst, dass ich den ausgeschnitten hab.«

Ohne hastige Bewegung tritt er in ihr Blickfeld. Sie hebt den Kopf. Nickt ihm zu. So nah bei ihr kann er die Musik hören.

Alicia Keys.

»Was machst du?« Er betrachtet die leere Seite des aufgeschlagenen Fotoalbums.

»Hm?« Sie drückt einen Knopf auf der Fernbedienung und streift die Kopfhörer ab.

»Was machst du?«

»Ordnung.«

Die eine Hälfte des Papierstreifens segelt neben seine Hand.

Der Spielplatz.

Der Baum.

Das gestreifte Absperrband.

Darunter die Bildunterschrift.

Auf dem Mühlenbachspielplatz wurde die Leiche der Sechzehn-jährigen am Freitagmorgen von einer Zeitungsausträgerin gefunden.

Das pfeifende Geräusch der Klebstoffflasche. Ihre Finger, die das durchsichtige Plastik zusammendrücken. Nicht mehr orange ver-färbt. Gerade nicht mehr orange verfärbt.

»Mama, was machst du da?«

»Können wir das morgen Nachmittag abfilmen? Bis dahin müsste ich alles eingeklebt haben.« Mit zusammengekniffenen Au-gen nimmt sie Maß, der Artikel schwebt über der Seite. Mal mehr in der Mitte. Mal mehr am Rand. Langsam senken sich die Hände ab, ein schmatzendes Geräusch ertönt. Dann ein zufriedener Seufzer.

»Sehr gut.«

Der flüssige Klebstoff wellt das Papier, und das Schwarzweiß-foto wirkt auf einmal seltsam verzerrt. Unwirklich. Als würde er den Spielplatz, den Baum und das Absperrband für einen Wim-pernschlag auf dem Grund eines Brunnens erblicken, bevor der nächste Windhauch die Wasseroberfläche wieder verändert und er nicht weiß, ob er sich nicht alles nur eingebildet hat.

Seine Mutter verstreicht die Wellen zu wulstigen Falten.

»Mit einem Prittstift geht's besser.«

»Der ist leer.«

»Dann nimm doch Fotoecken.«

»Können wir das morgen abfilmen oder nicht?«

»Ja. Ja, natürlich.«

Sie greift einen neuen Papierstreifen aus dem Schuhkarton.

»Weißt du, wo Papa ist?« Er beobachtet ihr Gesicht, während er eine besonders große Falte mit dem Daumen bearbeitet. »Dein Auto macht beim An- und Ausschalten komische Geräusche. Ich würd gleich gern mit Papa in die Werkstatt fahren. Das kontrollie-ren lassen, bevor's was Größeres wird.«

»Er wollte heute früher kommen und den Gedenkgottesdienst

für Sarah mit mir besprechen.« Sie wischt seinen Daumen vom Spielplatz und blättert die Seite um. »Er müsste gleich da sein.«

Die hat keine Ahnung, dass er eine andere hat. Die hat so was von keine Ahnung.

Lass mich reden.« Sein Vater öffnet den Reißverschluss, zieht die Lederjacke aber nicht aus. Mit langen Schritten geht er das Bücherregal ab, die Hände auf dem Rücken verschränkt, den Kopf schräg gelegt. »Miller ... Fromm ... Kübler-Ross ... Aha.«

Er beobachtet, wie sein Vater stehen bleibt und ein Buch aus dem Regal greift. Wie er darin herumblättert.

»Aha. Aha.« Das Rascheln der Seiten. »Aha.«

Stell das verdammte Buch zurück und setz dich hin.

Er beugt sich zur Seite und schiebt seinem Vater den zweiten Besucherstuhl entgegen. Doch der schlendert mit dem Buch zum Fenster.

Schaut hinaus. Blättert. Schaut hinaus.

»Aha.«

»Paps.«

»Nicht grade gemütlich hier, oder?« Sein Vater betastet die Heizung. Dreht den Knauf nach rechts. Schließt das gekippte Fenster. »Da friert man sich ja alles Mögliche ab.«

»Paps.« Er zieht den zweiten Besucherstuhl wieder zu sich heran, zieht ihn in die alte Position zurück und klopft auf die Sitzfläche.

»Was denn? Ist doch viel zu kalt hier. Wird man ja wohl sagen dürfen.«

Das Rascheln der Seiten.

So aufreizend laut.

Ihn fröstelt, und er spürt, wie die Müdigkeit zurückkehrt. Wie seine Arme und Beine schwer werden, wie seine Gedanken abdriften und ins Leere laufen. Wie sie aufblitzen. Und ins Leere laufen.

Das kann er doch nicht machen. Ich mein, doch nicht so kurz nach Sarahs Tod ...

Mit einem Prittstift geht's besser.

Hör auf.

»Wir sind viel zu früh.« Sein Vater klappt das Buch zusammen und legt es auf dem Fensterbrett ab. »Zum Psychologen kommt man immer ein paar Minuten zu spät. Das ist das Einzige, bei dem meine Probanden Recht haben.«

Langsam und schwerfällig durchquert Dr. Kleinfelder das Zimmer. Ihr Gehstock schrammt über den Parkettboden, verursacht ein helles Quietschen, das sich mit anderen Geräuschen vermischt. Schuhsohlen auf Holz. Das Knarren einer Lederjacke. Er blickt zur Seite. Sein Vater scharrt mit den Füßen und dreht wieder und wieder den Kopf zum Fenster.

Der weiß, warum wir hier sind.

Ein aufblitzender Gedanke, den er sich nicht erklären kann.

Der weiß, warum wir hier sind.

Woher soll der das wissen?

Während er die arthritischen Hände von Dr. Kleinfelder beobachtet, die zwischen all den langsamen Bewegungen so flink ihren Griff verändern, als wäre der Gehstock eine Klaviertastatur, versucht er, sich an das Wenige zu erinnern, was er im zweiten Semester über Psychologie gelernt hat.

Was hat es zu bedeuten, wenn die Angehörigen einbestellt werden?

Was muss davor passiert sein? Was?

Scheiß Crashkurs, ich hab keine Ahnung, aber der mit seinen sechs Semestern Psychologie weiß Bescheid.

Lass mich reden.

Noch ein Blick zu seinem Vater. Die Füße scharren nicht mehr über den Parkettboden, wippen jetzt lautlos auf und nieder. Die rechte Hand knetet den Schlüsselbund.

»Herr Bergmann … Und Herr Bergmann …« Dr. Kleinfelder nickt erst ihm, dann seinem Vater zu. »Ich bin sehr froh, dass Sie beide gleich kommen konnten. Vorab muss ich Ihnen aber sagen, dass Sie dieses Gespräch Frau Bergmann gegenüber nicht erwähnen dürfen. Das ist äußerst wichtig.«

»Hm … So wie ich das sehe, begehen Sie hier gerade einen sogenannten Parteienverrat.« Sein Vater verschränkt die Arme vor der Brust, die Hand mit dem Schlüsselbund verschwindet unter der linken Achsel. »Ich bin sehr gespannt, wie Sie den rechtfertigen.«

Über das faltige Gesicht von Dr. Kleinfelder huscht ein Lächeln. Sie greift einen gelben Textmarker aus ihrer Kitteltasche und lehnt sich in den Stuhl zurück. »Herr Bergmann, Sie als Sozialarbeiter werden sicher verstehen, dass man manchmal eine Partei verraten muss, um genau diese zu schützen. Ihre Frau liegt mir sehr am Herzen.«

Sein Vater schnalzt mit der Zunge. »Da bin ich aber beruhigt.«

»Das freut mich, Herr Bergmann, Ihre Beruhigung liegt mir ebenfalls am Herzen.« Dr. Kleinfelder räuspert sich. Der gelbe Textmarker fährt durch die Luft, zeigt mit der Spitze auf ihn, nicht auf seinen Vater. »Worüber ich Sie informieren wollte: Ich fürchte, Frau Bergmann hat die Therapie abgebrochen. Sie hat ihre Termine nicht mehr wahrgenommen.«

Die Lederjacke knarrt nicht. Die Füße scharren nicht. Er rutscht auf seinem Stuhl zur Seite, sucht den Blick seines Vaters. Doch der schaut nur zu Dr. Kleinfelder.

»Tja, vielleicht hat das ja was mit Ihnen und Ihrer Arbeit zu tun.« Sein Vater klingt gelassen, beinahe freundlich. Als habe er lediglich eine Bemerkung zum Wetter gemacht.

»Ihre Frau ist nicht mein erster Fall, Herr Bergmann, ich habe über dreißig Jahre Erfahrung. Aber wenn Sie meinen, kann ich Ihnen gerne ein paar Kollegen nennen.« Derselbe gelassene, beinahe freundliche Tonfall.

»Was sollen wir denn jetzt tun?« Er sagt es zu Dr. Kleinfelder, nicht zu seinem Vater. Die Lederjacke knarrt, und er weiß, dass sein Blick nun erwidert würde. Mit einem kurzen Zusammenziehen der Augenbrauen. Mit einem wütenden Zucken um den Mund.

Lass mich reden.

»Sie sollten die nächste Zeit sehr, sehr vorsichtig mit Ihrer Mutter umgehen. Ihr Zustand ist extrem labil.« Der Textmarker fährt nicht mehr durch die Luft, ruht wie eine Zigarette zwischen Dr. Kleinfelders Fingern. Die Spitze ist diesmal auf seinen Vater gerichtet. »Wenn sie sich weiter in ihre Trauer hineinsteigert, vermag ich nichts auszuschließen.«

Können wir das morgen Nachmittag abfilmen?

Können wir das morgen abfilmen oder nicht?

Er starrt auf die geballte Faust, die keine zehn Zentimeter von ihm entfernt den Schlüsselbund birgt. Auf die Finger, die nicht mehr kneten und nicht mehr reiben, die genauso ruhen wie der Textmarker. Die Lederjacke knarrt. Aber sein Vater bleibt stumm.

»Sie werden doch etwas unternehmen, oder?« Seine Stimme klingt nicht nach einer Wetterbemerkung. Er beißt sich auf die Lippen.

»Es tut mir sehr leid.« Dr. Kleinfelder schüttelt den Kopf. Wieder ist alles Raue aus ihrer Stimme verschwunden. »Es gibt keine Möglichkeit, Ihre Mutter zu einer Therapie zu zwingen.«

Draußen regnet es in Strömen. Das Wasser prasselt zu beiden Seiten der überdachten Gasse nieder, und er kann die Gehwege und Straßen außerhalb nur schemenhaft erkennen. Von den unverputzten Wänden hallt das Rauschen und Prasseln, und am Boden gluckert und gurgelt es in der Rinne. Dunkle, glänzende Spuren überziehen das Kopfsteinpflaster, werden immer heller und matter, je weiter sie in die Gasse hineinreichen, und verlieren sich irgendwann ganz. Fahrradreifen. Autoreifen. Schuhabdrücke.

»So ein Seichwetter.« Ganz unvermittelt bleibt sein Vater stehen, und er prallt gegen dessen Rücken. Seine Hände, die Halt suchen, landen auf den Gesäßtaschen der Hose. Er fühlt die Umrisse des Geldbeutels links und die Umrisse des Handys rechts. Rasch löst er sich von seinem Vater und überholt ihn mit einem einzigen großen Schritt, dabei streift er eine Frau, die gerade ihren Schirm ausschüttelt. Feiner Sprühregen landet auf seinem Gesicht.

»Oh, Entschuldigung.« Die Frau klappt den Schirm zusammen. Ihre weiße Jeans klebt durchsichtig an ihren Oberschenkeln.

»Macht nichts.« Er wischt mit dem Jackenärmel über sein Gesicht, reibt die Nässe in seine Haut. Ohne darauf zu achten, ob sein Vater ihm folgt, behält er den Vorsprung bei, geht zügig weiter.

Das kann er doch nicht machen. Ich mein, doch nicht so kurz nach Sarahs Tod ...

Ihr Zustand ist extrem labil.

Er will nicht auf die Schritte hinter sich lauschen und lauscht doch. Versucht, durch das beständige Rauschen und Prasseln, durch das Gluckern und Gurgeln etwas zu hören.

Beschleunigt er? Rennt er mir hinterher?

Durch die Wassergeräusche dringen keine anderen Laute. Also geht er weiter. Geht bis ans Ende der überdachten Gasse. Vor der Wand aus Regen bleibt er stehen. Und jetzt hört er ihn. Der Klang seiner Schritte ist gleichmäßig, genauso unaufgeregt wie die Wetterbemerkung.

So ein Arschloch.

Am liebsten würde er den Kopf in den Regen halten, sich von den schweren, kalten Wassermassen die Gedanken wegprasseln lassen. Spüren, wie die Kälte nach und nach alles betäubt.

»Scheiß Psychologen, die haben doch auch keine Ahnung.« Sein Vater stellt sich neben ihn, die Hände in den Hosentaschen vergraben.

»Komm, tu doch nicht so, dir ist doch scheißegal, was mit Mama los ist.« Er dreht sich um und marschiert wieder in die Gasse hinein.

»Sag mal, spinnst du?« Sein Vater packt ihn am Arm, zwingt ihn, sein Tempo zu verlangsamen.

»Du fickst 'ne andere.« Er schüttelt die Hände ab. Als sie ihn noch einmal packen wollen, schlägt er nach ihnen. Trifft aber nur den Reißverschluss der Lederjacke. »Wir müssen doch zusammenhalten! Wir müssen jetzt Rücksicht nehmen! SCHEISSE!«

Eine alte Frau, die einen Kinderwagen schiebt, schaut erschrocken zu ihnen herüber.

»Sag mal, geht's noch 'n bisschen lauter, oder was?« Jetzt marschiert sein Vater los, marschiert auf das falsche Ende der Gasse zu. Die Hände wieder in den Hosentaschen vergraben. »Ja, ich hab eine Affäre.«

»Wie lange läuft das schon?« Er schneidet seinem Vater den Weg ab. Der dreht sich von ihm weg und blickt in den Regen. Scharrt mit dem Fuß übers Kopfsteinpflaster.

»Vier Monate.«

Im ersten Moment glaubt er, sich verhört zu haben.

Vier Monate.

»Kein Wunder, dass Mama versucht hat, sich die Pulsadern aufzuschneiden.«

Der Schlag trifft seinen Mund. Er schmeckt Blut.

»Scheiße, tut mir leid, das wollt ich nicht.« Sein Vater durchwühlt die Taschen seiner Lederjacke, nestelt eine zusammengeknüllte Papierserviette hervor. »Warte, nimm das.«

»Fass mich nicht an.« Er weicht der Papierserviette aus, geht rückwärts. Als er mit der Zunge über die schmerzende Unterlippe fährt, wird der Blutgeschmack intensiver.

»Simon, bitte, das wollt ich nicht.«

»Liebst du sie?«

Sein Vater blickt erneut in den Regen.

»Arschloch, ich hab dich was gefragt.«

»Ich kann deiner Mutter jetzt nicht die Wahrheit sagen. Nicht jetzt. Hast Dr. Kleinfelder doch gehört.« Sein Vater tritt nah an ihn heran. »Und du wirst ihr auch nichts sagen. Klar?«

»Wie stellst du dir das vor? Hä? Wie soll'n das gehn?« Er brüllt.

Scheiß auf die alte Frau.

»Wenn du ihr was sagst …« Sein Vater tritt noch näher. Die eisblauen Augen schauen ihn ruhig an, und wieder hat er das Gefühl, dieses vertraute Gesicht, diesen vertrauten Blick nicht zu kennen. »Dann bist du schuld.«

Der Zeigefinger, der gegen seine Brust tippt.

Einmal.

Zweimal.

Dann dreht sein Vater sich um und durchquert die Gasse. Er steht da, Blutgeschmack im Mund, und schaut ihm nach, wie er in den Regen hinausgeht, wie die Wasserströme ihn verschlucken und er nicht mehr zu sehen ist.

Der Sand ist dunkel und schwer vor Nässe. Bei jedem Schritt pflügen sich seine Schuhe hindurch, kann er das Gewicht spüren. Er muss an Schnee denken, auf den es geregnet, der sich mit Wasser vollgesogen hat und der unter den Sohlen Stollen bildet. Auf diesem Boden gelingt es ihm nicht, die Kamera beim Gehen einigermaßen ruhig zu halten. Immer wieder wischt seine Mutter aus dem Bild, ist auf dem Monitor auf einmal ein Pfosten der Schaukel zu sehen. Oder eine Stange des Klettergerüsts. Oder einer seiner Schuhe.

Scheiß drauf.

Er geht weiter, achtet nicht mehr auf den Monitor, nur noch auf den unebenen Boden. Je weniger er den Blick hebt, desto weniger sieht er auch vom Spielplatz.

Eine abgebrochene Baggerschaufel im Sand, daneben aufgehäufte Kieselsteine.

Eine zerquetschte Bierdose.

Rote Lollistängel und Zellophanpapier.

Neben der Drehscheibe wartet seine Mutter auf ihn. Ihre Hände umklammern die Seitenstange, und sie sieht in die Richtung, in die er nicht sehen will.

Also weiter auf den Boden gestarrt. Reste einer Sandburg. Die Brücke über den Wassergraben mit Zweigen abgestützt.

»Kommst du?« Seine Mutter umrundet die Drehscheibe. Sie geht schnell, die Arme um den Oberkörper geschlungen.

»Mama, was willst du denn hier?«

»Da vorn hat sie gelegen.« Sie deutet nach rechts.

Ein Holzelefant auf einer rostigen Sprungfeder.

Ein Baum.

Der Baum.

»Mama.«

Sie steht da. Eine Hand auf dem Stamm. Dann legt sie sich hin. Die Arme ausgebreitet, als wolle sie gleich einen Engel in den Schnee wedeln. Aber da ist nur nasse Erde. Da sind nur die knotigen Wurzeln.

Er lässt die Kamera sinken.

»Das war das Letzte, was sie gesehen hat.« Seine Mutter starrt nach oben.

Die knorrigen Äste der Krone.

Erstes knospendes Grün zwischen all dem Braun.

Sachte Bewegungen, je länger man hinschaut.

Und darüber der blaue Himmel, der damals schwarz und wolkenverhangen gewesen sein muss. Kein Mondlicht, keine Sterne. Oder doch? Vielleicht hat es ein kurzes Aufklaren gegeben, eine vom Wind gerissene Lücke aus Licht zwischen all dem Schwarz.

Er versetzt der Drehscheibe einen Stoß. Lauscht dem Quietschen und atmet tief durch. Es riecht nach feuchtem Holz, verrottetem Laub und Rost.

Das war das Letzte, was sie gerochen hat.

Er kann es nicht verhindern.

Ich frag mich, warum Sarah die Party so früh verlassen hat. Elf Uhr. Das ist doch ungewöhnlich früh, oder?« Seine Mutter beugt sich vor und schaltet das Radio aus. Sie klingt aufgeregt. »Ich mein, eure Partys gehn doch nicht vor zehn los.«

»Ich war nie auf den Partys von Sarahs Leuten.« Er gibt Gas und biegt in die Richard-Strauss-Straße ein. Auf dem Gehweg kommt ihnen Frau Reichert mit Bonnie und Clyde entgegen. Sie wechselt die beiden straff gespannten Leinen in eine Hand und hebt die andere zum Gruß. Seine Mutter reagiert nicht, also nickt er Frau Reichert zu.

»Das ist ungewöhnlich. Elf Uhr … Dass sie so früh gegangen ist, ist wirklich ungewöhnlich.« Seine Mutter schaut ihn an. »Dafür muss es doch einen Grund gegeben haben.«

»Hm ...«

Obwohl kein Auto hinter ihm ist, setzt er vor der Garagenein-
fahrt den Blinker. Als er das Lenkrad einschlägt, fasst seine Mutter
ihn am Arm.

»Komm, lass uns zu Gero fahren. Ich will wissen, warum sie so
früh gegangen ist. Er hätte sie nach Hause bringen müssen, schließlich war er ihr Freund.«

»Ach, Mama ... Das bringt doch nichts mehr.«

»Warum denn nicht?« Der Druck auf seinem Arm wird stärker.
Er kann die einzelnen Finger spüren.

Du darfst sie nicht abschütteln.

Klack.

Klack.

Das hektische Blinkergeräusch, das ihn wie eine Schachuhr
mahnt.

Denk was, sag was.

Klack.

Wir müssten abbiegen und fahren die ganze Zeit gradeaus.

Klack.

»Mama, findest du nicht, wir sollten damit aufhörn?«

»Womit denn?«

»Uns nur mit Sarah zu beschäftigen.« Er lässt das Lenkrad los
und dreht sich mit dem Oberkörper zu ihr. Die Hand auf seinem
Arm rutscht ab. »Papa und ich sind auch noch da.«

Klack.

Klack.

»Du bist unfair.« Seine Mutter lässt den Gurt nach hinten schnellen und steigt aus.

Denk was, sag was.

Klack.

Sie wirft die Tür zu und überquert im Scheinwerferlicht die
Straße. Auf ihrem Mantel klebt dunkle Erde.

Wie warmer Sand.

Behutsam fährt er mit dem Zeigefinger über die Sommersprossen auf ihrer Oberlippe. Wischt die letzten Lippenstiftspuren fort.

»Kann ich das Licht wieder ausmachen?«

»Nein, lass mich noch ein bisschen gucken.«

»Gucken, gucken, gucken ...« Sie knipst die Innenbeleuchtung
aus. »Jetzt wird nicht mehr geguckt. Jetzt wird ...«

Seine Unterlippe schmerzt beim Küssen. Aber nach einer Weile
hört das auf. Nach einer Weile ist da nur noch ihr Gesicht in seinen
Händen, das er nicht mehr loslassen will. Seine Fingerspitzen pul-
sieren vor Wärme, und er hat das Gefühl, alles gleichzeitig zu spüren. Ihre Haut, die Wölbung ihrer Wangenknochen, das Beben ihrer Nasenflügel, ihr kleines, knubbeliges Kinn.

»Hey ...« Er löst sich von ihr und schaut sie an. Ihr offenes Haar
fällt ihr ins Gesicht, fließt weich und schwer über seine Hände. Er
streicht es zurück, streicht es ihr hinter die Ohren.

»Hey ...« Sie erwidert sein Lächeln. Ihre Augen glänzen in der
grauen Dunkelheit.

»Hey ...«

Ein Wort, das alles sagt. Das all das Staunen birgt.

»Hey ...«

Sein Handy klingelt. Leise und gedämpft, aber doch laut genug.
Sie rutscht auf den Beifahrersitz zurück.

»Warte.« Er legt seine Hand auf ihren Oberschenkel, lässt sie
dort, während er sich vorbeugt und seine Jacke aus dem Fußraum
greift. Das Klingeln wird lauter, das blaue Licht des Displays leuchtet durch den Stoff der Tasche. Er nestelt sein Handy hervor.

Mama mobil.

Das Handy verstummt.

»Du kannst ruhig zurückrufen.« Sie lächelt ihn an. Ihr Haar ist
wieder straff zum Pferdeschwanz hochgebunden.

»Nein.« Er schüttelt den Kopf. »Jetzt nicht. Jetzt will ich nicht
telefonieren.«

Das Handy klingelt erneut los.

Mama mobil.

Er kurbelt das Fenster hinunter. Lehnt sich hinaus und legt das Handy aufs Autodach. Kalte Luft strömt herein, streift seinen entblößten Bauch. Rasch kurbelt er das Fenster zu. Der Klingelton wird abgeschnitten, ist nur noch ein weit entferntes Geräusch, das ihn nichts mehr angeht. Er rutscht zu ihr hinüber, die Handbremse drückt gegen seinen Unterschenkel und das Lenkrad gegen seine Rippen.

»Hey ...« Sachte zieht er das Gummiband aus ihrem Haar. Berührt ihr Gesicht.

Sie küssen.

Kann man das denn einmal nicht gewollt haben?

ANNE

Mama, stell dir vor, Anka stammt aus demselben Wurf wie ein paar Jagdhunde der Queen.

Schatz, du musst nicht alles glauben, was Gero dir erzählt.

Sie drückt das schmiedeeiserne Tor einen Spalt breit auf und zwängt sich hindurch. Ein ratschendes Geräusch, gleichzeitig wird sie im Vorwärtsgehen gebremst, als habe sie jemand an der Schulter gepackt. Sie macht einen Schritt rückwärts und rupft ihren Wollmantel von dem gezackten Blütenblatt, an dem er sich verfangen hat. Eine Seerose aus Metall.

Ob Anka noch immer frei auf dem Grundstück herumläuft?

Aber dann hätte sie mich schon längst bemerkt und mich laut bellend gestellt.

Sie lauscht. Starrt in die blaue Dämmerung, die sich über den parkähnlichen Garten senkt und vor der sich die Ziersträucher und Bäumchen schwarz abheben.

Heute hat Anka den Postboten zum zweiten Mal gebissen. Geros Papa muss jetzt eine Klingel am vorderen Tor einbauen lassen.

Nein, Schatz, das musste er dann wohl doch nicht.

Sie schließt das Tor hinter sich und überquert die großzügige Einfahrt. Gartenlichter springen an, eilen ihr durch die blaue Dämmerung voraus. Unter ihren Schuhsohlen knirscht der feine weiße Splitt, der wie immer aussieht, als wäre er gerade eben frisch geharkt worden, und wie immer überfällt sie das Gefühl, dass sie die Erste ist, die diesen Weg entlanggeht. Bei jedem Schritt achtet sie darauf, ob sie nicht doch Spuren entdeckt, die dieses makellose Bild zerstören. Eine Zigarettenkippe, ein welkes Blatt, ein Kiefernapfel, ein achtlos weggeworfener Papierschnipsel. Aber da ist nichts, nicht einmal ein Schuhabdruck auf den feuchten Stellen, die noch gestern Regenpfützen gewesen sein müssen. Nur weißer, fein geharkter Splitt. Unbenutzt, unbegangen bis zur geschwungenen Treppe der Villa.

Ob du das auch bemerkt hast?

Mama, stell dir vor …

Ja, Mama stellt sich vor.

Sie greift nach dem Treppengeländer. Fühlt den kalten, rissigen Stein unter ihrer Hand, die weichen Inseln aus Moos und stellt sich ihr Kind auf diesem weißen, weißen Weg vor. Stellt sich vor, wie es nach Anka ruft, ehe es das Tor öffnet. Wie es voll freudiger Erwartung über den fein geharkten Splitt eilt. Wie es hinter einem der Zierbüsche sein Haar noch einmal durchbürstet und sein Make-up überprüft. Wie es diesen grünen, metallisch schimmernden Lidschatten nachzieht, den sie dann auf den Handtüchern wiederfinden und über den sie sich ärgern wird, später, wenn alle schon zu Bett gegangen sind, wenn ihr Kind in seinem Zimmer schläft.

Eine Bewegung zwischen den Zierbüschen.

Aber es ist nur der Wind.

Sie steht da und starrt in die blaue Dämmerung, und ihre Finger rupfen das Moos vom Stein.

Es dauert, bis sie Schritte hört. Dann wird die schwere Eichentür aufgerissen.

»Mann, Leute, ihr habt vielleicht Nerven! In einer Stunde kommen die ersten –«

Gero steht vor ihr. Braun gebrannt, das Haar jetzt halblang.

Die von Gerlachs haben ein Haus auf Mallorca. Gero hat gesagt, ich darf in den Sommerferien mit.

So, so, Schatz, hat Gero das gesagt.

»Hallo … Frau Bergmann.« Er weicht kaum merklich zurück und lehnt sich gegen die Tür.

»Hallo, Gero.«

»Entschuldigung, ich dachte, Sie wären … Ich warte auf Freunde.«

»Ich will nicht lange stören.« Sie nimmt ihre Handtasche von der Schulter und klemmt sie sich unter den Arm. »Ich will nur kurz mit dir reden.«

»Ja, natürlich. Ja …« Er macht eine Handbewegung. »Bitte kommen Sie herein.«

»Danke.« Sie tritt in den hell erleuchteten Flur, spürt, wie ihr Mantel Gero streift, und hört das knirschende Geräusch des Splitts, den sie in die Villa trägt.

»Geradeaus weiter, Frau Bergmann.«

»Ich weiß.«

Sie geht an den vielen Spiegeln vorbei. Sieht sich selbst, ihre Bewegungen in willkürliche Einzelmomente zerhackt.

»So …« Er öffnet die Flügeltür. »Bitte nach Ihnen.«

Im Salon verrücken drei junge Männer die Möbel. Metallfüße schrappen über den Parkettboden, Gummisohlen quietschen, in den Regalfächern fallen polternd Bücher um. Es riecht nach Schweiß und kaltem Zigarettenrauch.

»Da entlang, bitte.«

Sie folgt Gero durch den Salon. Weicht wie er einem kleinen Jungen aus, der auf dem Boden kniet und ein Transparent bemalt.

Happy Birthday, Gero!

Und daneben eine riesengroße bunte Zahl.

Zwanzig Jahre.

»Ich gebe heute Abend eine kleine Party.« Geros Hand schwebt über ihrem Arm, aber er berührt sie nicht. »Lassen Sie uns ins Arbeitszimmer meines Vaters gehen, da sind wir ungestört.«

Sie nickt.

»Fuck, ist der schwer.«

»Achtung!«

Ein Flügel wird an ihr vorbeigerollt, prallt beinahe gegen einen Schrank.

»Mensch, passt bloß auf, der ist teuer!« Mit einem Kopfschütteln

202

schließt er die Tür des Arbeitszimmers, und die Geräusche verstummen. »So ... Hier haben wir unsere Ruhe. Nehmen Sie bitte Platz.«

»Danke.« Sie setzt sich auf einen der beiden Stühle, die vor dem massiven Schreibtisch stehen, und blickt sich rasch im Zimmer um. Dunkle, getäfelte Holzwände, eine alte Standuhr, Orchideen auf den Fensterbrettern, Aktenordner auf einem altmodischen Beistelltisch. In der Luft der süßliche Geruch von Pfeifenrauch.

»Äh, möchten Sie was trinken?« Er zieht den Lederstuhl seines Vaters näher an die Schreibtischplatte heran, die breit und wuchtig zwischen ihnen ruht.

»Nein danke.« Ihre Handtasche rutscht von der glatten Lehne und fällt zu Boden. Sie lässt sie liegen. Faltet ihre Hände im Schoß und schaut ihn an.

Von den Jungs in unserer Theatergruppe ist Gero der schönste. Alle Mädchen wollen mit ihm gehen.

Braun gebrannt.

Die Haare jetzt halblang.

Zwanzig Jahre.

Er räuspert sich. Seine Finger biegen eine Büroklammer auf.

Ich will die Pille haben.

Schatz, ist das nicht ein bisschen früh? Du bist fünfzehn.

Nein, sechzehn.

Aber erst in vier Wochen, und so lange seid ihr doch noch nicht zusammen, oder? Zwei Monate?

Vier, und wir lieben uns.

Seine Finger verbiegen den silbernen Draht zu einem Dreieck. Ziehen ihn wieder auseinander. Verbiegen ihn zu einem Quadrat. Sie möchte die Hand ausstrecken und diese Finger berühren.

Ich brauch nur einen Moment.

Stattdessen schlägt sie die Beine übereinander, das Sitzpolster verrutscht mit einem schmatzenden Laut.

»Mir geht da etwas nicht aus dem Kopf, und vielleicht kannst du mir ja weiterhelfen. Ihr wart doch damals gemeinsam auf der Party, Sarah und du.«

Er nickt und weicht ihrem Blick aus.

»Was ich nicht verstehe –«

Lautes Klopfen. Dann öffnet sich die Tür, und ein Mädchen stürmt herein.

Sarahs Alter.

»Entschuldige die Störung, Schatz, aber wo hast du die Kellerschlüssel hin? Wir brauchen noch ein paar Gartenstühle.« Das Mädchen lächelt sie an.

Auch ein sehr hübsches Gesicht.

»Frau Bergmann, das ist Nora. Nora, das ist Frau Bergmann.« Sein Arm fuchtelt durch die Luft, fuchtelt nach links und nach rechts.

»Oh ... Hallo ... Hallo, Frau Bergmann.«

Auch blaue Augen.

Die Hand, die sie drückt, ist warm.

Eine kleine, warme Hand.

Mama, stell dir vor ...

»Äh ...« Gero räuspert sich erneut.

»Hallo, Nora, freut mich, dich kennenzulernen.« Sie lässt die kleine, warme Hand los.

»Die Schlüssel liegen auf der Küchenanrichte. Wenn nicht, frag Falk.«

»Alles klar. Tschüss, Frau Bergmann.« Nora nickt ihr zu. Die blonden Locken fallen ihr in die Stirn. Werden mit einer so vertrauten Bewegung zurückgestrichen.

Das leise Klappen der Tür.

»Entschuldigen Sie bitte, jetzt werden wir nicht mehr gestört.«

»Das macht nichts. Deine Freundin ist ja eine ganz Süße.«

Er nestelt an seinen Ärmeln herum.

»Wir sind noch nicht lange zusammen ...« Er krempelt die Aufschläge hoch. »Erst seit einem Monat.«

Vier, und wir lieben uns.

Sie legt ihre Hände wieder in den Schoß.

»Also, was mir nicht aus dem Kopf geht, was ich nicht verstehe: Warum hat Sarah die Party so früh verlassen? Es war noch nicht einmal Mitternacht, da gehen eure Partys doch normalerweise erst los. Und warum ist sie allein nach Hause gegangen?«

Er greift nach der aufgebogenen Büroklammer. »Das war, weil … Ich war an dem Abend ziemlich betrunken. Sarah und ich hatten Streit … Und dann war sie auf einmal weg.«

»Warum habt ihr gestritten?«

Er zuckt mit den Schultern. »Wegen dem Üblichen halt. Sie war sauer, weil ich so viel getrunken hatte. Und so.«

Seine Finger verbiegen und verbiegen.

Draußen poltert und scheppert es. Dann ertönt lautes Lachen. Sie bückt sich nach ihrer Handtasche und steht auf.

»Danke, du hast mir sehr geholfen.«

Ich hab ihn nicht nach Anka gefragt.

Sie geht den weißen, weißen Weg entlang und leert mit beiden Händen die Taschen ihres Mantels. Lässt eine Kinokarte, eine Fünfcentmünze, ein Haargummi und ein Pfefferminzbonbon auf den frisch geharkten Splitt fallen.

Sie steht vor der angelehnten Schlafzimmertür, eine Hand auf der Klinke, und lauscht dem kratzenden Geräusch der Kugelschreibermine.

Dann bricht es ab.

Papier raschelt, wird bündig geklopft, das scharfe Klacken des Tackers ertönt. Sie hört ihn seufzen und etwas murmeln, hört, wie er den Kugelschreiber gegen die Kante der Schreibtischplatte schlägt. Wieder und wieder.

Sie drückt die Tür ganz auf und betritt das Schlafzimmer. Er dreht den Kopf in ihre Richtung, und sie erkennt an seinem Gesichtsausdruck, dass er überrascht ist, sie zu sehen. Dass er gedacht hat, es wäre Simon, der hereinkommt.

»Stör ich?«

»Du störst nie.« Er legt den Kugelschreiber weg und dreht sich um. Die Stuhllehne stößt gegen den Schreibtisch.

»Schwieriger Fall?«

Er nickt und zieht den Hocker für sie heran. Wischt mit seinem Pulloverärmel über die Sitzfläche, bis das blaue Plastik glänzt.

»Du siehst müde aus.« Sie setzt sich. Ihre Zehenspitzen in den groben Wollsocken berühren seine nackten.

Mama, Gero und ich haben dieselbe Schuhgröße.

Sie rückt ein wenig von ihm ab, schlägt die Beine übereinander. Jetzt berühren sich ihre Knie.

»Du auch. Vielleicht sollten wir den Mittagsschlaf wieder einführen.« Er lächelt. Eine Staubfluse klebt auf seinem Pulloverärmel.

»Den Mittagsbubu.«

Das Lächeln verschwindet. Seine Lippen bewegen sich stumm. Er streckt die Hand aus und streichelt ihre Wange.

»Den Mittagsbubu …« Er sagt es sehr leise. Sie zupft die Staubfluse von seinem Ärmel. Entdeckt ihre eigenen Haare in dem Gewöll, eingeflochten in das pelzige Grau wie dunkle Fäden. Sie zieht eines heraus, das sich sofort zusammenkringelt, braun, nicht blond, auch wenn es im Licht der Schreibtischlampe für einen Moment so ausgesehen hat. Dunkles, dunkles Braun. Vielleicht sollte sie unter Sarahs Bett nach Staubflusen suchen, vielleicht im Bad hinter den Regalen. Vielleicht an Orten, an denen sie seit Jahren nicht mehr gesaugt hat.

Sie lässt das Haar los und schaut zu, wie es auf seinen Fuß fällt. Wie es sich auf seiner hellen Haut zusammenkringelt.

»Anne …« Er räuspert sich.

»Ja?« Sie zieht ein weiteres Haar aus der Fluse. Hält es unter das Licht der Schreibtischlampe.

Braun.

»Ach, nichts …«

Das Haar segelt zu Boden, wird von dem dunklen Muster ihres Wollsockens geschluckt.

»Nichts …«

Seine Hand auf ihrer Wange, sein Zeigefinger, der streichelt und streichelt. Die Wärme tut gut. Sie schmiegt ihr Gesicht in die Umarmung, und sofort ist seine zweite Hand auf ihrer anderen Wange.

Jetzt.

»Du musst mir helfen.«

»Wobei denn, Liebes?«

»Versprich mir erst, dass du mir hilfst, ja?« Zwischen seinen Händen klingt ihre Stimme tiefer, klingen die Worte, als kämen sie von weit her.

»Versprochen.«

»Ich will mir Sarahs Obduktionsbericht ansehn.«

Der Zeigefinger streichelt nicht mehr. Ohne seine Hände fühlen sich ihre Wangen seltsam kühl an.

»Das kommt überhaupt nicht in Frage.«

»Dr. Kleinfelder ist auch dafür.« Sie schnipst die Fluse in seine Richtung. »Sie sagt, dass ich jetzt so weit bin, meine Therapie macht gute Fortschritte.«

»Anne, vergiss es.« Er schiebt den Schreibtischstuhl zurück und steht auf.

»Du hast Sarah doch auch gesehn.«

»Ja, aber das ist was anderes.«

»Nein, ist es nicht.« Sie springt auf. Der Hocker poltert gegen den Papierkorb, der kreiselnd umkippt. Eine Druckerpatrone fällt heraus, Karteikarten rutschen über den Boden. »Ich weiß, dass eine Kopie des Obduktionsberichts in der Pathologie verwahrt wird.«

Er schüttelt den Kopf und beugt sich über den Schreibtisch. Kehrt ihr den Rücken zu, während er einen Aktenordner durchblättert und nach dem Kugelschreiber greift.

Sie ballt die Fäuste. »Ich bin ihre Mutter, Jo, ich muss sie sehn. Ich muss. Und du musst mir helfen, du schuldest mir diesen Abschied.«

»Nein, das lass ich nicht zu!« Er schlägt auf die Schreibtischplatte. »Niemals!«

»Warum nicht? Warum denn nicht?« Sie schreit, so laut sie kann.

Er dreht sich zu ihr um. »Weil ich dein Mann bin und dich nicht auch noch verlieren will.«

Sein geflüsterter Satz lässt sie ganz ruhig werden. Sie bückt sich, hebt den Papierkorb auf und wirft die Karteikarten, die zerknüllten Taschentücher und die Druckerpatrone wieder hinein. Eine schwarze Bananenschale in der Hand, geht sie zur Tür.

»Wer gibt dir das Recht, Jo? Wer?«

JO

Der Whisky ist fast leer. Also trinkt er die letzten Schlucke direkt aus der Flasche, die Anne als Gratisprobe geschenkt bekommen hat, und lässt das Glas mit den Eiswürfeln auf dem Tisch stehen.

Vier Wochen Schottland zu viert.

Die Zukunft?

Drei Wochen Schottland zu dritt.

Prost.

Die Schärfe des Alkohols verursacht ihm eine Gänsehaut. Er schüttelt sich. Wischt sich mit dem Handrücken ein paar Tropfen vom Kinn und wirft die Flasche in den Papierkorb, wo sie dumpf auf dem Plastikboden aufschlägt.

Ich hasse Whisky.

Er schiebt die Weinflaschen beiseite und durchsucht das Buffet nach Schnaps. Aber er findet nur Eierlikör. Er nimmt die Flasche und knallt das Türchen zu, das sofort wieder aufspringt und gegen seinen Ellenbogen schwingt.

»Verdammte Scheiße!« Er knallt es noch einmal zu. Der Schlüssel fällt zu Boden, und das ganze Buffet vibriert. Als er das Wohnzimmer durchquert, hört er in seinem Rücken das Quietschen des Türchens.

Ach, leck mich doch am Arsch.

Ohne Licht zu machen, steigt er die Treppe hinauf. Bei jeder Stufe klirren die Eiswürfel im Glas, streift die rote Schleife am Flaschenhals seinen Handrücken.

Sich mit Eierlikör besaufen, wie erbärmlich.

Vor Simons Zimmer schraubt er den Verschluss auf und will

schon das Glas füllen, da bemerkt er die blaue Schimmelhaube in der Öffnung.

War ja klar.

Er legt die Flasche aufs Bügelbrett, das irgendjemand in den Flur gestellt hat, legt sie zwischen seine Ruderausrüstung und eine Skijacke und klopft.

»Ja?«

Mit dem Glas voller Eiswürfel tritt er ein. Sein Sohn sitzt auf dem Bett, weiße Kopfhörer in den Ohren. Der Bass wummert bis zu ihm herüber, ein Wunder, dass sein Klopfen überhaupt gehört wurde.

»Stör ich?«

Simon murmelt etwas Unverständliches, zupft sich die Kopfhörer aus den Ohren und rutscht zur Bettkante vor. Dabei fällt das Licht der Nachttischlampe auf sein Gesicht, und er kann die geschwollene Unterlippe deutlich sehen.

Scheiße.

»Tut es noch sehr weh?« Er tippt mit dem Zeigefinger gegen seinen eigenen Mund. »Hast du Salbe draufgetan?«

»Was willst du?« Simon wickelt sich ein Kabel um die Hand, den Kopf gesenkt, als müsse er sich voll und ganz auf diese Arbeit konzentrieren.

»Mit dir reden.«

»Bin ich ja gespannt.«

Er verkneift sich eine Antwort. Atmet tief durch. Das kalte Metall der Klinke drückt gegen seinen Arm, erinnert ihn daran, dass er immer noch gehen kann. Die Tür auf und raus. Das Auto schnappen und durch den Wald fahren, bis man wieder klar sieht, bis man wieder verlässlich funktioniert.

Ich bin ihre Mutter, Jo, ich muss sie sehn.

Gas geben. Den Oberkörper weit übers Lenkrad beugen, ganz Teil des Augenblicks sein und auf nichts anderes achten als auf den schlammigen Forstweg, den die Scheinwerfer aus der Dunkelheit schneiden.

Fahren.

Das Zucken der Lider bei jedem Ast, der gegen die Windschutz-scheibe schlägt. Das Vibrieren des Lenkrads zwischen den Händen. Das Holpern und Rütteln am ganzen Körper.

Fahren.

Er stößt sich von der Tür ab und durchquert das Zimmer. Hält Simon das Glas mit den Eiswürfeln hin.

»Hier, das hilft gegen die Schwellung.«

»Gab's nix mehr zu trinken?«

Mit der lädierten Unterlippe sieht das Grinsen nicht schaden-froh, sondern traurig aus.

Paps, ich bin mit dem Mountainbike gegen eine Parkbank ge-dotzt.

Und dann nimmt man ihn in den Arm. Streichelt den schmalen Rücken in dem viel zu großen Kapuzenpulli. Und wenn das Schluch-zen aufhört, wuschelt man durch den dichten Haarschopf und schickt ihn zu seiner Mutter, die Wunde an der Lippe versorgen.

Wie einfach.

»Hier.«

Ohne Glas spürt er seine eiskalten Fingerspitzen. Er reibt die Hände gegeneinander. Reibt auch noch, als sie längst warm sind.

»Ich hab nicht den ganzen Abend Zeit.« Das Glas vergrößert die schwarzrote Kruste.

Gas geben.

Fahren.

Er setzt sich neben seinen Sohn, der sofort von ihm abrückt. Der bunte Flickenteppich verrutscht, legt zwei Dielenbretter frei. Dunkle Maserungen, helle Wirbel.

Vier Astlöcher.

Nein, fünf.

Das Klirren der Eiswürfel.

»Simon … Ich will, dass du mich verstehst … Ich hab nicht nur deine Schwester verloren … sondern auch deine Mutter.« Er spricht langsam, lauscht seinen Worten nach, als würde ihm diese Tatsache gerade selbst erst klar werden. Als müsse er die Richtigkeit dieses Gedankens beim Aussprechen überprüfen.

Ja, so ist es: Ich hab sie beide verloren.

»Und da nimmt man sich einfach eine Geliebte.« Krachend stellt sein Sohn das Glas auf den Nachttisch. Die Eiswürfel schaukeln in ihrem eigenen Wasser auf und ab.

»Simon, so ist es doch nicht, ich –«

»Weiß sie, dass Mama versucht hat, sich umzubringen?«

Fünf Astlöcher.

»Dass Sarah tot ist?«

Mit dem rechten Fuß schiebt er den Flickenteppich noch weiter vom Bett weg.

Jetzt drei Dielenbretter.

Noch mehr dunkle Maserungen, noch mehr helle Wirbel.

Aber kein neues Astloch.

»Paps.«

Etwas in der Stimme seines Sohnes lässt ihn aufblicken.

Die lädierte Unterlippe zittert.

»Simon …« Er schüttelt den Kopf.

Nicht, Kind, nicht …

»Paps.« Jetzt zittert auch das Kinn.

Nicht …

»Paps!«

»Sie weiß nicht mal, dass es euch gibt.«

Ein wimmernder Laut. Hoch und dünn. Schrecklich hoch und dünn.

Sein Kind steht auf und geht zum Fenster. Über dem breiten Rücken spannt sich das Hemd.

»Simon …«

Sein Kind steht mit hängenden Armen da und bewegt sich nicht.

»Simon … Manchmal ist deine Mutter so, dass ich denke: Ja, schaffen wir, wird wieder. Und dann halt ich noch ein bisschen durch. Und noch ein bisschen und noch ein bisschen.« Das Bett quietscht, als er sich erhebt.

»Simon ...« Er legt alles, was er hat, in seine Stimme. »Simon ...«
Aber das reicht nicht.

Und dann nimmt man ihn in den Arm. Streichelt den Rücken,
der so breit ist, dass das Hemd spannt. Und wenn man durch den
Haarschopf wuscheln will, dann muss man die Hand nach oben
strecken.

»Und wie soll's jetzt weitergehn?« Sein Kind dreht sich um und
schaut ihn an.

Zwischen ihnen das halbe Zimmer.

Und dann nimmt man ihn in den Arm.

»Ich weiß es nicht.«

»Paps, du musst dich entscheiden.«

»Ja ...« Er bückt sich und zieht den Flickenteppich wieder an
seinen Platz zurück. »Ja ...«

Anne ...« Seine Hand tastet nach dem Lichtschalter. »Anne, wach
auf.«

Sie bewegt sich. Stoff raschelt, das Bett knarrt. Dann flutet Licht
das Zimmer, und einen Atemzug lang sieht er nur den Körper unter
der Decke, und alles könnte so sein wie immer.

Mensch, Papusch, mach das Licht aus. Ich schlaf schon.

Und das in den Ferien ... Gute Nacht, Motzkopf.

»Was ist?« Sie blinzelt ihn an.

Er lässt die Tür los und geht zum Bett hinüber. Unter seinen Füßen federt der Boden, gibt bei jedem Schritt ein wenig nach, als
laufe er über eine sumpfige Wiese.

Scheiß Eierlikör.

Die Bettkante drückt gegen seine Kniescheiben. Er setzt sich,
wartet, bis die Matratze zu schwingen aufhört.

»Was willst du? Ich hab schon geschlafen.« Sie richtet sich auf.
Die Decke rutscht von ihrem Oberkörper, und Balu, der Bär, tanzt
auf dem rosa Nachthemd. Er streckt die Hand aus, aber sie zuckt
zurück.

»Das ist nicht dein Nachthemd.«

»Du hast getrunken.« Sie rutscht von ihm weg. Rutscht auf die andere Seite und schüttelt die Decke ab. Doch bevor sie aufstehen kann, packt er sie an den Schultern und zieht sie wieder zu sich.

»Komm, Anne … Komm jetzt mit.«

»Lass mich los.« Ein Arm stemmt sich gegen seinen Hals, ihr Haar streift sein Gesicht.

»Komm jetzt mit.« Er umschlingt sie, presst ihren Oberkörper an sich. Seine unrasierten Wangen kratzen über ihre Haut. »Das ist nicht unser Zimmer. Wir haben ein eigenes, du und ich. Ein eigenes Zimmer. Du darfst dich nicht immer davonschleichen … Warum schleichst du dich immer von mir davon?«

»Lass mich los, du tust mir weh.« Sie strampelt mit den Füßen. »Lass mich sofort los.«

»Komm … Wir gehn jetzt in unser Zimmer.« Er steht auf und zieht sie mit sich. »Komm.«

»Unser Zimmer gibt es nicht mehr.« Ihre warmen Lippen bewegen sich ganz nah an seinem Ohr. »Unser Zimmer kann es nie mehr geben. Das ist jetzt mein Zimmer.«

Er lässt sie los. Sie strauchelt und hält sich an ihm fest, er spürt ihre Hände auf seinen Schultern. Dann hat sie das Gleichgewicht wiedergefunden.

Sie steht vor ihm, wie sie schon so oft vor ihm gestanden hat. Zwei Köpfe kleiner als er. In einem Nachthemd.

Ich hab mit dem Schlafengehn auf dich gewartet.

Sie steht da und erwidert seinen Blick. Auf ihrer Brust tanzt Balu, der Bär.

Gas geben.
Fahren.

Da stimmt ja gar nichts …« Sie versucht, die Türen zu schließen, aber beide verkanten sich auf halber Stecke, bilden ein Dreieck, das wie ein Spitzdach auf dem Schrank sitzt. »Der geht ja nicht mal zu.«

Ungeduldig rüttelt sie an den Griffen, die er nur provisorisch angeschraubt hat, und das Dreieck wippt auf und nieder. Um die An- geln herum bemerkt er erste Risse im Pressspanholz.

»Hör auf, du machst es nur schlimmer.« Er schiebt sie beiseite. »Der Rahmen hängt durch, ich muss die Fächer einbauen. Das ist alles.«

»Das glaub ich nicht. Gib mir mal die Anleitung, ich helf dir.« Aus den Taschen ihrer Latzhose nestelt sie einen Zollstock und eine kleine Wasserwaage hervor.

»Lass mal, ich weiß, wo der Fehler liegt.« Vorsichtig zieht er die Schranktüren auf. »Ist gleich erledigt.«

»Du bist mir ja ein lustiger Handwerker.« Sie bückt sich und schichtet die Kartonverpackungen auf einen Haufen. »Was hast du denn gegen Anleitungen?«

»Nichts. Wolltest du nicht Kaffee kochen?«

»Bin ja schon weg.« Im Vorbeigehen streichelt sie seinen Na- cken. »Männer ...«

»Das hab ich gehört, Frau Himmelsbach.«

»Hoffentlich.« Sie wirft ihm eine Kusshand zu. »Bekomm ich jetzt einen Bewährungshelfer?«

»Du bekommst gleich den Hintern versohlt.«

»Oh ja ...«

Ihr Lachen entfernt sich, wird leiser und leiser. Er öffnet das Tüt- chen mit den Holzdübeln, nimmt eine Handvoll heraus und greift nach dem Hammer.

»So. Zuerst oben.« Die vorgebohrten Löcher in den Schrank- wänden sind kaum zu erkennen, also fährt er mit dem Zeigefinger über das Holz. Tastet umher, bis er das richtige Loch gefunden hat. Er steckt einen Dübel hinein und schlägt zu.

»Aua!« Er lässt den Hammer sinken und reibt sich die Augen. Das Sägemehl scheuert schmerzhaft, und er sieht nur noch ver- schwommen.

Scheiß Billig-IKEA, kann die sich nicht was Richtiges kaufen?

Er verpasst der Schrankwand einen Fausthieb. Und gleich noch einen.

Über seinem Kopf knackt es trocken, und ehe er zur Seite springen kann, kracht eines der Rahmenbretter auf seine Schulter.

»Jetzt reicht's mir aber!« Er treibt den Hammer in die Schrankwand. Wieder und wieder. Holz splittert, Metall knirscht. Der Hammer trifft die Angeln, ein helles, fast klirrendes Geräusch ertönt, und die rechte Tür sackt nach unten weg, prallt auf den Boden. Eine der Kanten schrammt gegen seinen Knöchel. Der Schmerz schießt heiß sein Bein empor, lässt ihn nach Luft schnappen.

»Verdammter Scheißdreck! Elender!«

Er tritt und schlägt um sich. Gerät aus dem Gleichgewicht. Taumelt. Stößt mit der Schulter gegen Holz. Fängt sich. Tritt und schlägt weiter.

Irgendwann ist der Hammer weg, und er reißt und zerrt mit den bloßen Händen an allem herum, was er zu fassen bekommt. Bretter. Leisten. Ecken. Kanten.

»Elender! Du elender Scheißdreck! Du ... Du ...«

Dann bricht der Schrank zusammen. Kippt ihm in Zeitlupe entgegen, und die langsamen Bewegungen, mit denen die Bretter sich verschieben und auseinandergleiten, scheinen ihn zu verspotten.

Du kannst es aufhalten.

Noch kannst du es aufhalten.

Noch.

Noch.

Das laute Poltern und Scheppern beendet das Spotten, die Bewegungen erlangen ihre gewohnte Schnelligkeit zurück. Bretter rutschen über den Boden, im Luftzug wölben sich die Kartonverpackungen, und die Anleitung segelt vor seine Füße. Er hört sich selbst keuchen. Schweiß läuft ihm übers Gesicht, brennt in seinen Augen.

»Sag mal, bist du noch ganz dicht?« Sie steht im Türrahmen und fuchtelt mit einem Geschirrhandtuch herum, als wolle sie den Staub verwedeln, den der Schrank aufgewirbelt hat.

»Ich kauf dir einen neuen.« Er reibt seine Augen.

Sie starrt auf den Bretterhaufen. In ihrem Gesicht zuckt es. Und dann ist es da, ihr Lachen. Flutet hell heran und reißt alles mit sich, spült alles fort. Er schüttelt die schmerzenden Arme aus und geht zu ihr.

»Ist der Kaffee fertig?«

ANNE

Zuerst das überstehende Efeu.

Sie klatscht in die Hände, bis sie einigermaßen warm sind. Dann zieht sie sich die Mütze tiefer ins Gesicht und steckt die Schalenden in den Kragen ihrer Jacke.

»Ich hätt an Handschuhe denken sollen.« Das ewige Licht flackert unruhig auf, als sie sich vorbeugt und eine dicht verwachsene Ranke von der steinernen Einfassung löst. Sie durchtrennt die dünnen Zweige mit der Gartenschere, stutzt sie alle auf die gleiche Länge zurück. Die nassen Blätter hinterlassen einen kalten Film auf ihrer Haut, und schon nach wenigen Handgriffen hat sie kein Gefühl mehr in den Fingern. Doch sie arbeitet weiter, findet in einen gleichmäßigen Rhythmus. Ihre Linke schneidet, und ihre Rechte wirft die abgeschnittenen Ranken in den Korb. Bei jeder Drehbewegung ihres Oberkörpers zerknittern ihre Knie das Zeitungspapier, das sie rund ums Grab ausgebreitet und mit Steinen beschwert hat.

»Das Efeu wächst wie verrückt, Schatz.« Sie wirft die letzte Ranke in den Korb und legt die Gartenschere beiseite. »Aber ich pass schon auf, dass hier nicht alles zuwuchert.«

Eine winzige Spinne krabbelt über ihre Finger, und sie hält still. Beobachtet den sternförmigen schwarzen Punkt auf ihrer hellen Haut, der mal nach links, mal nach rechts huscht, als könne er sich für keine Richtung entscheiden. Obwohl sie deutlich sieht, wohin die Spinne krabbelt, spürt sie nichts, nicht einmal ein flüchtiges Kitzeln. Sie pustet sie von ihrer Hand. Dann greift sie nach dem alten Messer und macht sich daran, das Moos von der Einfassung zu schaben. Immer wieder rutscht sie ab, und ihre Fingerknöchel schrammen am Stein entlang. Auch das spürt sie nicht.

»Deine Oma Martha würde jetzt auf Kernseife und eine Wurzelbürste schwören. Das war ihre Allzweckwaffe gegen alles, auch gegen Moos auf Grabsteinen.« Ihr Atem dampft im bläulichen Licht der Spätnachmittagssonne, und in ihrer Nase kribbelt die kalte Luft. »Manchmal, wenn sie besonders wild am Grabstein deines Opas herumgeschrubbt hat, sind kleine Seifenblasen zwischen ihren Fingern aufgestiegen. Dann haben deine Tante Karin und ich den Mund weit aufgerissen und darauf gewartet, dass uns eine hineinfliegt.«

Im Stechpalmenbusch raschelt es. Sie sieht, wie sich die bodennahen Blätter bewegen, und fragt sich, welches Tier sie aufgescheucht hat.

»Vielleicht eine Feldmaus, Schatz. Oder ein Igel, der aus dem Winterschlaf erwacht ist.« Sie schwitzt. Sobald sie die Arme hängen lässt und verschnauft, klebt der Hemdstoff an den feuchten Stellen, die sich unter ihren Achseln gebildet haben. Sie wechselt das Messer in die rechte Hand, aber stellt sich damit so ungeschickt an, dass es sie nur noch mehr Kraft kostet, sie nur noch schneller erschöpft. Also arbeitet sie mit links weiter.

»So ... So geht's besser ...« Die Klinge schabt über den Granitstein, verursacht ein helles, schleifendes Geräusch, und sie konzentriert sich darauf, diesem Geräusch den gleichmäßigen Rhythmus zu verleihen, den sie beim Zurechtstutzen des Efeus gefunden hat. Lautlos rieselt das Moos aufs Zeitungspapier und bildet kleine Haufen. Die dunkelgrünen und schwarzen Krümel sehen wie getrocknete Kräuter aus, als seien entlang der Einfassung mehrere Teebeutel geplatzt.

»So ... So ...«

Der Wind frischt auf, weht dünnes, zerrissenes Glockengeläut zu ihr herüber. Sie arbeitet schneller. Hält den Kopf gesenkt, die Augen auf das Grün und Grau und Schwarz vor sich gerichtet. Wie beim Laufen werden Bewegung und Atmung eins.

Erst näher kommende Schritte lassen sie wieder aufblicken. Sie dreht sich um.

Gero steht vor ihr.

»Hallo, Frau Bergmann.« Er spricht leise, und die eingerollten Finger seiner rechten Hand kneten den Daumen. »Ich muss dringend mit Ihnen reden.«

Sie nickt. Als sie sich aufrichtet, knacken ihre Knie, und sie spürt die schmerzenden Druckstellen.

»Äh ... können wir vielleicht woanders hingehen?« Er räuspert sich. »In ein Café oder so?«

Sie nickt erneut. Dann bückt sie sich und hebt den Leinenbeutel vom Boden auf.

»Können wir.« Sie nestelt das zweite Messer hervor und streckt es ihm hin. »Aber zuerst entfernen wir das restliche Moos.«

Sie greift nach dem Porzellanstreuer und schüttet Zucker in ihren Kaffee. Schüttet viel zu viel hinein.

Den würde nicht mal Simon trinken.

Sie schiebt die Tasse ein wenig von sich weg, behält aber den Löffel in der Hand, dessen erhitzter Stiel die Wärme an ihre Finger abgibt. Hinter ihr wird ein Stuhl gerückt, ein Ellenbogen stößt gegen ihren Rücken.

»'tschuldigung.« Eine Jungenstimme. Sie dreht sich nicht um, sondern betrachtet Gero, der ihr gegenübersitzt und den Milchschaum seines Latte macchiato umrührt, als gelte es, einen versunkenen Schatz zu bergen. Zwei dicke Strähnen haben sich aus seinem Pferdeschwanz gelöst, wippen auf und nieder, und die gelverklebten Spitzen stupfen gegen seine Wangen.

Ob du ihn jetzt auch noch schön finden würdest? So braun gebrannt und mit diesem Stummelschwänzchen. Und dann das viele Gel und das süßliche Parfum.

Hat dich das nie gestört?

Wieder wird hinter ihr ein Stuhl gerückt. Absätze klappern über den Marmorboden des Cafés.

»Hi, Schatz.« Eine piepsige Mädchenstimme. Das schmatzende Geräusch eines viel zu feuchten Kusses.

»Ich weiß, warum sie die Party so früh verlassen hat.« Er hört nicht auf, den Löffel durch den Milchschaum zu ziehen. Die Ränder seiner Fingernägel sind schwarz, und der Gedanke, dass er etwas von Sarahs Grab mit sich herumträgt, gefällt ihr.

»Ja?«

»Ich war gar nicht betrunken. Ich ... Ich hab mit einer anderen rumgemacht.«

Sie bleibt ganz ruhig sitzen. »Und dann?«

Er rührt schneller, der Löffel schlägt klirrend gegen das Lattemacchiatoglas.

»Sarah hat uns auf der Party erwischt ... Und ... und da ist sie völlig ausgeflippt. Ich wollt noch mit ihr reden, aber sie ist einfach abgehauen.« Der kreisende Löffel gerät ins Stocken. Er lässt ihn los und senkt den Kopf, und sie weiß sofort, was er als Nächstes sagen wird. »Das war das letzte Mal, dass ich sie –«

»Wer war das andere Mädchen?«

Er beißt sich auf die Unterlippe und schaut aus dem Fenster.

»Gero?« Sie beugt sich vor, die Hand erhoben, als wolle sie ihn am Arm packen. »Wer war das andere Mädchen?«

Er zieht seine Arme von der Tischplatte.

»Elena.«

SIMON

Wo ist die Leber?« Sie klappt sein Anatomiebuch zu und strahlt, als habe sie ihm gerade die Eine-Million-Euro-Frage bei »Wer wird Millionär« gestellt.

»Kinderspiel.« Er beugt sich vor, setzt den Lippenstift auf ihrem rechten Rippenbogen an und lässt ihn langsam über ihre Haut gleiten. Das dunkle Rot glänzt ölig und erinnert ihn an eine Schneckenspur.

Dass man sich so was freiwillig ins Gesicht schmiert.

Sie lacht, und der Lippenstift vollführt einen Hüpfer.

»Halt still.«

»Aber das kitzelt.«

»So … Ungefähr hier.«

Die Leber ist etwas zu klein, etwas zu birnenförmig geraten. Er bessert die Umrisse nach.

Jetzt sieht sie aus wie ein Hinkelstein.

»Na, ein bisschen größer vielleicht und nicht ganz so spitz.«

»Aha.« Sie senkt das Kinn auf die Brust und versucht, etwas zu erkennen.

»Hör auf, sonst bleiben deine Augen stehn, und dann hab ich eine Freundin, die schielt.«

Ihr Strahlen wird um mindestens tausend Watt heller.

»Du hast eine Freundin?«

»Fragst du mich nun ab oder nicht?«

»Das war doch eine Frage.«

Er seufzt theatralisch, beugt sich noch weiter vor und stupst seine Nasenspitze gegen ihre.

»Hey …«

»Hey …«

Ihr Gesicht verschwimmt vor seinen Augen.

»Jetzt schielst du selbst.«

»Hm …«

Ein langer, langer Kuss.

»Die Antwort gefällt mir …«

»Ja?«

»Ja.«

»Bekomm ich jetzt eine neue Frage?« Er richtet sich auf und zückt den Lippenstift, dreht ihn weiter aus dem silbernen Knauf.

»Moment …« Die Buchseiten rascheln. »Wo liegt die Milz?«

»Ah, sehr gut … Das ist schwerer, weil sie versteckter liegt. Aber für mich natürlich immer noch zu leicht.«

»Angeber.«

»Ich bin der Mann mit der Universalmedizin, schon vergessen?«

»Keine Angst, mir wird schlecht, wenn ich bloß dran denke.«

»Brav.« Er setzt den Lippenstift auf ihrem linken Rippenbogen an und ruft sich die Form der Milz noch einmal vor Augen.

Irgendwie schnitzelig. Ja, einem Orangenschnitz ähnlich.

»Also … Das ist –«

Der Lippenstift knickt ab wie eine Antenne.

»Ups.« Er versucht, ihn wieder geradezubiegen, doch zwischen seinen Fingern bricht das herausgedrehte Stück ganz ab.

»O Mann, gib her, der kostet zwanzig Euro.«

»Was? Vierzig Mark für so einen Scheiß?«

»Der ist von Chanel.«

»Ach so, ja dann …« Er reicht ihr, was von dem Lippenstift übrig geblieben ist. »Ich kauf dir einen neuen.«

»Ich krieg zwei, wenn ich den hier esse.« Die größere Hälfte des abgebrochenen Stücks schwebt vor ihrem Mund.

»Machste nicht. Das ist zu eklig.«

»Wieso? Ich hab doch auch deine Universalmedizin getrunken …«

»Ja, aber das machste nicht. Nicht für drei neue.«

»Drei?«

»Ja.«

»Vier?«

»Meinetwegen auch vier.«

»Prima.« Sie steckt sich das Lippenstiftstück in den Mund und zerkaut es genüsslich. Isst auch das andere auf, so seelenruhig, als wäre es Schokolade.

»Uaah, du bist so eklig!«

»Ich bekomm achtzig Euro von dir.« Sie dreht den verbliebenen Lippenstift ganz aus dem silbernen Knauf und beißt ihn ab. »Mmh ... Magst du mal probieren?«

»Nee danke.«

»Nee?« Sie kaut und senkt den Kopf, schaut auf seinen nackten Bauch. Er folgt ihrem Blick, senkt ebenfalls den Kopf, um zu sehen, was sie da ablenkt, doch als er begreift, dass er es ist, der abgelenkt wird, presst sie schon ihren Mund auf seinen. Drückt ihre Zunge eine weiche Masse zwischen seinen Lippen hindurch.

»KgrNNph ... ScchhAAH ...«

Als er die Haustür schließt, hört er, dass das Radio in der Küche leise vor sich hin dudelt. Er hängt seine Jacke an die Garderobe und schlüpft aus den Schuhen. Stellt sie ordentlich neben die anderen auf die Abtropfschale, deren Plastik leise knackt. Beim Aufrichten wirft er einen Blick in den Spiegel und entdeckt noch einen Rest Lippenstift an seinem rechten Mundwinkel.

Du hast eine Freundin?

Er lächelt, und das Kribbeln in seinem Bauch verwandelt sich in ein warmes Ziehen.

Erdbeergeschmack ... Hätt ich auch gleich drauf kommen können.

Er wischt den Lippenstift fort und verreibt das ölige Rot auf dem Handrücken, bis es nicht mehr zu sehen ist. Dann tritt er näher an den Spiegel heran, drückt den Pulloverkragen nach unten und kontrolliert seinen Hals. Doch er findet keine weiteren Lippenstiftspuren und auch keinen Knutschfleck.

Aus der Küche ertönt ein Klirren. Gedämpft und unregelmäßig, als verteile jemand Besteck auf dem Tisch. Er dreht sich um, aber hinter der Milchglasscheibe bewegt sich niemand.

Du hast eine Freundin?

Noch ein Blick in den Spiegel.

Seine Mutter sitzt mit verschränkten Armen am Küchentisch.

Zwei Gedecke.

Eine Flasche Wein.

Eine brennende Kerze.

Eine Vase mit Blumen.

»Hallo.« Er vergräbt die Hände in den Hosentaschen. »Wartest du auf Papa?«

»Nein, auf dich.« Sie legt eine Armbanduhr auf den Tisch. »Aber jetzt ist es verkocht.«

»Tut mir leid, das wusst ich nicht ... Ich hab schon gegessen.« Er reibt sich mit dem Zeigefinger über die Mundwinkel.

»Aha.« Seine Mutter schnellt vom Stuhl hoch. Ihr Strickmantel streift ihn, als sie an ihm vorbei zum Herd stürmt. Sie packt den Topf und schmeißt ihn in den Mülleimer.

»Mama, nicht.«

Mit dem Fuß knallt sie die Spülschranktür zu. Das laute Scheppern dröhnt durch die Küche.

»Und bei wem hast du gegessen?« Sie verschränkt die Arme erneut vor der Brust und lehnt sich gegen die Spüle, als wolle sie sich in Ruhe mit ihm unterhalten.

»Bei Elena.«

»Aha.« Ihre grauen Augen fixieren ihn, und er wird das Gefühl nicht los, dass er noch immer Lippenstift im Gesicht hat.

»Mama, das ist doch nicht so schlimm.« Er versucht, den beherrschten Bewährungshelfertonfall seines Vaters zu imitieren. »Essen wir eben morgen zusammen.«

Keine Reaktion.

»Ich kann ja was kochen, und dann kommst du zu spät und hast schon gegessen.«

Sie erwidert sein Lächeln nicht, sondern dreht sich um. Steht reglos vor der Spüle, nur ihr Kopf bewegt sich langsam von rechts nach links, als suche sie etwas. Ihr Arm gleitet vor.

»Mama, komm, das war ein Scherz.«

Sie dreht sich wieder zu ihm, ein Glas in der Hand. Voll mit Milch, die sachte hin und her schwappt. Ihre grauen Augen fixieren ihn. Dann holt sie aus. Milch platscht zu Boden, ihre Hand schlägt auf der braunen Arbeitsplatte auf. Das Glas zersplittert. Milch auf dem Braun, Milch und Blut. Ihre Hand zwischen den Scherben, ihre Finger, die den scharfkantigen Glasstumpf umklammert halten.

»Mama!« Er rennt zu ihr hinüber. »Nicht!«

Er versucht, die Finger aufzubiegen, doch sie geben nicht nach. Dünne hellrote Fäden rieseln in die weiße Lache, fächern sich auf, laufen auseinander.

»Mama, lass los!«

»Denkst du eigentlich manchmal auch noch an mich?« Sie schaut ihn an. Erst jetzt bemerkt er, dass die Haut um ihre Augen gerötet ist.

»Mama, LASS LOS!«

Ihre Finger geben nach, werden ganz schlaff. Vorsichtig löst er sie von dem scharfkantigen Glasstumpf und tastet die Haut nach Splittern und Scherben ab. Doch er findet keine. Die Schnitte sind fein, rasierklingengleich, und das Blut sickert beharrlich daraus hervor, vermischt sich mit den weißen Milchbläschen. Er zieht ihren Arm unter den Hahn, dreht das kalte Wasser auf und spreizt behutsam die größte Wunde.

»Du kannst mich doch nicht einfach allein lassen.« Sie lehnt sich an ihn und legt ihren Kopf auf seine Schulter. »Ich brauch dich, Schatz … Du bist doch das Einzige, was ich noch hab.«

Ihre Nase drückt sich feucht in seine Halsgrube.

»Ach, Mama …« Er dreht sich ganz zu ihr und umarmt sie, so fest er kann. Sie klammert sich an ihn, und das kalte Wasser tropft von ihrer Hand auf seinen Nacken und rinnt unter sein Hemd.

JO

Siebzehn Uhr sieben.

Zum ersten Mal ist er über ihre Unpünktlichkeit froh. Er schiebt den Zuckerstreuer zwischen seinen Händen hin und her und starrt aus dem Fenster. Kinder jagen ein paar Tauben über den Augustinerplatz, auf den Stufen sitzen die üblichen Punks und lassen die übliche Flasche kreisen. Passanten durchkreuzen sein Blickfeld, die Hände voller Tüten und Taschen. Manche huschen so schnell vorbei, dass er nur die Farben der Jacken und Mäntel registriert.

Rot. Braun.

Schwarz.

Vereinzelte Regentropfen pochen gegen die Fensterscheibe, sachte wie ein Gruß.

Grün. Blau. Schwarz.

Schwarz.

Siebzehn Uhr neun.

Noch kannst du's abblasen. Steh einfach auf und geh.

Er nimmt einen Schluck Kaffee. Spielt wieder mit dem Zuckerstreuer herum. Lässt den Blick über den Platz schweifen. Die rennenden Kinder, die aufflatternden Tauben. Erst jetzt bemerkt er, dass er sich einen Tisch ausgesucht hat, von dem aus man direkt auf den Brunnen schaut.

Wer isn das? Dein Vater?

Nee, mein Sozi. Der is voll der strenge Arsch, versteht überhaupt keinen Spaß.

»Könnten Sie bitte damit aufhören?«

Es tut mir leid, Netty, ich hab's versucht. Ich hab's wirklich versucht.

»He, junger Mann, könnten Sie bitte mit dem Rumgerucke aufhören? Das stört.«

Er dreht sich um. Vier ältere Damen sitzen am Nachbartisch und beäugen ihn streng.

»Meinen Sie mich?«

»Natürlich meinen wir Sie.«

»So ein nervöses Rumgerucke …«

»Lassen Sie doch bitte den Zuckerstreuer stehen.«

»Das sind die Raucher. Immer nervös am Rumrucken, wenn sie keine Zigarette zwischen den Fingern haben.«

Alle vier auf einmal.

»Entschuldigung, ich war ganz in Gedanken.« Er schiebt den Zuckerstreuer neben den Kartenhalter und legt die Hände flach auf die Tischplatte. Lächelt.

Siebzehn Uhr zwölf.

Er zupft an seinen Fingern herum. Fährt die aufgeschürften Stellen nach, die aussehen, als wäre er in eine Dornenhecke gefallen.

Sich mit einem Schrank prügeln …

Wohnst du schon, oder lebst du noch?

Nein, andersherum.

Ich wohn mit Schranktüren, die nicht zugehn, und leb mit Badezimmertüren, die nicht aufgehn.

Paps, du musst dich entscheiden.

Ja …

Unruhe bei den vorderen Tischen lässt ihn aufblicken. Ein Mädchen schlängelt sich zwischen den beiden Bedienungen hindurch, die gerade Getränke verteilen, und kommt auf ihn zu. Blauer Wollmantel, weiße Mütze. Es dauert exakt fünf Schritte, bis er Netty erkennt.

»'tschuldigung … Ich bin schon wieder zu spät.« Sie umrundet den Tisch und setzt sich ihm gegenüber. Schlüpft hastig aus dem Mantel, den sie über den Nachbarstuhl wirft. »Ich wohn grad bei meinem Stiefbruder.«

Ohne schwarze Schminke um die Augen wirkt ihr blasses Gesicht freundlich.

»Magst du was trinken?« Er greift die Karte aus dem Halter und schlägt sie auf. Cocktails und Longdrinks. »Vielleicht eine heiße Schokolade?«

»Ja, bitte.«

»Prima.« Er schlägt die Karte wieder zu und steckt sie in den Halter zurück. Gibt der einen Bedienung ein Handzeichen, die es abnickt und hinter dem Tresen verschwindet. »Was studiert dein Bruder?«

»Stiefbruder. Medizin.«

Ja, natürlich, was denn auch sonst.

»Aha.« Er nimmt einen Schluck kalten Kaffee.

»Ich hab sie abgeschnitten.« Mit einer zögerlichen Bewegung zieht sie die Mütze vom Kopf. Raspelkurze Stoppeln kommen zum Vorschein, nicht länger als sein Dreitagebart.

»Ich will ganz neu anfangen, wissen Sie. Mit allem.«

»Ja, was darf's noch sein?« Die Bedienung richtet die Frage an ihn, und er weist mit dem Kinn auf Netty.

»Einen Kakao, bitte.«

Das Kinderwort.

»Mit Sahne?«

»Ja. Und Schokostreuseln, wenn Sie haben.«

Ein Feuerzeug schnippt, und die Bedienung zündet die Kerze an, die zwischen Kartenhalter und Zuckerstreuer steht.

»Und wie finden Sie's?« Sie spielt an ihrem silbernen Nasenstecker herum.

»Was?«

»Na, meine kurzen Haare.«

»Nicht schlecht … Mal was anderes.«

»Ist auch ziemlich praktisch. Ruck, zuck gewaschen, ruck, zuck trocken.« Sie fährt sich über den Kopf. Die Bewegung wird langsamer, den Unterarm vor dem Gesicht, spricht sie leise weiter. »Danke noch mal … War schwer in Ordnung, wie Sie sich um mich und Saskia gekümmert haben.«

Der Esel nennt sich immer zuerst.

»Saskia?«

»Schneewittchen.«

»Ach so.«

Sie beugt sich zur Seite und nestelt etwas Buntes aus einer der Manteltaschen, knautscht es so zwischen den Händen zusammen, dass er nicht erkennen kann, was es ist.

»Hier, ich hab's gewaschen. Also, die Waschmaschine von meinem Stiefbruder natürlich.« Sie reicht ihm den gehäkelten Klorollenhut. »War echt so warm wie 'ne Mütze.«

»Freut mich.« Die Wolle fühlt sich weicher an, als er sie in Erinnerung gehabt hat. Unauffällig reibt er seine Fingerspitzen unter der Nase entlang.

Vanille und Zitrone.

Mädchen und Weichspüler.

»Vorsicht, bitte.« Die Bedienung stellt eine Tasse vor Netty ab. »Ist sehr heiß.«

»Danke.« Sie taucht den Löffel ein. Die riesige Sahnehaube schaukelt hin und her, Kakao schwappt über den Rand, läuft in braunen Linien über das weiße Porzellan. »So was wird nicht mehr vorkommen, Herr Bergmann. Ganz bestimmt nicht. Ich versprech's!«

Ein Schokostreusel klebt in ihrem Mundwinkel, und er unterdrückt den Impuls, die Hand auszustrecken und ihn wegzuwischen.

»Das musst du nicht mir versprechen, Netty.«

Keine Kinder mehr auf dem Platz. Nur Tauben und die einbrechende Dämmerung.

»Das musst du ab heute Frau Brielmann-Edel versprechen. Ich hab dich an sie abgegeben. Sie ist sehr nett.«

»Aber wieso denn?« Sie verzieht den Mund, als würde sie gleich losweinen. Der Schokostreusel verschwindet halb unter der Oberlippe. »Das können Sie doch nicht machen.«

Keine detaillierte Rechtfertigung.

Man muss sich für diese Entscheidung nicht rechtfertigen.

»Ich hab meine Gründe.« Er faltet den Klorollenhut zusammen. »Persönliche.«

»Na super!« Ihre Stimme kippt, aber jetzt ist es Wut, kein Weinen. »Ich bin also bloß so 'ne Akte, die Sie einfach so weglegen.«

Ich hab's wirklich versucht, Netty.

»Nein, du bist keine Akte.« Er streckt die Hand aus und wischt mit dem Daumen sanft den Schokostreusel aus ihrem Mundwinkel.

ANNE

Da sitzt sie und liest.

Sie bleibt stehen. Das Gehäuse der Rikscha reflektiert das Sonnenlicht, vorbeieilende Fußgänger spiegeln sich in dem glänzenden Schwarz, und wenn sie weiter geradeaus darauf zugeht, dann wird sie sich ebenfalls darin spiegeln. Wird ihr Gesicht über die Seitenflanke wandern, wie das Gesicht des Mädchens, das gerade vorbeiläuft. Wie die rote Jacke ohne Kopf, von der sie nicht sagen kann, ob sie zu einem Mann oder einer Frau gehört. Wie der Lieferwagen, *Hier kommt Sepp der Schreiner*, der weiter vorn auf dem Marktplatz wendet.

Sie greift in ihre Manteltasche, tastet nach der kleinen Dose. Das Plastik fühlt sich kühl an, und unter ihrem Zeigefinger kann sie die raue Prägung des Aufdrucks spüren. Die beiden großen, geschwungenen Buchstaben.

L & W

Echtes Gold, sehr filigran gearbeitet, und das für nur zweihundertfünfzig Euro. Da müssen Sie schon eine Weile suchen, um etwas Gleichwertiges zu diesem Preis zu finden.

Ein lachendes Pärchen gleitet über das glänzende Schwarz. Wird eingeholt und überrollt, ohne dass das Lachen verstummt. *Da fährt Sepp der Schreiner.*

Und da sitzt sie und liest.

Ein Mädchen in einer sportlichen Jacke, eine Wollmütze auf dem braunen Haar, eine Decke um die Beine geschlungen. Ein Mädchen mit einem Buch in der einen und einem Pappbecher in der anderen Hand, den es in unregelmäßigen Abständen zum Mund führt. Es trinkt, ohne den Blick von den Seiten zu lösen. So gefesselt von der Geschichte, dass es selbst diese kurze Unterbrechung vermeidet.

Sitzt da und liest.

Ihre Beine marschieren ganz von allein los. Sie nimmt die Hand aus der Manteltasche, lässt sie baumeln, wie die andere auch, und schon taucht ihr Gesicht auf der Seitenflanke auf und wandert über das glänzende Schwarz. Ein ganz alltägliches Gesicht, das freundlich lächelt, so freundlich, wie man es von der Mutter der besten Freundin erwartet. Wie man es gewohnt ist.

»Hallo, Elena.«

Jetzt löst sich der Blick von den Seiten. Ruckhaft, als habe ein Lehrer sie gerade beim Spicken erwischt, fährt sie hoch.

»Frau Bergmann ... Hallo ...«

Also, hübsch ist was anderes.

Zu rund. In diesem Gesicht ist einfach alles zu rund, vor allem die Backen.

Schatz, warum hat Elena heut schon wieder geheult? Ich hab keine Lust, dauernd Krach mit ihrer Mutter zu kriegen.

Simon hat ihr einen neuen Spitznamen verpasst ... »*Der Mond ist aufgegangen*«.

Klingt sehr indianisch.

»Machen Sie Einkäufe?« Sie schlägt das Buch zu, behält aber den Zeigefinger zwischen den Seiten.

»Nein, ich wollte zu dir. Deine Mutter hat mich hierher geschickt.«

Freundlich anlächeln.

»Würdest du die kleine Stadtrundfahrt mit mir machen?«

Den Zwanzigeuroschein hinstrecken.

Weiterlächeln.

»Oh ... Okay ... Ich mein, klar, wenn Sie das wollen.« Elena nimmt den Schein, klappt das Buch zu und verstaut es in einem Rucksack. »Ich hatte heute noch keine einzige Fahrt.«

»Das tut mir leid.« Sie steigt in die Rikscha und setzt sich auf die gepolsterte Bank. »Wirst du pro Fahrt bezahlt?«

»Nee, Gott sei Dank nicht. Ich bekomm sechs Euro pro Stunde und pro Fahrt noch mal sechs. Hier, falls Ihnen kühl wird.«

»Danke.« Die raue Decke kratzt und riecht nach nassem Hund. Sie legt sie neben sich auf die Bank und rückt ein wenig davon ab, doch der Geruch bleibt.

»Achtung, es geht los.« Die Rikscha ruckelt über eine Unebenheit, gewinnt an Fahrt und rattert laut übers Kopfsteinpflaster. Sie spürt die Vibration am ganzen Körper, spürt am ganzen Körper die Kraft von Elenas Beinen, die in die Pedale treten. Die schnell und gleichmäßig treten und die Rikscha in hohem Tempo durch die Innenstadt jagen, als wollten sie ihr mit jedem Tritt beweisen, wie lebendig sie sind. Wie kraftstrotzend jung und lebendig.

Warum diese Beine?

Sie greift nach der Decke und schiebt sie sich unter den Hintern. Das Polster schwächt das sirrende Vibrieren zu einem dumpfen Zittern ab, und so erhöht, blickt sie jetzt nicht mehr auf Elena, sondern über sie hinweg.

Der Augustinerplatz.

Kinder, die Tauben jagen. Ein Junge bleibt stehen und winkt ihr zu. Sie hebt die Hand. Die weißen Heftpflaster leuchten im fahlen Spätnachmittagslicht, und einen Lidschlag lang spürt sie Simons feste Umarmung.

Sie winkt zurück.

Burghaldering.

Die Rikscha verliert an Geschwindigkeit. Der Rücken in der sportlichen Jacke richtet sich auf, die Beine treten langsamer. Scheinen müde zu sein.

»Würdest du mal bitte kurz halten?« Die kalte Luft fährt ihr in den Mund.

»Haben Sie was gesagt?«

»Hältst du mal kurz, bitte?«

»Klar ...« Die Bremsen quietschen. Elena springt ab und lenkt die Rikscha an den Rand der Straße. Wuchtet sie so heftig über den Bordstein, dass die Klingel scheppert. »Moment ...«

Der Metallständer kratzt über den Asphalt.

»Jetzt können Sie aussteigen.«

Sie klettert die zwei Stufen hinunter, die Handtasche in der einen, die Dose in der anderen Hand. Als sie auf der steil abfallenden Straße steht, überragt sie Elena um fast einen Kopf.

Gut.

Sie klemmt sich die Handtasche unter den Arm und öffnet die Dose. Zieht mit klammen Fingerspitzen die eingerollte Kette in die Höhe, bis der Kreuzanhänger direkt vor Elenas Augen hin und her pendelt.

»Ich hoffe, ich hatte sie richtig in Erinnerung.« Das Licht der Straßenlaterne lässt das Gold sanft aufschimmern.

»Wow ... Die sieht ja fast genauso aus wie die von meiner Oma.« Die großen braunen Kulleraugen folgen jeder Pendelbewegung des Kreuzanhängers. »Vielen Dank, Frau Bergmann. Das wär aber echt nicht nötig gewesen.«

Da steht sie und lächelt.

Zurücklächeln.

Den Verschluss der Kette öffnen.

»Dreh dich mal um.«

Ohne das Lächeln ist es einfacher.

Die Kette umlegen.

Die Öse und den Federring zusammenführen.

Nicht auf den Hals achten.

Daneben.

Die Hände ruhig halten.

Die Fingerspitzen streifen die warme Haut.

Halt die Hände ruhig!

Den Federring zuschnappen lassen.

»Ich will dich ab sofort nicht mehr in der Nähe meines Sohnes sehn.«

»Was?« Elena fährt herum.

Jetzt fällt das Lächeln leicht. Jetzt fühlt es sich gut an.

»Du weißt genau, wovon ich rede. Gero war bei mir.«

Die Kulleraugen werden noch größer. »Frau Bergmann, ich ... Ich kann –«

»Wenn du ihr nicht den Freund ausgespannt hättest, würde meine Tochter jetzt noch leben.« Sie dreht sich um und geht. Wirft einen Blick auf ihre Armbanduhr. Viertel nach sechs, noch genug Zeit, um alles für ein schönes Abendessen einzukaufen. Sie geht schneller.

Tintenfischringe, die mag er am liebsten.

JO

In ihrer Küche riecht es nach Rotwein und Knoblauch und ganz schwach nach Terpentin. Kerzen verbreiten ein gemütliches Schummerlicht, und während er auf den schön gedeckten Tisch zugeht, flackern die Flammen im Luftzug seiner Bewegungen.

»Nimm schon mal Platz.« Sie klappt den Backofen zu und stellt den Küchenwecker. »Das Essen ist gleich fertig.«

»Mensch, du machst dir auch immer eine Arbeit.« Er setzt sich auf den vorderen Stuhl, überlässt ihr den neben der Heizung, die leise vor sich hin gluckert. »Da bin ich aber gespannt, was du heut wieder gezaubert hast.«

Sie antwortet nicht. Hantiert an dem Küchenwecker herum, eine steile Falte auf der Stirn.

Beim Kochen genauso konzentriert wie beim Malen.

Er greift nach der geöffneten Rotweinflasche, füllt ihr Glas zur Hälfte und reicht es ihr. Als er sich selbst einschenken will, bemerkt er, dass das Besteck fehlt. Neben den Tellern liegen nur die gefalteten Servietten.

»Oh nein, sag bloß, wir essen heut Abend mit Stäbchen?« Er hebt Teller und Serviette hoch, tut so, als suche er verzweifelt nach seinem Messer und seiner Gabel. »Da bekommst du vor Lachen nichts in den Mund.«

Sie schüttelt den Kopf. »Für dieses Essen brauchen wir weder Besteck noch Stäbchen.«

»Ah, Fingerfood. Dann bin ich beruhigt.« Er prostet ihr zu. »Auf dich, mein Schatz. Auf dich und deine Kochkünste. Und natürlich auch auf die anderen Künste.«

»Hm …« Sie starrt in ihren Wein. Zu der steilen Falte gesellen sich zwei weitere dazu. »Auf die Verlässlichkeit der alten Meister. Bei denen Petrus noch Petrus ist … Und Judas Judas.«

Hä?

»Ja, auf die alten Meister … Und auf die Russen, die besser restaurieren als die Italiener.«

»Ja …« Ohne einen Schluck getrunken zu haben, stellt sie ihr Glas neben den Herd. Sie öffnet den Backofen und zieht mit den bloßen Händen einen Bräter heraus.

Irgendwas hat sie.

Bei denen Petrus noch Petrus ist …

Und Judas Judas.

Er nimmt einen großen Schluck Rotwein. Doch die aufsteigende Unruhe lässt sich nicht wegschlucken.

»Zuerst die Vorspeise.« Sie schiebt den geschlossenen Bräter zu ihm hinüber. Leise klirrt er gegen seinen Teller. »Bitte bedien dich.«

Ihr Lächeln wirkt kühl. Kühl und gezwungen, so als müsse sie ihm gegenüber eine gewisse Höflichkeit einhalten, und seine Unruhe verwandelt sich in ein warmes Ziehen, das sich in seinem Unterleib einnistet. Sie setzt sich nicht, schaut ihn einfach nur an, die Arme vor der Brust verschränkt.

»Also, dann …« Mit Schwung lüftet er den Deckel.

Und da liegen sie. Auf dem Boden des leeren Bräters liegen seine Liebsten, und wieder verschiebt sich alles, gleitet alles in Zeitlupe auseinander. Unaufhaltbar. Und er sitzt da und spürt nichts als das Gewicht des tönernen Deckels, das schwer auf sein Handgelenk drückt. Sieht nichts als den feingehäckselten Schnittlauch. Diese leuchtend grünen Sprengsel, die sie großzügig über die Schwarzweißfotografie gestreut hat, so leuchtend grün wie die schottischen Highlands, deren schwarzes Abbild sie jetzt bedecken.

»Post von deiner Frau.«

»Das war nicht meine Frau.« Er stellt den Deckel auf seinem Teller ab. »Das war mein Sohn.«

»Dein Sohn, ja?« Die Ohrfeige trifft seine linke Wange. Das klatschende Geräusch von Haut auf Haut.

»Ich bin ja so blöd.« Sie tritt gegen das Tischbein. »Wie kann man nur so blöd sein? Von wegen Junggeselle. Ein verheirateter Familienvater. Ein beschissener verheirateter Familienvater!«

Er beugt sich vor und nimmt das Foto aus dem Bräter.

Paps, welches willst du über deinem Schreibtisch hängen haben?

Das hier. Das ist das schönste, das du je gemacht hast.

Ach, Simon.

»Ja, ich bin ein verheirateter Familienvater.« Er betrachtet die drei Gesichter, als würde er das Foto zum ersten Mal in Händen halten.

Das lachende von Anne, die sich rechts an ihn schmiegt.

Das lachende von Sarah, die sich links an ihn schmiegt.

Und dazwischen seins. Umweht von dem langen Haar seiner Frau und dem langen Haar seiner Tochter.

Warum sind wir nicht dortgeblieben?

»Das ist meine Frau Anne …« Er deutet auf die rechte Seite des Fotos, achtet aber nicht darauf, ob sie überhaupt zu ihm herüberschaut. »Das ist meine …«

Mein kleines, kleines Mädchen.

»Das ist meine Tochter … Sarah.« Er deutet nach links. Lässt seinen Daumen neben ihrem lachenden Gesicht liegen.

Warum sind wir nicht dortgeblieben?

»Das war unser letzter Urlaub zu viert. Das Foto hat Simon gemacht, mein Sohn. Er ist Sarahs älterer Bruder, die beiden sind vier Jahre auseinander und –«

»Deine scheiß Familie interessiert mich nicht!« Sie dreht sich um, stützt sich auf der Stuhllehne ab. Ihr Rücken zuckt. »Vier Monate lang … Nichts als Lügen.«

»Ja.«

Ein Spuckebläschen ist auf dem Foto gelandet. Thront weiß zwischen dem Ben Nevis und dem anderen, niedrigeren Berg, an dessen Namen er sich nicht mehr erinnert. Vorsichtig reibt er mit dem Pulloverärmel über die Stelle. Das Spuckebläschen hinterlässt einen feuchten Schimmer auf dem dunklen Grau des Ben Nevis, und er reibt und tupft, bis auch dieser verschwunden ist. Dann hält er das Foto wieder ruhig in den Händen.

»Schottland war unser letzter Urlaub zu viert.«

»Ich will das nicht hören!«

Ja, ich auch nicht.

»Der allerletzte ... Acht Monate später wurde Sarah ermordet. Da war sie sechzehn und auf dem Nachhauseweg von einer Party.«

Kleiderrascheln.

Dann Stille.

»Das ist jetzt fast ein Jahr her.«

Wenigstens bis zwölf, Papusch, die andern dürfen doch auch.

Du hast morgen Schule.

Ich hab die ersten zwei Stunden frei, die Waldvogel ist krank.

Bis halb eins, allerspätestens. Wer bringt dich heim?

Gero natürlich.

Letzte Worte.

»In der fünften Klasse ...« Er räuspert sich. »In der fünften Klasse hat sie in einem Englischdiktat statt Deal Dill geschrieben. Seither war das unser Wort für eine Abmachung.«

Sein Daumen kehrt zu Sarahs Gesicht zurück. Ruht neben ihrer Wange.

»Unser Dill war: Ruf mich an, wenn du nicht weißt, wie du nach Hause kommst. Egal wie spät es ist. Ruf mich an. Ich hol dich ab.«

Das war doch unser Dill.

Warum bist du einfach losgelaufen?

»Ich hab ihr immer gesagt: Ich will nicht, dass du nachts allein unterwegs bist. Wenn es nicht anders geht, dann bleib auf den beleuchteten Hauptstraßen. Keine Abkürzungen. Schon gar nicht in Bahnhofsnähe. Wenn was passiert, dann schrei Feuer und nicht Hilfe.« Sein Daumen streichelt sachte über das windzerzauste Haar seiner Tochter. »Ich weiß nicht, ob sie Feuer geschrien hat. Ob sie nach ihrer Mutter gerufen hat oder ...«

Sein Daumen streichelt und streichelt.

»Sie hat mich nicht angerufen. Sie ist allein losgelaufen. Meine

Frau und ich, wir haben die ganze Nacht ganz ruhig geschlafen. Wir sind erst am Morgen durch die Polizei geweckt worden.« Er löst den Blick von seiner Tochter und schaut auf. Marie lehnt am Fenster, die Arme um sich geschlungen, als sei ihr kalt. Verschwommen spiegelt sich sein Gesicht in der Scheibe, scheint direkt neben ihrem zu schweben.

»Seit Sarahs Tod bin ich für meine Frau Luft.« Er legt das Foto auf den Tisch, im Kerzenlicht glänzen die Daumenabdrücke fettig. Langsam schiebt er den Stuhl zurück. »Ich hab mich nach jemandem gesehnt ...«

ANNE

Auf dem Stationsflur ist niemand zu sehen. Sie hält den Atem an und lauscht.

Das Blubbern eines Wasserspenders.

Das Summen der Neonröhren.

Sonst nichts.

Also los.

Sie verlässt das Treppenhaus und eilt nach links. Bei jedem Schritt raschelt der Schwesternkittel, klirren die Münzen in den Taschen. Als sie an einem Mülleimer vorbeikommt, bleibt sie stehen und wirft Roswithas Zigarettengeld hinein.

Du hättest deine Spindkombination ändern sollen, Rosi.

Die letzten beiden Münzen verfehlen den Mülleimer und kullern über den Linoleumboden. Doch sie hebt sie nicht auf, sondern hastet weiter. Biegt mal nach rechts, mal nach links, steigt Treppenstufen hinauf und hinunter, biegt wieder nach rechts und zweimal nach links. Dann ist sie endlich da.

Sie drückt die Tür auf und schlüpft in den dunklen Raum. Der schwere Geruch von verstaubtem Papier liegt in der Luft, so intensiv, als stünde sie in einer Bibliothek und nicht im Archiv der Pathologie.

Licht.

Schnell jetzt.

Die Neonröhren springen klackend an, und sie steht vor einer Wand aus Regalen.

So viele.

Ihr Mund wird ganz trocken. Sie schluckt.

B ist vorn.

Sie beginnt rechts. Geht die Regale ab und murmelt die Buchstaben leise vor sich hin.

»AA ... AN ... AS ...«

Das fünfte Regal ist ihres.

BE.

Sie überfliegt die Ordnerrücken.

Zu schnell, du bist viel zu schnell.

Sie zwingt sich, langsamer zu lesen.

Dann hat sie ihn.

Obduktionsbericht Bergmann, Sarah.

Sie zieht den grauen Ordner aus dem Fach. Er ist viel dicker, als sie erwartet hat, und Panik steigt in ihr auf.

Wie willst du den denn unter deinem Pulli rausschaffen?

Hastig schaut sie sich um.

Regale. Regale. Regale.

Nichts, was ihr weiterhelfen könnte.

Mist.

Ruhig jetzt. Denk nach.

Sie eilt zur Tür zurück. Auf dem Schreibtisch findet sie nur ein Stück Alufolie, das nach Döner riecht, und eine Serviette.

So ein Mist.

Dann fällt ihr Blick auf den schmalen grünen Mülleimer, der unter dem Schreibtisch steht.

Ja!

JO

Ohne anzuklopfen, öffnet er die Tür und tritt ein. Im Zimmer brennt wie immer kein Licht, herrscht wie immer die graue Dunkelheit geschlossener Fensterläden, und obwohl er sie nicht sehen kann, weiß er, dass sie da ist. Dass sie auf Sarahs Bett liegt und vor sich hin starrt.

»Ich bin's.« Er schließt die Tür hinter sich und bleibt stehen.

»Lass das Licht aus.« Ihre Stimme klingt belegt. Papier raschelt. Das Bett knarrt. Dann wird die Schublade des Nachttischs zugeschoben.

Was hast du jetzt wieder vor mir versteckt, Liebes?

Er reibt sich die Stirn. Reibt sich die Schläfen. Doch die bleierne Müdigkeit sitzt in seinem Kopf fest.

Ich bin so müde. Deine ewige Versteckerei macht mich so müde.

»Was ist?« Sie knipst die Nachttischlampe an. Als sie sich aufrichtet, taucht ihr Gesicht aus dem Schatten auf, fällt Licht auf die verquollenen Augen, auf die nassen Wangen, über die sich schwarze Streifen ziehen. »Ich wollt grad ein bisschen schlafen.«

Sie umschlingt ihre Knie und schaut ihn an. Schaut ihn mit ihren verquollenen Augen an, und dieser Blick löscht alles aus, was er sich an Worten zurechtgelegt hat.

Ja, lass uns ein bisschen schlafen.

Er geht zum Bett hinüber und setzt sich drei Stoffquadrate von ihr entfernt auf die Tagesdecke. Erst da bemerkt er, dass sie noch Straßenschuhe trägt.

Warst du bei ihrem Grab? Hast du deswegen so sehr geweint?

Langsam rutscht er näher, verringert den Abstand auf zwei Stoffquadrate. Als er die Beine übereinanderschlägt, stößt sein linkes gegen einen grünen Mülleimer, der ins Trudeln gerät und beinahe umkippt. Er schiebt ihn beiseite.

»Anne ... Ich werd ausziehn.«

Sie bewegt sich nicht. Hebt nicht einmal den Kopf, um ihn anzusehen.

»Ich hab jemanden kennengelernt ... Und ich möchte mit ihr zusammen sein.«

Warten.

Zuhören, wie sie einatmet.

Wie sie ausatmet.

Und warten.

Und wissen, dass man nicht mehr warten kann.

»Anne ...«

Sie reagiert nicht.

»Anne, ich kann nicht mehr. Ich kann so nicht mehr weitermachen.«

Sie lässt ihre Knie los.

»Wie heißt sie?«

»Marie.«

Sie nickt. Dann gleitet sie vom Bett. Ihr Arm streift seine Schulter, eine letzte, flüchtige Berührung, und schon ist sie an der Tür.

»Viel Glück mit Marie.«

Die Tür klappt leise zu.

Zwei Stoffquadrate von ihm entfernt ist auf der Tagesdecke eine tiefe Kuhle zurückgeblieben. Er legt die Hände hinein. Und spürt die Wärme seiner Frau.

Auf der Türschwelle dreht er sich noch einmal um und lässt den Blick durch den Flur wandern.

Das Telefontischchen aus Teakholz, das er ihr beim Einzug in die erste gemeinsame Wohnung geschenkt hat.

Die vielen Sarahfotos an der Wand.

Die großen Lücken zwischen den Jacken und Mänteln an der Garderobe.

Die großen Lücken zwischen den aufgereihten Schuhen.

Der mannshohe Spiegel, den sie gemeinsam auf einem Antiquitätenmarkt im Elsass ersteigert haben.

Sein Blick verharrt. Er sieht sich selbst im Türrahmen stehen, den Schalenkoffer in der einen und die Arbeitstasche in der anderen Hand, und solange er so stehen bleibt, sind beide Richtungen möglich: heimkehren oder gehen.

Unser Zimmer kann es nie mehr geben.

Er knipst das Flurlicht aus und schließt die Haustür hinter sich. Der kurze Widerstand, bevor das Schloss einrastet, das helle Klicken, seine Schritte auf der Sandsteintreppe, das Überspringen der vierten Stufe, der knirschende Kies unter den Sohlen. Alles wie immer. Doch bei jedem Schritt schlägt der schwere Schalenkoffer gegen sein Bein.

Während er das Auto umrundet, zwingt er sich, den Kopf gesenkt zu halten. Nicht zu den dunklen Fenstern hinaufzuschauen.

Die Fahrertür.

Das Schloss.

Schlüssel rein und umdrehn.

Sie ist eh nicht da.

Die Tür öffnen.

Er verstaut die Arbeitstasche hinter dem Beifahrersitz. Wuchtet den Schalenkoffer auf die Rückbank und zieht den Sicherheitsgurt heraus. Seine Hände greifen hierhin und dorthin, berühren das verbeulte Metall und streifen die rissigen Comicbildchen. Doch er schaut nicht hin. Nicht auf seine Hände, nicht zu den dunklen Fenstern. Er steht in der geöffneten Autotür und wickelt den Gurt so sorgfältig um Annes alten Koffer, als würde er ein kleines Kind anschnallen.

Lautes Bremsenquietschen.

Er blickt auf. Keine fünf Schritte von ihm entfernt wirft sein Sohn den Oberkörper zur Seite und bringt das Fahrrad mit einer schnellen Drehung zum Stehen. Rollsplitt knirscht, und Steinchen spritzten unter den Reifen weg, prallen gegen seine Schuhe. Ohne ihn aus den Augen zu lassen, springt Simon ab und knallt das Fahrrad gegen den Gartenzaun.

»Was wird denn das?«

Der ausgestreckte Zeigefinger deutet auf den Schalenkoffer.

Er steht da, unter den Händen verbeultes Metall und rissige Comicbildchen, und beobachtet, wie die linke Pedale sachte vor und zurück wippt. Wie bei jedem Vor der schmale Reflektor im Licht der untergehenden Sonne aufblinkt.

»Deine Pedale ist locker.«

Der eigene Zeigefinger, der auf das Fahrrad deutet. Den man rasch wieder senkt, um das Zittern zu verbergen.

»Paps, fährst du weg, oder was?«

»Nein …«

Das Kopfschütteln verschafft einem Zeit.

Aber wozu braucht man die noch?

Wozu noch Zeit?

»Ich zieh zu Marie.«

»Was?« Eine Hand schnellt vor und packt den neuen Seitenspiegel. »Was machst du?«

»Sie hat mir dein Foto gezeigt, und da hab ich ihr alles erklärt.« Er drückt die hintere Autotür zu. Seine Finger hinterlassen Abdrücke auf dem staubigen Lack.

Das könnten auch Simons sein.

Er blickt auf die Hand, die den Seitenspiegel umklammert.

Ist sie größer als meine?

»Und was ist mit Mama?«

Viel Glück mit Marie.

»Sie weiß Bescheid.« Langsam öffnet er die Fahrertür. »Sie hat's gut aufgenommen.«

»Paps, du kannst mich doch jetzt nicht einfach allein lassen.«

Die Hand, die den Seitenspiegel umklammert.

»Du hattest Recht.« Er schaut seinen Sohn an.

Die gleichen grauen Augen wie seine Mutter.

»Du hattest neulich völlig Recht: Ich muss mich entscheiden.«

»Toll.«

Ein leises, fast geflüstertes Wort.

Und Judas Judas.

Ich hab's versucht, Kind. Ich hab's wirklich versucht.

»Es tut mir leid, Simon.«

»Paps, bleib hier. Bitte, ich schaff das nicht allein.«

Nicht hinschauen.

Bloß nicht hinschauen.

Er wendet sich ab.

Man kann nichts tun.

Nichts, außer da zu sein und abzuwarten.

Und ich kann nicht mal mehr das.

Er gleitet auf den Sitz und zieht die Tür zu. Die Hand auf dem Seitenspiegel ist verschwunden.

Schlüssel rein und umdrehen.

Er startet den Motor und schaltet in den ersten Gang. Dann gibt er Gas und fährt.

SIMON

Seine Mutter ist nicht in Sarahs Zimmer. Die Nachttischlampe brennt, und die Tagesdecke ist zerwühlt und halb auf den Boden gerutscht. Ein grüner Mülleimer liegt umgekippt auf dem Teppich, als habe ihn jemand durch den Raum gekickt.

Sie weiß Bescheid. Sie hat's gut aufgenommen.

Er dreht sich um und hastet über den Flur. Hastet am leeren Bad vorbei.

Ich brauch dich, Schatz ... Du bist doch das Einzige, was ich noch hab.

Weiter, weiter.

Seine Füße trommeln auf die Dielenbretter, schnellen Flurmeter für Flurmeter vorwärts, aber er rennt nicht. Er hastet.

Die Schlafzimmertür seiner Eltern ist geschlossen. Er bleibt stehen und lauscht.

»Mama?« Er klopft. »Mama, bist du da?«

Keine Antwort.

Er drückt die Klinke hinunter und öffnet die Tür. Kalte Luft weht ihm entgegen, lässt ihn augenblicklich frösteln. Vor den aufgerissenen Fenstern flattern die Vorhänge auf und nieder, züngeln weit ins Zimmer hinein, als versuchten sie, das Bett zu erreichen, auf dem seine Mutter kauert. Zusammengerollt wie ein Igel, das Gesicht im Kissen vergraben.

»Mama?«

Sie bewegt sich nicht.

Er öffnet die Tür ganz und tritt ein. Flurlicht fällt auf die zerknautschte Decke, auf die Straßenschuhe an ihren Füßen. Zwischen den Rillen der geriffelten Sohlen klemmen kleine weiße Steine.

»Mama?« Langsam geht er auf das Bett zu. »Papa ist weg.«

Ein Arm gleitet unter ihrem Oberkörper hervor, streckt sich in seine Richtung aus, und das Ellenbogengelenk knackt so laut, als habe sie dort seit Stunden so zusammengerollt gekauert.

»Komm.« Ihre Stimme dringt dumpf durch das Kissen. »Leg dich einen Moment zu mir.«

Ihre Hand, die auf die Decke klopft.

Obwohl er weiß, dass niemand hinter ihm steht, dreht er sich zur Tür um.

Vielleicht … Klirrt da ein Schlüssel im Schloss?

»Komm.« Die Hand klopft und klopft.

»Soll ich nicht die Fenster zumachen?«

»Nein.«

Als er sich auf den Bettrand setzt, gibt die Matratze unter ihm nach, und sein Knie rutscht gegen ihren Rücken. Die Hand tastet nach ihm. Bekommt seinen rechten Arm zu fassen und zieht. Er spürt den festen Griff der Finger und lässt sich ziehen, folgt einfach der Richtung, die seine Mutter bestimmt. Sie schlingt seinen Arm um ihren Oberkörper und umklammert ihn mit den Armen, als wäre er ein Geländer. Dann liegt sie wieder regungslos da.

Ihr gewölbter Rücken drückt sich an ihn, berührt seine Brust, genau wie Elenas Rücken am Tag zuvor seine Brust berührt hat, und die Strecke vom Bett seiner Freundin zum Bett seiner Eltern scheint sich wie ein schwarzes Loch in seinem Kopf auszubreiten und alle Gedanken bis auf einen zu schlucken: Er ist weg.

Papa ist weg.

Er schaut zum Schreibtisch hinüber. Nichts steht mehr auf der Holzplatte, nicht einmal die alte Hahn-und-Henne-Tasse, die sein Vater zum Aufbewahren der Textmarker und Kugelschreiber benutzt. An der Stelle, an der das Schottlandfoto gehangen hat, ist ein blasses Viereck auf der gelben Tapete zurückgeblieben. Darüber steckt der Haken in der Wand. Ein dunkler Fleck, von weitem nicht mehr als ein erschlagenes Insekt oder ein zu groß gebohrtes Dübelloch. Er dreht den Kopf zur Seite.

Der Kleiderschrank. Das Bücherregal. Die verschwommenen Umrisse von Sessel und Stehlampe. Dazwischen die flatternden Bewegungen der Vorhänge, fein wie Gaze.

Hat da nicht was geknarrt? Sind das Schritte auf der Treppe?

Er richtet sich auf, so weit es die Umklammerung seiner Mutter erlaubt, und schaut zur Tür.

Bitte, Paps.

Bitte.

Leises Knarren. Ganz nah.

»Mama, mein Arm schläft ein.«

Doch sie lässt nicht los.

Ein helles Quietschen mischt sich unter das Knarren.

Die Fenster.

»Simon.« Seine Mutter zieht an seinem Arm. Also legt er sich wieder hin.

Die Fenster.

Ihm ist kalt. Sein Arm wird schwerer und schwerer, und die dumpfe Taubheit löscht die Umklammerung seiner Mutter aus, wischt die einzelnen Fingerabdrücke fort.

»Simon.« Sie bewegt den Kopf, als wolle sie ihn noch tiefer ins Kissen vergraben, und vor seinem Gesicht türmt sich eine neue Stofffalte auf. Im grauen Dämmerlicht kann er die Farbe des Karomusters nicht erkennen.

Vielleicht blau?

»Ich weiß, warum Sarah die Party so früh verlassen hat.«

Vielleicht rot?

»Sarah hat die Party so früh verlassen, weil Elena ihr den Freund ausgespannt hat. Deine Freundin ist schuld, dass deine Schwester tot ist, Simon.«

Sein Arm. Er versucht, ihn freizubekommen, abzuschütteln, was da an ihm zieht. Aber der Arm gehorcht ihm nicht.

»Schsch, schon gut, Schatz … Bleib …«

Der gewölbte Rücken drückt sich noch fester gegen seine Brust.

»Schsch … Schsch …«

Sie ist oben in ihrem Zimmer.« Ihre Mutter lächelt ihn an. »Ich koch grad was zu Abend, du kannst gern mitessen. In einer halben Stunde bin ich fertig. Sag ihr das. Und dass ich heut ausnahmsweise das Tischdecken übernehm.«

Sie zwinkert ihm zu und schließt die Wohnungstür. Am liebsten würde er ihr folgen, sich an den Tisch setzen und ihr beim Kochen zusehen.

Stell dir vor, Pam, seit ich den Supermixer benutze, weine ich nicht mehr beim Zwiebelschneiden!

Oh, Betty, wie wundervoll!

Ja, Pam, und weißt du, was das Beste ist?

Nein, Betty, was?

Die Hände, Pam! Die Hände riechen nicht mehr tagelang nach Zwiebeln!

Oh, Betty, wie wundervoll!

Ja, Pam, aber weißt du, was das Allerbeste ist?

Nein, Betty, was?

Ein trockenes Klacken ertönt, und er steht im Dunkeln. Rote Vierecke leuchten auf, und über ihm, am Ende des Treppenabsatzes, schimmert eine dünne Linie aus Licht. Licht, das unter ihrer Tür hindurchschlüpft.

Sie hat mir dauernd gezeigt, dass sie jeden haben kann.

Stufe für Stufe steigt er in der Dunkelheit der dünnen Linie aus Licht entgegen.

Sie liegt zusammengerollt auf dem Bett, als wolle sie ihn jetzt noch täuschen. Als wolle sie ihn jetzt noch mit ihrem Kummer in Sicherheit wiegen.

»Mama, ich mag nix.« Ihre Stimme dringt fast genauso dumpf durch irgendein Kissen, durch irgendeine Decke wie die seiner Mutter, und die Wiederholung verwandelt seine Wut in etwas Eiskaltes.

»Abendessen gibt's erst in einer halben Stunde.«

Sie fährt hoch und starrt ihn mit ihren großen verheulten Kulleraugen an. Die verstrubbelten Haare stehen nach allen Seiten ab, ihre Nase ist rot und verquollen, und sie sieht so traurig aus, so traurig und allein, dass das warme Ziehen in seinen Bauch schießt und er einen Schritt auf das Bett zu macht.

Hey …

Doch das Eis ist stärker, friert seine Schritte ein.

»Warum hast du mich belogen?«

»Ich hab dich nicht belogen, ich hab dir was verschwiegen.« Sie schnieft und wischt sich mit dem Pulloverärmel über die Nase.

»Das ist dasselbe.«

»Nein, das ist ein Riesenunterschied.«

»Du hättest es mir sagen müssen! Wegen euch ist sie einfach von der Party abgehauen und –«

»Es konnte niemand wissen, was passiert.« Sie schlägt mit der Faust auf die Decke. »Niemand!«

Simon, kann ich deine neue Pink-CD ausleihen?

Für die Party?

Ja, ich kleb auch deinen Namen auf die Hülle.

Vergiss es.

Bitte!

Nö.

»Hat's dir gefallen?« Jetzt schreit er. »Hat's dir gefallen, ja?«

»Das mit Gero und mir …« Sie springt vom Bett. Ihre nackten Füße klatschen auf den Parkettboden. Ein Ohrfeigengeräusch. »Wir war'n verliebt, das war ernst!«

»Schön für dich. Aber das macht sie auch nicht mehr lebendig!« Er wendet sich ab und greift nach der Türklinke.

Sie stößt ein hohes, zitterndes Geräusch aus.

»Jetzt tu doch nicht so … Du bist doch froh, dass sie tot ist. Biste endlich Mamas Liebling!«

Er wirbelt herum.

»Ja, und das hab ich nur dir zu verdanken!«

Das Eis knirscht zwischen seinen Zähnen.

Er reißt die Tür auf und stürmt ins dunkle Treppenhaus.

Er wirft sich aufs Bett. Wühlt sich unter die Decke und zieht sie über den Kopf.

Dunkelheit.

Ruhe.

Wenn er sich bewegt, raschelt die Decke, knarrt die Matratze. Er schließt die Augen. Sein Atem strömt warm gegen seine Hand. Ruhig und gleichmäßig wie ein Herzschlag. Er drückt sein Gesicht auf die Matratze und atmet.

Du bist doch froh, dass sie tot ist.

Atmen. Nur atmen.

Biste endlich Mamas Liebling!

Sich in den Schlaf atmen.

Oder in eine Apotheke einbrechen.

Valium … Luminal … Moradorm …

Schritte auf der Treppe.

Dalmadorm … Lendormin …

Im Flur.

Geh weiter. Geh weiter.

Noctamid … Planum …

Die Diele vor seiner Tür knarrt.

Geh weiter.

Adumbran –

Lautes Klopfen.

»Simon?«

Nicht antworten.

»Simon, bist du da?«

Er rührt sich nicht.

Stille.

Dann wieder Schritte. Lauter als zuvor. Die Dunkelheit um ihn herum verändert sich, ist auf einmal nicht mehr schwarz, sondern blau. Er schüttelt die Decke ab und richtet sich auf. Blinzelt. Seine Mutter steht vor dem Bett. Die Arme um einen grauen Hefter geschlungen, den sie gegen ihre Brust presst.

»Simon.« Sie kommt noch näher. So nah, dass ihre Schienbeine gegen den Bettrahmen stoßen. »Ich bin so froh, dass du da bist, Schatz.«

Ihre Stimme zittert.

»Du bist der Einzige, mit dem ich das teilen kann.« Sie reicht ihm den Hefter, und sein Daumen landet neben dem Stempel mit den drei Löwen.

Obduktionsbericht Bergmann, Sarah.

Es wird ganz still.

386/447/2006

Ltg. Prof. Dr. Schneider, Assistenz Dr. Schrader

Freiburg, den 17. Mai 2006

Der Löwenstempel überdeckt das Kleingedruckte unter dem Datum, er kann nur das Wort Württemberg entziffern. Baden ergänzt eine Stimme in seinem Kopf.

Baden. Baden.

Mit dem Zuklappen der Zimmertür kehren die Geräusche zurück. Er hört die graue Pappe knarren, als er den Hefter aufschlägt. Hört die Seiten rascheln, die seine Hand umblättert. Hört seine Finger über das dicke Fotopapier rutschen.

Dann ist es wieder still.

Das Mädchen starrt ihn an. Augen und Mund weit aufgerissen. Die heraushängende Zunge baumelt von der Unterlippe. Blau und geschwollen.

Simi, kann ich bei dir schlafen? Da ist ein Monster unter meinem Bett.

Leg dich hinter mich, ich pass schon auf.

Das ist sie nicht.

Die Schläfe mit der sichelförmigen Narbe.

Der kleine Leberfleck über der Oberlippe.

Brüderchen und Schwesterchen, die haben sich ganz toll lieb. Und das Schwesterchen weint ganz schlimm, weil nämlich das Brüderchen verzaubertes Wasser trinkt und dann ein Reh ist.

Das ist sie nicht.

Der blonde Haarwirbel, der sich wie ein Dreieck in die Stirn legt.

Mein Bruder hat den auch, den haben wir beide vom Opa.

Das ist sie nicht.

Seine Hand fährt zu seiner Stirn hoch und packt den Haarwirbel.

Und das Brüderchen ist ein ganz, ganz zutrauliches Reh und schmust jeden Tag mit dem Schwesterchen.

Die blaue Zunge verschwimmt, die schwarzen Würgemale verschwimmen, und das Foto gleitet ihm aus den Fingern.

Du bist der Einzige, mit dem ich das teilen kann.

Er schlägt den Hefter zu und schnellt vom Bett.

Er stößt die Tür so heftig auf, dass sie gegen die Wand prallt und eines der Bilder zu Boden kracht. Glas zersplittert. Knirscht unter seinen Sohlen.

Der grüne Mülleimer liegt noch auf dem Teppich. Er stopft den Hefter hinein. Die Fotos fächern sich auf wie ein Daumenkino. Seine Faust drischt die Pappe tiefer. Er schwankt und schrammt sich die Fingerknöchel am Plastikrand wund. Aber seine Faust drischt und drischt, bis der Hefter auf dem Mülleimerboden feststeckt, zu einem Viereck zusammengeschnurrt, nur noch graue Pappe und sonst nichts. Er keucht, und sein Arm fühlt sich an, als würde er gleich abfallen, doch jetzt gehorcht er ihm wieder, jetzt macht der Arm wieder, was er will.

Die Schranktür öffnen und das rote Kinderkleid herauszerren.

Das gerahmte Foto vom Nachttisch greifen.

Das Leonardo-DiCaprio-Poster von der Wand reißen.

Die CDs aus dem Ständer schütteln.

Den Lieblingsteddy packen.

Die Überraschungseierfiguren, Glücksbringer und Porzellankatzen von der Schreibtischplatte fegen.

Den Bilderrahmen mit der Todesanzeige hinterherwerfen.

Die Schublade mit den Fotos und Briefen auskippen.

Er stürmt durch das Zimmer und füllt den Eimer, stopft alles hinein, was sein Arm herauszerrt, packt und abreißt, und der graue

Hefter verschwindet unter den Sachen seiner Schwester, wird vollständig von ihnen bedeckt.

Neben den Putzmitteln findet er die Flasche mit dem Spiritus. Er stellt sie auf die Arbeitsplatte und fischt eine Streichholzschachtel aus der Tonschale. Dann kippt er den Eimer über dem Spülbecken aus. Es klirrt und poltert, CD-Hüllen öffnen sich, Papierschnipsel rieseln zwischen Stoffe und Fotos.

»Simon?«

Das Spülbecken quillt über. Er schüttelt den Eimer, doch der Hefter steckt fest. Seine Finger zerrupfen das Deckblatt, zerren an den Seiten, an der metallenen Spange. Die graue Pappe schabt am Plastik entlang, und mit einem Ruck löst sich das zusammengeschnurrte Viereck. Er wirft den Hefter auf den Haufen und lässt den Eimer fallen.

»Wo bist du?«

Auf der Treppe die Schritte seiner Mutter. Er greift nach dem Spiritus. Durchtränkt die obersten Gegenstände, und sofort riecht es nach Grill, nach lauem Sommerabend.

»Simon?«

Das Streichholz ratscht an der Reibefläche entlang, aber es zerbricht zwischen seinen zitternden Fingern, ohne sich zu entzünden.

»Simon?«

Im Flur, sie ist schon im Flur.

Er fummelt ein weiteres Streichholz aus der Schachtel.

Nimm zwei.

Hinter ihm öffnet sich die Küchentür. Er hält die brennenden Streichhölzer an das rote Kinderkleid, und eine große Stichflamme schießt empor, rast zischend über den Haufen im Spülbecken hinweg. Die Hitze springt ihm ins Gesicht, er weicht zurück und gibt den Blick auf das Feuer frei. Mitten in den Flammen lehnt das gerahmte Foto vom Nachttisch am Wasserhahn, als habe er es extra für seine Mutter so aufgestellt. Als habe er Sarahs Gesicht ein letztes Mal in Pose gesetzt.

»Nicht!« Seine Mutter stürzt in die Küche. »Nicht!«

Er wirft sich ihr entgegen und umschlingt ihren Oberkörper.

»Lass mich los!« Sie schreit und weint. Schlägt wie besinnungslos um sich. Ihre Hände treffen sein Gesicht, seinen Hals, seine Schultern. »Lass mich los!«

Doch er hält sie fest.

»Lass mich!«

Das Feuer frisst sich brodelnd durch den Haufen. Schwarzer Qualm wälzt sich zur Decke hinauf, beißt in der Nase.

»Lass mich los!« Sie hustet. »Lass … mich …«

»Mama, hör auf.« Er braucht nicht zu schreien. »Hör auf.«

Sie sackt in seinen Armen zusammen, wird ganz klein. Ihre Hände, die ihn eben noch geschlagen haben, halten sich jetzt an ihm fest. Ihr keuchender Atem streift seine Wange. Er lockert den Griff, und seine Umklammerung wird zur Umarmung.

ANNE

Er steht auf der Terrasse und starrt in die schwarze, wolkenverhangene Nacht. Regungslos, als sei dort im Garten jemand, den schon ein Blinzeln verscheuchen könnte. Sie verharrt neben dem Sofa und betrachtet sein seitliches Profil, das sich scharfkantig wie ein Scherenschnitt vor ihr abzeichnet.

Er ist noch da.

Das Licht des Deckenleuchters fällt durch die geöffneten Fenster, ergießt sich in Pfützen auf die Terrassenfliesen und dünnt das Schwarz der Nacht zum Wohnzimmer hin in ein dunkles Grau aus. Sie beobachtet, wie zerrissene Rauchschwaden an ihrem Sohn vorbeiziehen und sich in der kalten Luft auflösen, wie der Wind durch sein Haar fährt, es am Hinterkopf plattdrückt. Die Arme vor der Brust verschränkt, scheint er auf etwas zu warten. Doch sie bleibt, wo sie ist, und die Sofalehne krümmt sich wie ein Katzenbuckel unter ihrer linken Hand, die in einem fort über den weichen Stoff fährt, auf und ab den Katzenbuckel entlang, als genüge es schon, irgendetwas zu streicheln. Sie steht da, und mit jedem Atemzug dringt der Geruch von verschmortem Plastik in ihre Nase, aber die Wut kehrt nicht zurück. Sie spürt nichts, nur Leere und Müdigkeit.

Also streichelt sie weiter.

Und streichelt und streichelt.

Ab.

Auf.

Ab.

Er dreht den Kopf zu ihr.

Auf.

Das Gesicht vom Deckenleuchter beschienen, sieht er sie ruhig und abwartend an, und am liebsten würde sie zu ihm gehen und ihn bitten, sie noch einmal zu umarmen, sie noch einmal festzuhalten.

Nur festhalten.

Er macht einen Schritt zur Seite. Sein rechter Fuß bewegt sich über die Fliesen, schiebt etwas vor sich her. Langsam. Konzentriert.

Vielleicht ein Blatt.

Vielleicht ein Zweigstück.

Sein Fuß bewegt sich weiter, durchkreuzt eine Lichtpfütze, und nun kann sie erkennen, was er über die Fliesen schiebt. Kleine schwarze Klümpchen, Reste der Blumenerde, die sie in den Tontöpfen verteilt hat.

Auf.

Ab.

Die Klümpchen verschwinden in der Dunkelheit, bleiben unsichtbar auf irgendeiner Fliese liegen.

Mondschein wär jetzt schön.

Er zieht seinen Fuß zurück, lässt ihn durch die Lichtpfütze schnellen, und ihre Hand passt sich dem Tempo an, schnellt ebenfalls zurück, als könne diese spiegelverkehrte Bewegung eine Verbindung herstellen. Doch er wendet sich wieder dem Garten zu, und sofort fährt der Wind von hinten in sein Haar, richtet es auf und drückt es platt.

Ab.

Auf.

Ab.

Ihre Handfläche fühlt sich warm an, in ihren Fingerspitzen pocht und pulst das Blut, und sie steht da und wundert sich, dass das Streicheln denselben pochenden und pulsenden Nachhall in ihrer Hand hinterlässt wie zuvor die Schläge. Sie stößt sich vom Sofa ab, tritt durch die Tür und geht über die Terrasse zu ihrem Sohn hinüber. Stellt sich neben ihn und schaut in dieselbe Richtung.

Sie hört die Haustür zuklappen und ist augenblicklich hellwach. Der digitale Wecker auf Jos Nachttisch zeigt eine Null, eine Sechs und den Doppelpunkt an, der Rest der Uhrzeit verschwindet hinter ihrem Kopfkissen. Sie schlägt die Decke zurück und springt aus dem Bett. Durch die geöffneten Fenster dringt der gleichmäßige Klang seiner Schritte zu ihr herauf, den der Kies um ein Vielfaches verstärkt.

Schnell, schnell.

Sie schlüpft in ihre Laufhose, schnappt sich einen Pullover aus dem Wäschekorb und verlässt das Schlafzimmer. Tappt mit bloßen Füßen die Treppe hinunter und eilt nach draußen.

Ihr Sohn steht auf dem Gehweg. Sie sieht nur seine Beine und seinen Rücken, der Rest verschwindet im Kofferraum ihres Wagens.

Schnell, schnell.

Als sie über den Kiesweg hastet, drücken sich die spitzen Steinchen schmerzhaft in ihre Fußsohlen, zwingen sie, auf die Rabatte auszuweichen. Sie läuft über die kalte, feuchte Erde, die zwischen ihren Zehen aufsteigt, und das schmatzende Geräusch ihrer Schritte tönt laut in die morgendliche Stille. Doch ihr Sohn scheint es nicht zu hören.

Sie bleibt vor dem Gartenzaun stehen. Rollt die Zehen ein und drückt sie in die Erde.

Wir sind jetzt Bäume, Mama. Guck, wie tief wir unsere Füße eingegraben haben.

Du musst uns gießen, damit wir groß und stark werden.

Na, dann hol ich doch am besten gleich den Gartenschlauch und den Kompostabfall zum Düngen.

Neeeiiiiin, Mama, nicht!

»Simon?«

Er richtet sich auf und klappt den Kofferraum zu.

»Ja?« Seine Finger spielen mit dem Autoschlüssel.

»Hast du alles?«

Er nickt.

»Gut.« Sie nickt auch.

Ein Auto fährt vorbei.

Und noch eins. Die Rückbank voller Schulkinder, die gegen die Heckscheibe klopfen und Grimassen schneiden. Er hebt den Arm und winkt ihnen zu, und die Schlüssel in seiner Hand klirren leise.

»Die kommen hier jeden Morgen durch.«

»Ach so …« Sie nickt wieder und blickt dem Auto nach, das in die Johann-Schenk-Straße abbiegt. Das leise Klirren verstummt. Er greift in seine Jackentasche und zieht eine durchsichtige CD-Hülle hervor.

»Da, für dich.« Er streckt sie ihr hin.

»Was ist das? Musik?«

»Nein, eine DVD.« Er lächelt. »Schau's dir an.«

»Danke …« Sie betrachtet die silberne Scheibe. Die leeren gestrichelten Linien, die ohne die krakelige Handschrift ihres Sohnes seltsam nackt aussehen.

»Also dann …« Er kneift die Lippen aufeinander und nickt ihr zu.

»Ja …«

Seine Augen huschen über ihr Gesicht, und sie streicht sich rasch die Haare hinter die Ohren.

»Ja …« Er dreht sich um und geht zur Fahrertür.

»Simon?« Sie macht einen Schritt vorwärts. Mittlerweile fühlt sich die feuchte Erde warm an, als steckten ihre Füße in Socken oder Hausschuhen.

»Ja?«

Hab ich euch genug gegossen?

»Fahr vorsichtig … Ich hab noch Sommerreifen drauf.«

Er nickt. Dann verschwindet er mit einer einzigen Bewegung im Wageninneren.

Die Fahrertür klappt zu.

Der Motor springt an.

Rollsplitt knirscht unter den Rädern.

Ihr Kind gibt Gas, und der Wagen holpert vom Gehsteig.

Sie beugt sich über den Gartenzaun. Die Latten drücken gegen ihre Rippen, doch sie beugt sich noch weiter vor und winkt.

Der Blinker leuchtet auf, und der Wagen biegt in die Johann-Schenk-Straße ab. Verschwindet hinter der Garage der Hubers.

Sie hört auf zu winken.

Gegenüber öffnet sich die Tür, und der Staatsanwalt tritt im Morgenmantel aus dem Haus. Sie beobachtet, wie er die Zeitung aus dem Briefkasten fischt und sie sofort aufschlägt. Wie er auf dürren weißen Beinen in den Flur zurückstakst.

So dünn sehen die in Hosen gar nicht aus.

Die Tür fällt zu, und sie ist allein auf der Straße.

Graublaue Dunkelheit rauscht auf dem Bildschirm. Sie hört Kleider rascheln, dann das Knarren von Holz und dazwischen ein leises Klappern, das sie nicht deuten kann.

Besteck?

Nein, das klingt nicht nach Metall.

Eher … Ja, auch nach Holz.

Sie drückt die Plustaste der Lautstärke, hält sie so lange gedrückt, bis alle Balken grün sind, aber nur das Rascheln und Knistern schwillt an, und die Boxen des Fernsehers vibrieren und brummen los, als habe sich dort ein Bienenschwarm verirrt.

Was ist das für ein Klappern?

Sie rutscht an den äußersten Rand des Sofas.

Die graublaue Dunkelheit verändert sich, wird heller und heller, ein milchiges Rauschen, in dem sie nach und nach die Umrisse eines Betts erkennen kann. Auf der linken Bildseite taucht ein großer weißlicher Fleck auf und verschwindet wieder, taucht auf und verschwindet, begleitet von dem leisen hölzernen Klappern, als würde es den Takt vorgeben. Sie sitzt da und starrt auf den Bildschirm. Starrt auf den weißlichen Fleck, und mit einem Mal verbinden sich Bewegung und Geräusch zu einem Bild: ein Vorhang, der sich im Wind bauscht. Ein Vorhang und ein Bett.

Wo?

Die Kamera zoomt sich durch das milchige Rauschen, und etwas Rundes wird größer und größer. Wird zu einem Kopf auf einem Kissen. Wird zu ihrem Kopf. Die Kamera zoomt sich ihr Bild zurecht, schneidet alles ab, schließt alles aus. Den Vorhang. Das Bett. Das Kissen. Die Kamera will nur ihr Gesicht. Ihr schlafendes Gesicht, unscharf und voller Schatten.

Vor ihrem Mund bewegt sich etwas Dunkles, schwebt sachte auf und ab.

Ein weiterer Schatten.

Eine Haarsträhne.

Sie schaut sich selbst beim Schlafen zu. Hört sich leise seufzen und atmen und fragt sich, was ihr Sohn gesehen hat, dort am Fußende des Pensionsbetts.

Was?

Sie drückt die letzte Taste und hält sich den Hörer ans Ohr. Während sie dem Aufbau der Verbindung lauscht, macht sie noch einen Schritt auf den Fernseher zu. Und noch einen. Die Schnur spannt sich aufs Äußerste, das Telefon in ihrer Hand scheint schwerer zu werden, aber sie weicht nicht zurück.

Das erste tiefe Tuten ertönt.

Sie lehnt sich ans Bücherregal und zählt stumm mit.

Zwei.

Drei.

Vier.

Fün…

»Ja, hallo?«

Eine verschlafene Frauenstimme.

Sie presst ihren Rücken fest gegen die Regalbretter.

»Dr. Kleinfelder? Hier ist Anne Bergmann.«

SIMON

Da ist sie.

Er geht schneller. Weicht einem Kinderwagen aus und überholt zwei alte Frauen, die schwer an ihren Einkäufen tragen. Sein Arm streift einen der Körbe, eine Tüte raschelt.

»Herr, hesch kei Auge im Kopf!«

»Pass doch uff, du Dolle!«

Sie ist da.

Er eilt weiter. Hat jetzt unebenes Kopfsteinpflaster unter den Füßen und nicht mehr den glatten Asphalt der Münzgasse. Einmal knickt er beinahe um, doch er achtet nicht auf den Boden, er sieht nur die Rikscha. Sie steht neben dem Fahrrad, die Arme auf den Lenker gestützt, den Kopf über ein Buch gebeugt, und das warme Ziehen in seinem Bauch vertreibt alle zurechtgelegten Sätze.

Hey ...

»Elena.« Er ist außer Atem, seine Stimme flattert.

Sie blickt auf.

»Was willst du? Ich muss arbeiten.« Sie klappt das Buch zu. »Gleich ist der Markt vorbei, dann hab ich am meisten zu tun.«

Ihr Daumen wischt über das rote Cover.

ES.

Immer noch.

Ganz schwach nimmt er den Geruch nach Kokosnuss wahr.

Er tritt einen Schritt näher.

»Mann, was willst du? Lass mich doch einfach in Ruhe.«

»Das will ich nicht.«

»Was?«

»Dich in Ruhe lassen.« Er zieht die Pocketkamera aus seiner

Jackentasche und hält sie ihr hin. »Ich will meiner Freundin was zeigen.«

Sie schaut an ihm vorbei.

Die blassen Wangen.

Die dunklen Ringe unter ihren Augen.

Sie hat heut Nacht genauso wenig geschlafen wie ich.

»Was ist da drauf?« Eine geflüsterte Frage. Sie streckt den Zeigefinger aus, als wolle sie über das Plastikgehäuse der Pocketkamera fahren.

»Ich zeig's dir.«

Noch ein Schritt.

Seine Schuhspitzen berühren die ihrer Stiefel.

»Hey …«

»Hey …« Sie schnieft und legt den Zeigefinger auf seinen Handrücken.

Das riecht ganz schön scharf.« Sie tritt noch näher und schnuppert. »Wie Essig.«

»Ja.« Er dreht den Wasserhahn zu und stellt die letzte Schale auf die Regalbretter, die er über die Badewanne gelegt hat. »Ich hasse den Geruch, den hat man noch stundenlang in der Nase.«

»Wieso setzt du dir keine Wäscheklammer auf? Das hilft, kann ich dir sagen.« Sie lächelt. Im schwachen Licht der roten Glühbirne sieht sie noch blasser aus.

»Meine Nase ist sehr empfindlich.« Er streichelt mit den Fingerspitzen ihre Wange. Fühlt die kühle, glatte Haut. Kühl und glatt wie das Fotopapier, das er gerade belichtet hat. Er zieht seine Hand zurück und wendet sich wieder den vier Schalen zu.

Entwicklerbad. Wasser. Fixierbad. Wasser.

Als er das erste Fotopapier ins Entwicklerbad gleiten lässt, streift sein Arm den Duschvorhang, und das trockene Rascheln übertönt das leise Plätschern. Er greift nach der Bilderzange und tunkt das weiße Rechteck tiefer in die Flüssigkeit. Sofort breiten sich die ersten dunklen Linien aus, huschen wie Schatten über das Papier.

»Das geht aber schnell.« Sie flüstert, als könne lautes Sprechen das Foto beschädigen.

»Neunzig Sekunden. Dann ist es fertig.« Während er mit der Bilderzange stupst und tunkt, wippt seine linke Hand die Schale gleichmäßig auf und ab, um den Entwickler in Bewegung zu halten. Die Schatten verändern sich, verlieren alles Verschwommene, alles Verwischte, verschärfen sich zu Umrissen, die das Gesicht eines Jungen formen.

»Das bist ja du ...«

Die Bilderzange schwebt wie ein Zeigestock über dem Foto. Er legt sie beiseite und lässt die Schale los. Langsam beruhigt sich die Entwicklerflüssigkeit, schwappt nur noch träge vor sich hin. Er beobachtet, wie die roten Lichtreflexe auf der sich glättenden Oberfläche zu tanzen aufhören und zusammenfließen.

So rot wie der Linienbus.

Er räuspert sich.

»Mit sieben hab ich beschlossen, Sarah für immer loszuwerden.« Der Satz klingt, als lese er aus einem Buch vor. Zurechtgelegt. Geschliffen. »Ich bin mit ihr in einen Bus gestiegen, der über die Dörfer fährt, und bin bei der nächsten Haltestelle ausgestiegen.«

Der Bus, der anfährt.

Das ratschende Geräusch des Rädchens, mit dem er Foto für Foto weitertransportiert.

Er greift erneut nach der Bilderzange und taucht sie ins Entwicklerbad. Die glatte Oberfläche zerreißt, das Rot löst sich auf, zerfällt wieder in einzelne Lichtreflexe, die über die Wellen tanzen.

Waren das schon neunzig Sekunden?

Er blickt auf seine Armbanduhr, aber er weiß nicht mehr, wann er das Foto in den Entwickler gegeben hat. Also zieht er es in die Mitte der Schale, wo es gleichmäßig beleuchtet wird, und sucht den dunkelsten Bildpunkt.

Der lachende Mund. Wo die Schneidezähne sein müssten, klafft eine riesige Lücke. Tiefschwarz.

Fertig.

»Ich war damals so glücklich.« Ein neuer Satz. Gerade zum ersten Mal gedacht, gerade zum ersten Mal ausgesprochen.

Sie bewegt sich neben ihm. Dann spürt er ihre Hand auf seinem Rücken.

»Warum entwickelst du die Bilder erst jetzt?«

»Ich weiß es nicht.« Er fischt das Foto heraus und lässt es über der Schale abtropfen. Wartet und betrachtet den lachenden Mund.

»Glaubst du, Sarah und ich hätten uns vielleicht irgendwann mal gemocht?«

Die Hand bleibt auf seinem Rücken.

»Ich glaube, dass sie ihren großen Bruder sehr vermisst hat.« Ihre Stimme klingt ruhig und fest.

Steck dir deine scheiß Pink-CD doch sonst wohin!

Der gestreckte Mittelfinger, den seine Schwester ihm noch einmal zeigt, bevor sie in Geros Auto verschwindet. Ihr wütendes Gesicht hinter der Scheibe.

Er legt das Foto ins Wasser. Taucht es unter. Die Hand auf seinem Rücken bewegt sich streichelnd auf und ab. Er hebt den Kopf, begegnet ihrem fragenden Blick.

»Der Bursche wird jetzt gewässert, dann kommt er ins Fixierbad.« Er deutet auf die dritte Schale. »Dabei muss man nur aufpassen, dass man die Bilderzange nicht von einem Bad ins andere taucht, sonst neutralisiert das saure Fixierbad zunehmend den basischen Entwickler.«

Die beruhigende Verlässlichkeit eines auswendig gelernten Satzes. Das angedeutete Lächeln sagt ihm, dass sie verstanden hat. Die Hand auf seinem Rücken streichelt weiter.

Das nächste belichtete Fotopapier. Diesmal ist das leise Plätschern zu hören. Er wippt und stupst und tunkt, das Plastik der Schale schabt übers Holz. Die Schatten huschen übers Papier, verändern sich, verlieren alles Verschwommene, alles Verwischte, verschärfen sich zu Umrissen.

Ein Kindergesicht am Busfenster.

Ein erhobener Arm.

So winzig.

So weit weg.

Er wippt die Schale im Rhythmus der streichelnden Hand. Und sucht den dunkelsten Bildpunkt.

DANKSAGUNG

Ich danke:

Der Jürgen-Ponto-Stiftung für die Teilnahme an der Schreibwerk-statt im Herrenhaus Edenkoben. Dem Förderkreis deutscher Schriftsteller in Baden-Württemberg e. V., der die Arbeit an diesem Roman mit zwei Arbeitsstipendien unterstützt hat. Sowie der Stadt Tübingen für das Aufenthaltsstipendium des Tübinger Stadtschrei-bers, das mir half, das Manuskript konzentriert zu beenden.

Den Pathologen aus Freiburg, Tübingen und Berlin, die meine Fragen so hilfsbereit beantwortet und mich in der Pathologie her-umgeführt haben. Meinem Vater, meinem Onkel, meinem Bruder und meiner Tante fürs geduldige Erklären medizinischer Sachver-halte und für ihre Vorschläge. Und Frau Dr. S., die mir über Jahre unschätzbare Einblicke in ihren Beruf als Psychologin und in die Trauerarbeit vermittelt hat.

Barbara End, Frieda Ennen, Eugenie Kain, Cornelia Keppeler-Grohmann, Sibylle Knauss, Gundhild Leischner, Rainer Merkel, Renate Müller-Buck, Constanze Neumann, Michael Raffel, Ilona Schöll, Margit Schreiner, Vivien van Straaten und Dagmar Waizen-egger für Rat und Unterstützung und vieles mehr.

Herrn Werner Braun, der mir immer wieder so großzügig ein Schreibdomizil in der Schweiz zur Verfügung stellt. Die Hälfte die-ses Romans ist in der Engelberger Stille und Abgeschiedenheit ent-standen.

Meinen Kolleginnen und Kollegen: Martin von Arndt, Jürgen Bräunlein, Iris Kammerer, Sven Koch, Christoph Lode, Charlotte Lyne, Kristin Manger, Martina Sahler und Joachim Zelter. Fürs Anteilnehmen, Tippsgeben und strenge Testlesen.

Meinen Erstleserinnen, alles auch Kolleginnen: Sabine Adler, Viviane Koppelmann, Lisa Kuppler, Dorit Linke, Ruth Löbner, Barbara Slawig, Maike Stein und Sybil Volks. Für ihre strenge Kritik, ihr Mitdenken und all die vielen »kleinen« Gesten, mit denen sie mich während des Schreibens verwöhnt und angefeuert haben. Aber vor allem für ihre Freundschaft.

Dorothee Grisebach für ihr Vertrauen in mich und für den herzlichen Empfang im Verlag. Ebenso meiner Lektorin Ann-Catherine Geuder, der ich zudem noch für die tolle Zusammenarbeit danke.

Meiner Agentin Astrid Poppenhusen, die mich seit sieben Jahren aufs Beste betreut. Sie ist mein persönlicher Sechser im Autorenlotto.

Winnie. Für seine unerschöpfliche Unterstützung, die alles an Maß überschreitet, was ich mir hätte träumen lassen, und ganz besonders: für seine Liebe.

Meiner Familie, der ich eigentlich nicht genug danken kann. Vor allem meinen Eltern, für ihren unbeirrbaren Glauben an mich und ihre begeisterte Anteilnahme – Mama, Papa, euch ist dieses Buch gewidmet.

Und nicht zuletzt den betroffenen Eltern und Geschwistern, die mir in langen Gesprächen und mit viel Offenheit einen Einblick in ihre Welt schenkten. Ich hoffe sehr, dass ich ihrem Vertrauen gerecht geworden bin.